눈의

황홀

명지현 소설집
눈의 황홀

펴낸날 2017년 1월 12일

지은이 명지현
펴낸이 주일우
펴낸곳 ㈜문학과지성사
등록번호 제1993-000098호
주소 04034 서울 마포구 잔다리로7길 18 (서교동 377-20)
전화 02)338-7224
팩스 02)323-4180(편집) 02)338-7221(영업)
전자우편 moonji@moonji.com
홈페이지 www.moonji.com

ⓒ 명지현, 2017. Printed in Seoul, Korea

ISBN 978-89-320-2976-4 03810

이 도서의 국립중앙도서관 출판예정도서목록(CIP)은 서지정보유통지원시스템 홈페이지
(http://seoji.nl.go.kr)와 국가자료공동목록시스템(http://www.nl.go.kr/kolisnet)에서
이용하실 수 있습니다. (CIP제어번호: CIP2017000327)

눈의 황홀

명지현 소설집

문학과지성사

## 차례

눈의 황홀

＊

어머니, 저더러 목을 매란 말씀인가요? 그 길밖에 없는 건가요. 하려면 할 수 있지요. 죽지 않도록 조심하면 할 수 있답니다. 할 것입니다. 해야 한다면 저는 합니다. 아니다, 아니다, 가여운 내 딸아, 네가 아니란다. 네가 할 필요 없어. 어릴수록 좋다, 어릴수록 좋은 거야. 두려움 없는 눈이 많은 것을 본다. 죽는 것이 두렵지 않은, 뭐든 겁내지 않는, 용감하고 순박한 눈이어야 그것을 보게 된다, 겁 없는 눈이 많은 것을 볼 수 있다.

어머니, 그럼 어쩌나요? 겁 없는 사내의 목을 졸라 눈에 보이는 것을 읊어보라고 할까요? 아랫것 중 쌀섬을 주고 구슬리면 응할 이가 있을 겁니다. 조심하면 되잖아요. 어머니, 저는 꼭 보고 싶어요. 그 꽃들을 볼 수만 있다면 무슨 짓이든 하고 싶네요. 선대의 화장(花匠) 중 살아남은 이가 없고 허술한 도면만 남아 있으니 어찌 그 꽃들을 재현하겠어요? 저는 생화를 조잡하게 흉내 내는 것 외에 한 치도 나아가질 못해요. 진정한 아름다움을 재현할 재주가 없답니다. 한번 보면 영영 잊을 수 없다는, 저승에나 가야 본다는 천상의 꽃은 과연 어떻게 생겼을까요?

아아, 가여운 내 딸아. 너는 축복을 받았다. 우리 집안 대대로 물려온 예기를 너라도 이어받아 다행이 아니냐. 그 많은 핏줄 중에 네가 가문의 명맥을 이었으니 감사하고 황송한 일이지. 그런데 그 책임 때문에 너의 얼굴에 수심이 깊고 가뜩이나 여원 어깨가 축 처지고 말았구나. 너의 처지를 생각하면 슬프고 슬프도다. 부실한 자식 때문에 네가 서럽고 고단한 것 왜 모르겠는가. 시어른이 서릿발처럼 냉랭하게 굴고 서방이 첩을 들여 대를 잇겠노라 설쳐도 이는 어쩔 수 없는 일이다. 더는 눈물 짓지 마라. 계집으로 태어나 해야 할 일과 화장의 신분으로 해야 할 일의 경중은 다르니 부디 혼탁한 세상의 이치에 눈 돌리지 말고 네 손에서 피어날 아름다움에 몰두하여라. 너는 임금을 꽃으로 모시는 고귀한 신분이 아니더냐. 세상이 뒤집어졌다 해도 아무나 할 수 없는 일이고 아무라도 덤빌 수 없는 일이다. 네게는 여분의 눈이 있지 않더냐. 천진해서 아무것도 모르는 눈, 어려서 어리석은 눈. 그 눈이 모든 것을 해결해줄 것이다. 서글픈 왕가에 바칠 충성의 서약이란 특별한 꽃이어야 하지. 이 세상에 없는 꽃이어야 한다.

　어머니, 어머니. 가품을 진품으로 만들려면 제 목숨을 바쳐야 하지요? 꽃을 만드는 이들이 자결했던 이유는 하나, 범부가 볼 수 없는 것을 얻기 위함이지요. 우리는 제 몸을 던지고서야 왕가의 꽃을 생물로 살려내고 대대손손 영화를 보장받았습니다. 그것이 우리에게 주어진 엄숙한 전통이자 일종의 저주가 아니던가요. 남은 길은 이것뿐입니다. 천상의 꽃들이 저를 기다리고 있네요. 이승의 꽃들을 단지 비슷하게 흉내 내는 것으로는 만족할 수 없습니다. 우리에게는 사명이 있지요. 제게도 그 덫이 걸려 있습니다. 죽겠다는 것이 아닙니다. 살짝, 아주 살짝 천상의 꽃들을 구경만 하고 싶어요. 안 된다. 절대로 아니 된다. 어멈아, 네가 해서는 안 된다. 꽃들은 너의 수고를 모른다. 꽃들은 너를 원치 않아. 어른은 안 된다. 그리도 많은 목숨이 덧없이 사라졌던 이유는 마음이 조급해서 그런 것이다. 보고 싶어도 보이지 않았지. 보려 해도 눈이 탁해서 놓치고 만다. 숨통이 간당간당하는 순간, 당장 보이는 게 없어 당황하다가 깊이, 더 깊이 들어가는 바람에 아예 그리로 건너가버리기마련. 어물어물하다가는 꽃 대신 더러운 것이 눈동자에 들어와 혼을 빼앗아 가. 그러므로 어릴수록 좋다, 어릴수록 단박에 본다. 천진하고 순박한 눈이 많은 것을 보고 진짜배기를 본다. 그 세계는 순박한 영혼에게만 관대하단다. 어멈아, 네게는 쓸모없는 식솔이 있지 않으냐. 곁방의 애를 꺼내라. 숨겨둔다고 될 일이 아니다. 어린 것에게 요긴한 노릇을 만들어주어라.

어머니, 제 딸의 목을 조르라는 말씀인가요? 성치도 않은 그 애가 아름다운 것을 볼 수 있을까요? 사람 구실 못 하는 병신에게도 천상이 보일까요? 어머니, 어머니. 저는 꽃을 사랑해요, 세상의 하찮은 모든 것이 다 꽃으로 보여요. 저 애도 작은 꽃봉오리에 지나지 않아요. 어느 누구보다 곱게 피어날 제 딸이랍니다. 저를 위해서라면 뭐든지 할 수 있는 아이죠. 어머니, 과연 저 애가 그것을 볼 수 있을까요? 겁에 질려 말수가 적어진 아이인데 뭔가를 본다 한들 얘기해줄까요? 그렇다, 어멈아. 천상의 힘이 저 애의 말문을 터줄 것이다. 입이 열릴 때까지, 잘 볼 수 있을 때까지 주저 말고 힘껏 목을 졸라야 하느니. 소리를 지르거든 좋은 것을 보고 있다고 믿어라. 제 아이에게 최고의 것을 보여준다면 어미로서 기쁘지 않겠느냐. 꽃을 만들다 보면 제대로 되기도 하고 부족하거나 어긋난 것이 더러 나오기도 한다. 조화를 이루려면 어긋난 것들은 버려야 하지. 부스러기들은 세상에 필요치 않아. 병신을 낳았다고 남은 평생을 수치스럽게 살 이유가 없지 않으냐. 어멈아, 너는 임금을 꽃으로 모시는 몸이다. 네 손에서 피어나는 곱고 아리따운 꽃만 보거라. 큰일을 도모하는 중이니 하찮은 것에 심신이 매이지 않아야 한다. 나라를 빼앗겨 모두가 가슴 치는 이때, 대진연(大進宴)의 꽃마저 맥을 잇지 못한다면 우리 모두 자결해야 한다. 너도 죽고 나도 죽고 우리 식솔 모두 죽음을 목전에 두고 있다.

두려울 것이 없다. 어차피 죽을 목숨이다.

　어머니, 엊그제 제 손으로 목을 조여봤어요. 몇 날 며칠 고민하여 노끈을 구했으나 끈을 만지기만 해도 손이 와들와들 떨리는 건 왜일까요. 두려웠어요. 천진한 눈이 아니어서 그런 게지요. 저 애의 가느다란 목에 노끈을 감고 물었어요. 아가야, 보이느냐? 아가, 뭐가 보이느냐? 그런데 아무 답도 들을 수 없었어요. 저 어린 것이 진저리 치며 울기만 했답니다. 제게서 벗어나려고 버둥거리더라고요. 제 얼굴을 할퀴고 쥐어뜯으면서 벗어나려고만 했어요. 저 애의 눈동자에는 공포만이 들어 있었답니다. 아, 두려움 없는 눈이 되고 싶어요. 저 너머에 있는 꽃이 보고 싶어요. 꽃들은 왜 그리도 멀리 있을까요? 저는 가능하지 않은가 봐요. 어머니. 어머니. 꽃들이 제게서 점점 떠나가요. 아름다운 것들이 전혀 떠오르지 않아요. 고단한 생을 이만 놓아주고 싶네요.

　안 된다, 정신 차려! 너는 내 소중한 보물이야. 내가 너를 어찌 키웠느냐. 누구라도 천상을 보면 되지, 왜 네가 목숨을 버리려 하느냐. 네게는 쓸모없는 기술이 있지 않으냐. 그것을 볼 자는 어릴수록 좋다, 어릴수록 좋아. 네 딸은 그렇게 사용되려고 태어났단다. 천상이 네게 준 선물이다. 네가 하기 힘들다면 내가 해주마. 당장에라도 나는 할 수 있어. 내가 꽉 붙잡아주랴? 눈을 질끈 감으면 할 수 있는 일이지. 우리는 눈을 감고 저 애는 천상의 눈을 뜨는 게지. 그리하면 된다. 그리하면 돼. 꽃들이 그리하라 내게 명령하였다. 이건 정말 좋은 일이란다.

### 5

기억은 바늘땀처럼 띄엄띄엄 이어져 내가 왜 여기에 있는지
언제부터 이러고 있었는지 알 길이 없다. 목소리만이 또렷하
다. 젊은 어머니와 덜 늙은 외할머니가 곁방 창호지 너머에서
중얼거렸다. 그 목소리, 목소리들. 두 사람은 비단에 푸새를 먹
이며 늘 그렇게 두런거렸다. 징징거리는 하소연과 틀에 박힌
듯 가지런한 위로의 정담. 그 목소리들은 내 속에서 넝쿨처럼
뻗어 나와 내 평생을 칭칭 동여매고 도무지 떨어질 생각을 하
지 않았다. 그 목소리들 참으로 징그럽다. 그것들은 내가 죽어
야 떨어질 것인가. 하기는 내가 그 목소리를 붙들고 있으니 종
신토록 나와 함께하는 것이다. 그 두 사람이 붙어 앉아 두런두
런 속삭이며 모진 일을 꾸미던 어린 시절에서부터 나는 한시도
달아날 수 없었다. 섬뜩한 목소리들. 할멈은 나를 밟아 죽여야
할 버러지로 취급했었다. 저승 가면 그 고약한 할멈이 내 멱살
을 잡을까? 그 마음 고쳐먹지 않았다면 여지없이 붙들리겠구
나. 우스운 세월의 이치. 할멈이나 나나 비슷한 몰골로 만나겠
구나.

병실 생활에 불만은 없다. 소변줄에 기저귀, 언제나 척척하
고 꿉꿉하긴 하지만, 적어도 외롭지는 않다. 불이 켜졌다가 꺼
지듯 의식도 시야도 주변 소음도 까무룩, 까무룩 잦아드는데

약간의 불편 하나를 꼽자면 하얀 김 퐁퐁 뿜는 가습기다. 콧구멍에 습기가 맺혀 간지러워죽겠다. 간호사의 차가운 손은 질색이지만 상큼한 화장품 냄새 풍기는 싱싱함이 내 옆에 슬쩍 왔다 간 것만으로 아직 살아 있다는 안심. 그저 그뿐이다. 손등마다 굵은 바늘로 영양제가 들어오나 병상에 못 박힌 듯 꼼짝 못하니 부질없는 소망만 늘어난다. 제발 텔레비전 소리를 키워다오. 듣고 싶은데 들리지 않아. 들리지 않으면 캄캄해. 캄캄한 가운데 예전의 그 목소리만 들린다. 어린 나를 곁방에 들여놓고 둘이 두런두런 일을 꾸며댄다. 꽃잎을 인두질하고, 꽃모양을 잡느라 부시럭거리며 하나밖에 없는 딸을 죽이려고 소곤소곤. 모녀의 목소리가 고스란히 들린다. 귀를 틀어막아도 생시처럼 선명하게 들린다. 하나도 잊지 않았다. 저승사자를 불러들이는 그 목소리. 그만해라, 그만해. 제발 그만하라고!

휠체어를 탔던가. 바퀴 달린 침대였던가. 그 속도감이 몹시 흡족했다. 죽기 전에 다시 타볼 수 있을까. 저 너머로 갈 때면 그런 속도가 아닐까. 혈관 흐르는 소리가 시냇물처럼 졸졸 들린다. 가만 귀 기울이면 물의 질감이 몸에 감기고 간신히 내쉬는 숨결마저 초봄의 미풍처럼 가볍다. 컴컴해진 눈 안쪽에서 나를 평생 유혹했던 아름다움이 하나씩, 하나씩, 하나씩…… 얼마나 많은 것들이 나를 홀렸던가. 호사스럽고 교교하고 천박하고 나태하고 우아하고 눈부신 것들을 추구하고, 추구하고, 추구하고. 그것들에게 농락당하느라 정작 내 인생은 흐지부지 사라져버렸다. 많은 것이 가물가물해 흩어진 기억들을 살살 주워 모으다 보면 문득 먹먹하다.

중환자실, 삑삑거리는 기계 소리, 또 척척해지네. 내 이럴 줄 알았다. 이름은 잊었으나 낯익은 제자 몇과 요란이 아들 내외가 찾아와 수선을 피웠다. 그들의 오열과 너스레를 들으며 치아 없어 매끄러운 잇몸을 혀로 훑었다. 헛웃음이 피식 나왔다. 힘없으니 나를 웃기지 좀 마라. 아이들은 울고 나는 몰래 웃고…… 나를 보필하느라 아이들이 많이 상했다. 성치 않은 내 수족 대신이라 피로가 더했겠다. 고맙고 미안하다. 그래도 호상이 아니겠냐고 누군가가 속삭였겠지. 아무렴, 호상이고말고. 멀리 가는 길이니 부디 잘 꾸며다오. 화려한 꽃으로 배웅해줘야 꽃 마중이 나온단다. 소망이 꾸역꾸역 넘쳐도 말이 나오지 않아 마음으로 전했다. 마음의 전령은 늙은 노새처럼 느려 터졌으나 돌고 돌아 결국에는 도착할 것이다.

어린 내 목을 누르던 어머니의 손길이 느껴진다. 그 손힘이 간절하다. 손가락은 따스하고 목소리는 간절했다. 아가, 뭐가 보이니? 꽃이 보이니? 어렴풋하게 들리는 목소리. 그 음성은 잊었던 그때의 촉감마저 돌이켜놓는다. 악력, 거부할 수 없는 악력, 꾸륵꾸륵 숨이 막히면 목덜미의 둔통이 금세 전체로 퍼졌더랬다. 목 조른 손이 내 속에 들어와 알맹이를 끄집어 올리는데 그 손이 어머니의 손인지, 어머니의 목을 조르던 내 손인지 분간이 가질 않았다. 어머니가 보이네, 저기 매달린 어머니,

축 늘어진 치마꼬리. 아아, 그만 됐다. 이젠 무섭지 않아. 이제야 비로소 똑바로 보인다. 알맹이, 내 알맹이는 헐거워진 육체를 버리고 한숨처럼 빠져나간다. 슬머시 빠져나간다. 구렁이처럼, 물길처럼 스르르 잘도 빠져나간다. 이만 됐다. 이만하면 할 만큼 했다. 했다, 했다, 했다 싶으니 순간 두둥실 떠오른다. 간다, 나는 간다, 이만 간다. 몸뚱이의 구속을 풀고 멀고 먼 곳을 향해 태평하게 흘러간다. 가고 있다. 막막한 어둠인가. 그대로 빛인가. 이대로 떠난다. 나였던 내 자신이 나를 벗고 하나의 작은 공처럼 스스로 뭉쳐지는가 싶더니 한겨울 입김처럼 사방으로 흩어진다.

얼마나 날았는가. 이건 죽음이 아니다. 그저 따스함이다. 아직 꿈이로구나. 여전히 꿈이로구나. 내 꽃들을 찾아 평온한 마음에서 흘러나오는 멜로디를 듣는다. 햇살이 잔잔한 강과 꽃으로 만발한 평야를 스쳐 지난다. 그대로 그것들인 찬란한 풍경에 급히 눈 돌리지 않는다. 탐할 이유가 없다. 원래부터 내게 속했던 것이라 특별할 게 없다. 나무 밑에 누군가가 서 있다. 어머니, 저편에 선 어머니가 내게 손을 흔든다. 산뜻한 청색 무명 치마가 바람에 펄럭인다. 윤기가 반드르르한 어머니의 쪽 찐 머리는 한 점 흐트러짐이 없다. 어머니는 곱다. 당장 달려가고 싶으나 쪼그라든 할망구가 된 내가 부끄럽다. 내 늙음, 내 버팀이 부끄럽다. 무엇을 얻으려 그리 오래 살았을까. 조금이라도 서둘러 나설 것을. 어머니는 나를 보지 않고 그림처럼 서 있다. 어머니의 치마가 물결처럼 풀어지고 나는 치마꼬리를 잡으려 손을 뻗는다.

어머니도 손을 내민다. 가자, 가자, 평생 기다렸던 손이다. 켕기는 마음에 그 손을 선뜻 맞잡지 못한다. 내가 한 짓을 기억하고 있겠지. 모를 리가 없다. 아니다. 아니다. 어머니가 아니다. 어머니인 줄 알았는데, 그런 줄만 알았는데 청색 무명 치마를 입은 나다. 내가 어머니였고 어머니가 나였다. 외할머니도 나이고 요란이도 나이고 내가 꽃이고 산천초목 피고 지는 모든 것이 나였다. 세상천지가 나로 이루어져 있는데 무엇 때문에 그리 질기게 탐하고 갈구하고 미워하고 치를 떨며 사랑했을까. 하나도 남김없이 나로구나. 나로 이루어진 세상의 나를 보며 내가 놓친 것은 하나도 없다는 것을 알아챈다. 그럼에도 미련 또한 남는다. 서푼짜리 미련이 저 너머에서 넘실거린다. 이것이 단잠에 든 꿈이라면 깨고 싶다. 눈을 번쩍 뜨고 나로 이루어진 나의 세상, 나머지 삶을 살고 싶다.

미련이 만들어낸 동력으로 간신히 고개 돌린다. 내가 건너온 저편을 돌아본다. 허물처럼 벗어둔 내 과거가 차곡차곡 쌓여 있다. 이제는 오래 입은 외투처럼 낡아빠진 내 세월, 지나온 날들, 만족스럽지 않아 안타까웠던 순간, 순간의 서투름이, 나를 차지했던 숱한 의미들이, 저 멀리에 여전히 남아 꿈틀꿈틀 몸을 뒤친다. 그랬던 내가 보인다. 살아내는 것으로 속죄하고자 삶과 싸우고 아귀다툼하는 내가 보인다. 내 지난날을 거꾸로 올라간다. 거슬러 오른다. 보인다. 내가 보인다.

## 4

칠순 내 인생은 갑갑하기 짝이 없는데 제자들이 생일잔치를 준비하며 마당의 생화 사이에 가화를 잔뜩 장식해주었다. 먹구름 낀 것 봐라, 비 오기 전에 꽃을 거두라 일렀다. 알고 있어요, 선생님. 저희가 알아서 합니다. 잔소리 몇 번 했다고 요란이 며느리가 뾰로통해가지고 시시콜콜 건방을 떤다. 욕심내는 꼴 보기 싫어 앞당겨 가산을 물려주었더니 이젠 찬밥 취급이다. 소소한 자산을 넘겨주기 전에는 성가실 정도로 찾아와 아양 떨던 것들이 요새는 바쁘다는 핑계로 코빼기도 비치지 않는다. 구정에도 그랬다. 너희들 언제 올 거냐고 전화했더니 어디, 어디 들렀다가 맨 마지막 날에야 시간이 난다는 희미한 대답. 그리곤 다들 오질 않았다. 벌써 이런 식이라? 이제는 저희들이 꽃을 만든다고 부산을 떤다. 마지막까지 내 정기를 빨아먹으려는 것이다. 궁중채화의 명맥? 정신이 오락가락하는 판에 가짜 꽃이 다 뭐란 말인가. 너희들도 눈깔이 있으면 저기 저 생생한 산천초목이나 똑바로 봐라.

수파련은 너희들이 탐낼 물건 아니라 했다. 차근차근 해체해야 한다. 탐내는 놈에게 미끼를 던져 이권을 흥정하고, 꽃은 내 기준에 맞게 가격을 매겨놓았다. 남의 것이 된 수파련의 화려함이 대놓고 허망하다. 가짜를 팔아 가짜를 얻었을 뿐이지. 가짜는 원체 가짜라지만 아슴푸레 향기를 떨구는 생화도 미덥지 않다. 이제 더는 미덥지 않아. 생생함이 지나친 것들의 인공적인 자태. 천박한 눈속임이 전에 비해 확연하게 보인다. 쇠락한 기운이 저기까지 뻗친 모양이다. 사는 것은 따라 하는 것이다. 남들한테 떨어지지 않으려, 그나마 비슷해지려 두리번두리번. 본 것이 그뿐인지라 빤한 것을 서로 베껴먹으며 그럴듯하다 자족하니 이 얼마나 한심한가.

일하는 아줌마가 휴가를 달라기에 그간의 정을 봐서 순순히 보내줬더니 이만 관둔다는 소식이 건너, 건너서 들려왔다. 전화기에 대고 악을 쓰다가 살살 구슬려볼 요량으로 다디단 이득을 내보였지만 이미 내 사람이 아니었다. 요란이 며느리에게 일하는 아줌마를 구해 오던가, 아님 부엌일을 맡으라고 닦달하자 대번에 눈물부터 흘렸다. 선생님이 지나치게 하셨잖아요. 사람을 그렇게 못살게 굴면 누구라도 못 버티는데, 저희야 선생님께 진 빚이 있지만 요샌 아무한테나 그러면 안 된답니다. 소문이 고약하게 나서 더는 못 구해요. 요란이 며느리는 나이 들더니 사소한 일에도 걸핏하면 울어댄다. 알아들었으니 그만해라. 억울한 척 하소연하지만 힘은 이미 그리로 넘어갔다는 뜻이다. 저것들이 다 쥐고 있는 것이다. 이런 경을 칠 것들이 있나. 내 기분 알아채라고 밥을 굶고 버텨도 누구 하나 들여다보질 않는다.

내 세월 알짜배기는 누가 다 파먹었나. 이제 쭉정이만 남았

20

다. 아름다웠던 한때가 사라진다. 영원으로 사라져간다. 가만 생각해보면 거의 죽었다. 나 말고 누가 남았던가. 사촌들을 동란 중에 줄줄이 잃었고 이민 갔던 외가 몇몇은 안부를 물을 필요도 없이 자손만 남겨놓고 전부 저세상 갔다. 사랑하던 사람도 여기 없다. 만수무강은 얼굴을 달리한 징벌인가 싶다. 스님은 이제 그만 자책의 능선을 넘어가라 했지만 그런 조언만으로 숨이 턱 막혔다. 그럴싸하고 그럴듯하게, 거짓에서 거짓으로 이어지는 나의 일상이 제발 몹쓸 꿈이기를. 나는 여태 뭘 했던가. 꽃으로 치장하지 않으면 썩은 내가 코를 찌르는 것 같아 웃고, 떠들며, 곱고 귀한 진짜들 사이로 숨어들었다.

보청기를 끄고 침묵하는 세상을 어둔 눈으로 살핀다. 소리 없이 말하는 입술은 어찌나 생기 있고 귀여운지. 들꽃은 저리 태평하고, 하루가 멀게 길이 바뀌고, 건물이 들어서고, 날이면 날마다 새로운 가치가 쏟아져 나온다. 죽을 날 걱정 없는 싱싱한 목숨들은 거저 얻은 활기를 어쩔 줄 몰라 되는 대로 낭비하며 불평불만. 저마다 사는 것에 지쳐 인생을 누리지 못한다. 정녕 모르는 것이다. 가짜가 아닌 다음에야 꽃은 시들어 누런 이파리를 떨어뜨리나니, 떠날 생각에 사로잡혀 시시때때로 심술이 이는 건 내 늙은 탓이다. 내 역하심정은 때가 되면 알리라. 이 나이에 이르면 누구라도 명줄에 사로잡혀 기승을 떨게 되느니 보장받은 생이 있어 계속 누릴 너희들이 참아라.

나는 한낱 장사치에 지나지 않는다. 내 이름 붙여 책으로 남긴 고래의 제작 방식이며 쓰임 따위 원래 있는 것을 정리한 것. 하늘 아래 새로운 것이 없다지만 담장을 부수고 넘어야 하는데 전통을 지킨답시고 따스한 양지만 골라 디뎠다. 새롭게 이름 붙일, 완전히 다른 방식의 꽃을 나는 아직 만들지 못했다. 영원히 불가능할지 모른다. 죽기 전에 내 이름 걸고 하나라도 이루겠다, 이루고 말겠다. 시도할 때마다 간섭하고 나서는 것들에게 나는 매번 졌다. 내 과문 탓이다. 어머니는 천상을 꽃을 보려 전부를 걸었는데 나는 용기가 없었다. 어머니의 허옇게 뜬 눈, 허공이 박혀 있던 눈동자, 나는 그런 눈이 되고 싶지 않았다. 젊어 죽어 신화가 된 어머니를 생각하면 나는 보잘것없는 장사꾼, 이 나이 들어서도 모친에게서 벗어날 궁리만 한다. 어머니가 내 경쟁자는 아니라고 변명도 하지 못한다. 속이 출출해 냉장고에서 차가운 홍시나 꺼내 오라고 아줌마를 부르다가 입을 다물었다. 없구나, 내 곁에는 아무도 없다. 사방이 조용하다. 저 꽃들은 아무것도 하지 않는다. 홍시를 가져다주지도 않고 말벗이 되어주지 못한다. 그저 저 혼자 아름답다. 쓸모없는 걸로 따지면 너나 나나, 피차일반.

### 3

멍청한 것들, 멍청하고 뻔뻔한 것들이다. 일거리 보채는 자들이 아침이면 찾아와 성가시게 구는데 받아먹은 돈이 있으니 영 모른 체할 수 없다. 굿판에 쓰이는 싸구려 종이꽃이며 절간에 보내줄 연잎도 조심조심 손을 보태야 그나마 그럴듯해지니 내 이름 먹칠하지 않으려면 성가셔도 하나하나 들여다보고 티끌만 한 흠이 있으면 뜯어내고 흡족지 않은 것은 골라내 버려야 한다. 거저 되는 일이 있나. 해줄게. 돈 안 떼먹는다. 그런데, 요만한 이파리 하나 말리는 데 한 달 걸리잖아. 이제부터 난리 쳐서 가을에 사진 찍겠나? 전에 썼던 채화는 이미 낡아서 못 쓴다. 새로 해야지. 어쩔래?

품도 시간도 많이 든다는 설명에 내 앞에 다소곳이 앉은 사내가 고개를 끄덕였다. 저희 회사가 후년에는 문화재단을 설립할 예정인데 선생님 작품을 후원하고, 조선왕실의궤를 정식으로 복원하려 기획하고 있습니다. 저희가 독점할 수 있다면 선생님의 조건을 맞추고 싶어서요. 아시다시피 저희 제품의 고급한 이미지와 조선왕실의 꾸밈이 딱 맞아떨어지고 해서…… 근사하게 차려입은 사내, 목소리도 굵직하니 수컷 냄새가 솔솔 풍긴다. 못생긴 놈이 찾아왔더라면 그 핑계로 내쫓겠지만 이놈은 인물이 훤해 붙잡아두련다. 허락은 늦추고 일단 기다려보라는 미끼로 수파련에서 술 먹이며 데리고 놀면 딱 좋을 성싶다. 이봐, 총각. 재료비 푼돈으로 쉽게 받아갈 생각은 아니겠지? 하얀 이 드러내고 풋풋하게 웃으니 더욱 좋구나. 내 너의 청춘에 꽃을 뿌려주마.

작업 하나를 해치우면 다른 일이 늦을세라 온다. 고고한 인간들을 만나 시시한 소리 지껄이는 것도 엄연한 비즈니스. 어제도 장관 부인이 카폰 달린 차를 보내 꽃구경 가자는데, 따라가 가식을 떨어야 하는 내 신세가 처량했다. 슬그머니 뒤로 빠지려 하면 당장 제자들이 아우성이다. 선생님 명성에 저희 장래가 걸려 있잖아요. 사교 모임엔 무조건 가셔야죠, 저희 길을 터주셔야죠. 이것들이 나를 얼굴마담으로 부려먹으려 든다. 안다, 안다. 나도 다 계획이 있다. 운이 좋아 내가 이 자리까지 오른 줄 알겠지만 실력 더하기 거미줄처럼 얽힌 인간관계가 내 든든한 백이란다. 명사들과 친구 먹으려고 지폐를 바닥에 깔아 길을 열었고 하찮은 것들에게 허리 숙이는 굴욕도 마다하지 않았다. 팔아먹은 꽃보다 거저 바친 꽃이 열 배, 스무 배 많다. 정치인들에게 보낸 후원금이나 기자들 입에 쑤셔 넣은 돈이 기업가들에게 뜯어낸 돈보다 훨씬 많다는 걸 제자들은 모른다. 받은 만큼 돌리고, 이리 돌리고, 저리 돌려야 우리 수파련이 무탈하게 돌아간다는 걸, 언제쯤 알아채겠니. 방구석에 앉아 손만 놀린다고 되는 게 아니다.

지금까지 받은 상은 의미와 경중을 따지지 않고 넙죽넙죽 받았으나 장애인협회인가 뭔가에서 준다는 상은 시들하다. 병신 주제에 뭔가를 좀 했다는 말인가? 상을 받아들이는 순간 그쪽 동네에 소속된다는 사실이 영 거북한데 "장애의 시련을 딛고" "가풍으로 물려받은 예인 기질" 기사 제목이 대개 이런 식, 무작정 인간승리로 몰고 가는 거다. 기분이 개운치 않아 스크랩북에서 빼버렸다. 화장의 4대손이라는 표현도 거슬린다. 어머니 얘기는 뭐하러 지껄였던가. 자랑스럽거나 부끄럽지는 않으나 그 사실이 내 작품과는 아무 관계가 없다. 어머니 너무 일찍 죽어 내게 아무런 기술도 전수하지 못했다고 누누이 설명했건만 무뎌빠진 작자들은 반대로 풀이해버렸다. 이런 걸 광나는 치장이라고 생각했겠지.

수파련은 날로 인원이 늘어 번잡하게 돌아간다. 꽃 만드는 일꾼 중 속장(俗匠)만 열둘에 화준부터 진찬의궤의 형식까지 꿰고 있는 제자가 다섯. 지난주부터 번갈아 밤샘이라 불평불만이 극에 달했다. 목이라도 축여가며 부려먹어야지. 일은 고되고 벌이가 박하다고 투덜거리는 입은 미리미리 틀어막아야 하느니 인생의 근사한 목표는 둘째 치고 풍류가 없으면 빡빡한 노동만 남는다. 오늘은 저 잘생긴 사내놈과 질펀한 술자리나 하련다. 놀아가며 쉬엄쉬엄 가는 것이다. 작업실에 들어가 오늘 밤은 회식이다. 선언하자 다들 반기는 가운데 떨떠름한 표정도 슬쩍 끼어 있었다. 의논은 저희끼리 하라 하고 나 혼자 절룩절룩 뜰로 나갔다. 오랜 공력을 들인 덕에 마당은 눈길을 두는 곳마다 화초가 흐드러졌다. 보랏빛 붓꽃은 시원하게 뻗은 길쭉한 이파리 사이에, 동그란 조경석이 둘러쳐져 있는 연못의 수제비 반죽처럼 너울거리는 잎 사이로 단아한 수련이며 담장의 장미, 백단, 작약, 여기저기 빠짐없이 흐느적흐느적, 뭉텅뭉텅, 와글와글. 아이고 좁다, 좁아. 숨통이 막혀. 올해 안에 옆집을 사들여 작업실과 마당을 넓힐 예정이다. 비싸다고 소문난

백송, 금송, 적송을 사다 빼곡하게 심어야지. 저 한가운데 대리
석 분수를 놓을까? 값비싼 물줄기가 시원하게 솟구치면 내 이
름도 함께 치솟을 것이다.

**2**

순원왕후의 가례에는 화준(花罇) 한 쌍에 장식된 비단 초충
(草蟲)이 열두 다발. 사권화는 은으로 받침을 만들고 그 위에 아
름다운 오색 명주실을 감아 꽃과 잎을 만들었으며, 궁궐이나 중
앙관청에 소속된 화장과 민간 화장, 사원의 승려 화장이……
찬찬히 읽다가 어느새 눈이 스르르 감긴다. 『진찬의궤(進饌儀
軌)』 『진연의궤(進宴儀軌)』. 스님이 불러주는 대로 받아 적은
공책이 아홉 권. 페이지마다 어설픈 꽃그림을 따라 그려 여백
이 없는데 받아 적은 글자라 삐뚤삐뚤, 한자는 바람을 맞은 듯
춤을 춘다. 스님 말대로 천자문부터 다시 시작해야 한다. 까막
눈으로 버티다가는 꽃은커녕 잎사귀조차 제대로 만들기 힘들
것이다.

스님은 무용한 것이 가장 높은 것이라 했다. 쓸모없는 것이
예술이라 했다. 꽃이 징글징글 싫다. 정신없이 손가락을 놀리
다 문득 정신을 차리면 사방은 컴컴하고 끼니를 챙겼던 기억이
까마득하다. 어느새 낼모레 마흔. 손가락은 납땜과 밀랍 인두
질에 데어 울긋불긋하다. 속절없이 나이만 먹고 이룬 것은 없
어 초조하고. 이러다가 먼지처럼 사라져도 아무도 모를 것이

다. 서글픔은 그것만이 아니다. 황홀한 꽃무리에 홀렸지만 실제로 내가 만들어낸 건 누더기, 눈 뜨고 보기 힘들 정도로 형편없는 것이라 박박 뜯어 걸레쪽이 된 부스러기를 방구석으로 밀어버렸다. 생화와 똑같이, 막 피어난 꽃처럼 보이게 하는 눈속임이 부끄럽다. 내가 만든 것은 이름을 붙일 수 없이 생경하고 아주 새로운 꽃이었으면 했다. 나만 아는 꽃, 나만의 것. 그런데 계속해서 헛짓거리다. 남들에게 손 벌려 쓸모도 없는 꽃을 만든다. 사글세 올려주고 연탄 사고 나면…… 다시 가서 가발이나 만들까. 얼마든지 다시 써준다고 약속했었다. 딱 6개월만 더 일해볼까. 수중에 돈이 있어야 재료를 살 것 아닌가.

꽃 무더기를 만들다 보면 어린 날이 떠오른다. 방법을 몰라 헤맬 때면 어머니 작업을 구경하던 그 시절을 기억하려 눈을 감는다. 억지로, 억지로 좋은 것만 생각한다. 그때는 어머니가 내 옆에 있었다. 뒷마당에는 염색한 색색의 천들이 널려 있었고 소쿠리에는 여기저기서 채취한 꽃이 한가득이었다. 어머니의 등에 업혀 분분히 날아가는 꽃잎을 잡으려 팔을 뻗었던 기억. 밀랍을 고는 매캐한 냄새, 염색 단지며 색색의 반짇고리…… 점례가 마당을 비질하는 소리가 그대로 들린다. 염색하는 들통에서 뿜어져 나오는 매캐한 냄새, 우물에서 두레박 올리는 소리, 사각사각 가위질하는 소리에 염료를 끓이던 지독한 냄새까지 문득문득 떠올랐다.

도로 갈까. 역시나 거기뿐인가. 아니다. 가발 공장에서도 홀대만 받았다. 누구보다 손이 잰데도 병신 취급이라니. 동란 때문에 몸이 상한 상이군인들은 근사한 이름 붙은 기금이라도 받지만 나는 뭔가. 난리 통에 다쳐 몸이 이 지경이 된 거라고 우기자 그건 네 팔자소관이라고 했다. 먹고살기 힘드니 사기 칠 궁리만 한다. 너 이러다가 골병들어 죽겠다고 푸닥거리나 한판 하자고 요란이 어미가 말했다. 용한 무당이 네 눈동자에 박힌 귀기를 뽑아내줄 거라고 했다. 내 눈깔이 문제라는 거다. 그러거나 말거나 나는 좋았다. 죽음의 그림자가 서린 꽃은 그대로 좋더라. 어차피 이번 생에서는 얻을 수 없는 것. 이제 그만 울자. 그만 놓자. 죽자, 죽자, 죽어버리자. 그간 써놓은 유서가 대체 몇 장인가. 해마다 절기마다 유서를 쓰고 짐을 정리하고…… 요란이 어미가 준 약을 먹으면 기분은 가라앉고 잠만 쏟아졌다. 죽고 싶지 않으면 약을 먹으라지만 그악스런 집착을 내려놓자 정신이 명료해지며 내 밑바닥에 든 찌꺼기 생각들이 보였다. 생각에 빠지면 온종일 멍했다. 소리가 들렸다. 어머니의 목소리가 잠결에 들려왔다.

아가, 아가, 무엇을 보았니? 아가, 뭐가 보이든? 생시처럼 선명하고 부드러운 음성. 어머니의 구슬픈 음성. 그 음성이 나를 어루만져주고 있었다. 곁방 벽장에 두고 온 내가 보였다. 그때 그 아이는 죽었고 어머니는 가짜인 나를 손으로 꾸며 이렇게 만들어줬다. 지금의 나, 가짜로 남은 나. 이런 나. 어머니를 죽인 나. 소란한 와중에 어른들은 알지 못했고 나 또한 그 의미를 몰랐다. 모른 체했다. 그런다고 없어지는 일은 아니었다. 내 어머니의 삶을 조였던 내가, 그 무게가 시간이 지날수록 점점 무지근해졌다. 이제는 그 무게가 나를 짓누르고 내 인생을 죽을 때까지 짓누를 것이다. 꽃이 버겁다. 아주 먼 곳에 있는 꽃이 아닌가. 그래도 보고 싶다. 한번 보자. 나머지 삶도 이렇게 고단하고 외롭다면 선택의 여지가 없는 것이다. 보자, 그 꽃들을 보자. 내 두 눈으로 본 다음에 마무리 짓자. 있다면 보일 것이고 없다면 보이지 않을 것이다.

가느다란 끈을 목에 칭칭 감았다. 내 죄에 감겨 있는 목덜미라 무엇으로 동여맨들 아무렇지 않았다. 자, 어머니. 내게 그 꽃을 보여주세요. 내 속에 그득 들어찬 꽃을 믿었으나 꽃이 나를 거부하고 모양을 내주지 않아요. 내 손은 곱아버렸어요. 나는 시집도 가지 않고 이대로 혼자 앉아 버티고 있으니 극한의 꽃을 내게 주세요. 보기만 하고 말렵니다. 방바닥에 반듯하게 누워 끈을 힘껏 잡아챘었다. 목덜미에서 퍼져나간 통증이 머리통을 압박했다. 헉, 헉. 얼굴이 뜨겁게 부풀어 올랐다. 눈알이 빠져나갈 것 같았다. 조금만, 조금만, 더. 억지로 버텨내는 시간은 모질고 느렸다. 힘이 빠져나가며 순간 끈이 헐거워졌다. 그때가 보였다. 그날, 그 순간이 보였다. 기침이 터지며 온몸으로 징징 전기가 흘렀다. 아득했다. 허술한 천장이 몸 위로 털썩 떨어질 것 같았다. 그것이 전부였다. 아무것도 보이지 않았다. 살고 싶은데 뭐가 보이겠나. 살 궁리밖에 하지 않는데 꽃이 다

뭐란 말인가. 연탄 걱정, 사글세 걱정.

아궁이에 마지막 남은 연탄을 집어넣고 냄비에 물을 올렸다. 황색이 필요해 치자를 물에 불려두고 잿물을 찾았다. 잿물을 넣어야 색이 잘 먹는다. 밤새 연잎 마름질을 한 탓에 삭정이를 주워 모으면서 끙 소리가 절로 났다. 오늘은 바쁘다. 장을 보고 돌아오는 신작로에서 샛노란 꽃잎을 하나 땄다. 향기로운 계란 꽃이다. 톱니 모양의 끄트머리에 비해 심지 쪽은 색이 더 진하다. 이렇게 자연스러운 음영은 천을 오려 붙이는 것으로는 안 된다. 될 때까지 하면 되는 것이지. 백 번을 해서 한 번이라도 성공하면 되는 것이다. 잎의 여린 주름을 만들며 노란 잎사귀에게 주절거린다. 이번엔 제대로 돼라, 제발.

# 1

희미한 빛이 벽장 안으로 파고든다. 기다란 빛줄기에 손을 대자 손등으로 주홍색이 말갛게 스며든다. 손등의 뼈가 비치는 것만 같다. 내 몸에서 가장 자랑스러운 손. 내 손가락은 그 누구의 것보다 아름답고 길다. 어머니의 손처럼 가늘고 하얗다. 그런데 또 시작이구나. 저 지리멸렬한 악다구니가 시작되었다. 병신 육갑한다! 제가 무슨 상전이라고 밥상을 들여준단 말인가. 아이고, 지린내야. 외할머니 발걸음이 다가오는지 바싹 엎드려 귀 기울였다. 치맛단 스치는 소리가 멀지 않은 곳에서 들렸다. 잠금 고리를 확인했다. 그럼에도 마음이 놓이지 않았다. 엊그제도 문짝을 뜯어내려 하지 않았나. 손대면 물어뜯을 거야. 오줌을 싸면 기겁하겠지. 그다음에는? 침을 뱉어버릴까. 혼자 궁리하는 사이 저쪽 방문이 드르르 탁, 닫혔다. 외할머니의 치맛단 스치는 소리가 사라졌다. 벽장문의 벌어진 틈으로 병풍 위에 걸린 어머니의 마고자가 보였다. 의복은 저리 남았는데 그 몸은 어디로 갔단 말인가. 점례가 몰래 넣어준 홍시는 이제 꼭지만 남았다. 말라붙은 꼭지에서 단맛을 빨아먹다가 나도 모르게 딱딱한 것까지 씹어 먹어버렸다.

곁방 문간 안은 숨이 막힌다. 낮은 천장을 올려보며 종일 컴컴한 어둠에 머물러 있다. 곡기를 거른 지 한참 되었다. 배 속의 굶주린 비명도 지쳐버렸는지 어느새 잦아들었다. 어둠이 내게 스며들면 나는 숨 쉬는 일 외에 달리 할 일이 없다. 아무도 신경을 써주지 않는 내 처지가 한탄스러워 밤이면 혼자 눈물 짓는다. 눈물이 터지면 걷잡을 수 없다. 악! 악! 고래고래 악을 썼다. 점례밖에는 내게 말 걸어주는 이가 없다. 내가 죽었기 때문인가. 누가 나를 죽였나. 어머니의 죽음이 내 잘못이라고 말한 사람은 없지만 내 잘못이 아니라는 이도 없다. 이곳은 춥고 막막하다. 요강은 벌써 그득 차, 지독한 냄새를 풍기는데 점례는 기척도 없다. 아무도 오지 않는다. 차가운 눈물이 뺨을 타고 귓바퀴에 고인다. 「도화연가」를 3절까지 두 번 부르라고 했다. 가사도 생각나지 않는 노래를 부르느라 힘이 들어 죽을 뻔했다. 사실 3절까지 부르지 않았다. 가사를 끝까지 아는 건 1절까지라서 대충 우물거리며 넘어갔는데 그게 마음에 걸려 창가 가사를 계속 떠올리고 있다. 어머니를 다시 못 볼 줄 알았더라면 노래를 부르지 않았을 것이다. 어머니가 깨어나면 거짓을 고했다고 꾸지람이나 들을 줄 알았는데 이걸 어쩌나. 이걸 어째.

오늘은 점례가 잠근 벽장문을 틈틈이 흔들었다. 자는 척, 눈 감고 있었지만 주절거리는 종년의 말을 나는 듣고 있었다. 그만하고 나오시오, 아씨. 순사가 칼을 차고 와서 잡아간답니다. 내가 원하는 게 뭔지 알면서도 같은 말만 반복하는 종년이 미워 낯짝을 걷어차고 싶었다. 벽장문을 열어젖히고 나가 그년 머리채를 힘껏 잡아당겼다. 낭창낭창한 머리채를 붙들고 늘어지며 소리 질렀다. 어머니 모셔와! 어머니 오면 나갈 테다. 어서! 점례는 머리통을 부여잡고 아, 아 소리 지르다 꺼이꺼이 울었다. 아씨, 나이 어리다 하나 어찌 그리 철이 없으시오. 마님이 돌아가셨다는 건 영영 볼 수 없단 뜻이오. 초상 치른 지 열하루가 지났는데 아직도 돌아가는 사정을 모르시겠소?

창호지로 희미한 빛이 스며들었다. 침을 발라 구멍을 뚫었다. 밖에서 들어오는 시원한 공기. 할머니가 종년들 야단치는 소리. 창구멍에 손을 대자 침 바른 검지가 서늘했다. 둘둘 말린 자투리 비단을 펼쳐 보면 모양이며 색깔이 눈부시게 제각각이다. 나와 놀아줄 동무는 전에도 그랬고 지금도 이것들뿐이다. 세모난 조각과 동그란 조각, 이파리 모양을 자르고 남은 조각, 중요한 것이 빠져나가고 남은 껍데기 같기도 하고 내 자신 같기도 한, 천 조각을 빛에 들이댔다. 순식간에 불이 켜진 듯 색이 환하게 살아난다. 이번에는 천 두 장을 겹치자 색이 은은하게 진해진다. 이것은 깊은 숨 같고 저것은 지나가는 한숨 같다. 빛이 만든 색상은 이리도 곱다. 겹치면 진해지고 구기면 볼록해진다.

어여쁜 천으로 내가 만든 꽃들을 바닥에 늘어놓았다. 어머니의 손끝 움직임을 떠올리며 나도 꾸무럭거리는데 서툴기 짝이 없어 성이 차지 않는다. 형편없다. 밉다. 이것은 꽃이 아니라 그저 천을 뭉친 것이다. 저기 저 꽃들도 먼지를 뒤집어쓴 그대로 자리만 차지한다. 함박꽃, 매화, 오이꽃 할 것 없이 박박 찢어버렸다. 눈에 띄는 대로 화려한 조각들을 남김없이 찢어발겼다. 이러면 어머니가 화를 낼 것이다. 나를 가만두지 않을 것이다. 가만두지 말았으면 좋겠다. 어서 나타나 나를 야단쳐주면 살 것 같다. 혼이 나고 싶다. 혼이 나야 한다, 나는. 바닥에 드러누워 「도화연가」를 내처 불렀다. 구성지게 잘도 넘어간다. 창가를 부르면 들린다, 우리 어머니 목소리. 내 몸 어딘가에서, 곁방 구석에서 그 목소리가 소곤거린다. 언제까지고 나는 어머니 목소리를 들으련다. 그 목소리를 품에 넣고 기다리련다.

✳

아가, 아가, 무엇을 보았니? 꽃이 보이든? 뭐라도 본 게 있으면 어미에게 털어놓아라. 어미는 너를 해치려는 게 아냐. 좋은 것을 보여주려는 게야. 세상에 없는 아름다움이 이승과 저승에 걸쳐져 있다는데 아무나 볼 수 없는 기가 막힌 꽃길이라지. 어미도 본 적이 없다. 그 꽃을 너의 눈을 통해 얻고 싶은 거란다. 네가 날 도와줘야겠구나. 도와주련? 어머니, 어머니, 아무것도 보이지 않았어요. 캄캄한 어둠이 제 숨을 틀어막았어요. 제발 어머니, 다시는 하고 싶지 않아요. 그저 목이 아프고 얼굴이 터질 것 같아요. 이 곁방은 너무 좁아요. 벗어나고 싶어요. 파란 하늘 아래 아이들이 재잘거리는 곳에서 놀게 해주세요. 저도 놀고 싶어요. 아가, 여기서 멈추면 아무것도 이룰 수 없다. 우리 집안 대대로 물려온 예기를 어찌 버리겠느냐. 우리에게는 꽃 치장의 숭고한 의무가 있단다. 나라가 넘어갔다 해도 해야 할 일은 멈출 수 없다. 아가, 뭐가 보이니? 꽃이 보이니? 너에게 그것을 보여주고 싶구나. 네 눈에 보이는 것이 있으면 주저 말고 얘기해주련. 어미는 그 꽃을 꼭 만들고 싶구나.

어머니, 무서워요. 제 목을 누르는 어머니가 낯설고 무서워요. 다정한 목소리마저 믿을 수 없네요. 편한 잠을 자고 싶어요. 아버지가 보고 싶어요. 아버지는 언제 오시나요? 아가, 불쌍한 내 아가. 아비는 이제 없다. 우리 둘이 살아야 한다. 이제 가회동에는 다른 아낙이 들어왔고 우리는 여기 사는 거다. 이곳은 내가 어릴 적부터 뛰어놀던 곳이지. 꽃이 많잖니. 이만한 마당은 어디에도 없단다. 그런데 어미는 다른 꽃이 보고 싶구나. 꽃들은 왜 그리 멀리 있을까. 내가 만들어낸 것은 하나같이 모자란 것. 내게는 너도 꽃이지. 너를 성한 꽃으로 만들려면 나는 성심을 다해야 한다. 혹여 네가 잘못된다면 어미는 반드시 너를 구할 것이다. 걱정 말고 눈에 보이는 것에 집중해다오. 아프지 않게 할게. 아프지 않을 거야. 아가, 아가, 뭐를 보았니? 꽃을 보았니? 꽃이 얼마나 많더냐?

어머니, 저를 꼭 안아주세요. 부족한 자식이지만 어머니 품이 그립답니다. 어머니의 얼굴을 친 것은 제 뜻이 아닙니다. 그저 팔이 뻗어 나간 거죠. 제 몸은 원래 제 뜻대로 움직이지 않아요. 어머니, 목을 누르면 숨이 막혀요. 아프고 무서워요. 무서워서 꽃을 놓치고 말아요. 매일 밤, 꽃을 찾아 헤매느라 목덜미가 얼얼해요. 저고리 동정이 닿기만 해도 쓰라리고 따가워요. 자려고 눈을 감으면 차가운 손이 뱀처럼 기어드네. 마구 파고드는 날카로운 손톱에 온몸이 쪼개질 듯 아파요. 아, 아, 뱀. 그 뱀을 어찌할까요. 오냐, 아가, 내 새끼야. 이제 희망이 보이는구나. 조금만 참아. 조금만 참으면 된다. 날마다 노력했으니 언젠가는 하늘이 열릴 것이다. 네 입이 열릴 것이다. 아가, 뭐가 보이니? 꽃이 보이니? 너에게 그것을 보여주고 싶구나. 네가 본 것을 얘기해다오. 어서, 얘기해봐. 분명히 봤을 거야. 네가 보기 전에는 멈출 수 없다. 멈추면 모든 것이 수포로 돌아간다. 아까워서 멈출 수 없다.

제가 봤어요. 방금 봤어요. 내 눈으로 똑똑히 봤어요. 어머니, 제가 본 것을 말씀드릴게요. 방 안은 어둡지만 그곳은 밝았어요. 푸른빛과 선홍빛에 황금색 알갱이들이 흩어지며 환하게 아주 환하게 빛을 내며 빠르게 움직였어요. 믿을 수 없이 빠른 속도로 찬란한 빛에 스며드는 둥근 모양들이 저희끼리 뒤섞이니 저도 모르게 저세상으로 달아나고 싶었지요. 아프기는커녕 저는 행복했답니다. 웃음이 터져 나왔지요. 그것을 꽃이라 한다면 꽃이겠지만 움직이는 속도가 너무 빨라 붙잡을 수 없었어요. 제 손발이 저릿저릿했지요. 기쁨으로 흥건해진 제 몸은 마치 물처럼 유연하게 흘러 다녔어요. 절뚝거리며 걸을 필요가 없더라고요. 저는 그저 흘렀고 날았으니까요. 보기는 봤으나 제가 본 것을, 그 기쁨을 설명할 길이 없네요. 봤다 한들 제가 만들 수 없으니 이제 어머니가 가보세요. 직접 보세요. 어머니가 가볼 차례랍니다. 그 꽃들은 어머니를 기다리고 있어요. 정말 아름다웠어요.

아가, 아가, 네가 본 게 천상의 꽃들이란다. 몇 번을 들어도 흐뭇한데 내게는 떠오르지 않는구나. 내 눈으로 보지 않으면 정녕 안 되는 건가. 네가 돌아왔으니 나도 가봐야지. 천천히 둘러보고 다시 와야지. 네가 여기서 기다리고 있으니 난 절대로 거기 머물지 않을 거야. 내 말을 믿어도 좋다. 아가, 너는 옆방에서 노래를 불러다오. 「도화연가」를 3절까지 두 번 부르고 난 뒤 점례 방으로 가거라. 오늘은 점례 방에서 자야 한다. 오늘만 곁방을 떠나거라. 자, 이제 건너가거라. 나는 꽃을 보러 가련다. 언젠가는 그 길을 가야 하는 게 우리네 인생이 아니더냐.

너를 낳은 뒤로 사는 것이 지옥이었다. 지체 높은 가문의 위신이 떨어졌다고 다들 쑤군거리더구나. 서방님은 나를 떠났고 그 소중한 씨앗은 다른 몸으로 향했다. 남의 꽃이 만발한 정원을 바라보며 나는 눈물을 참았다. 재기를 품은 여자는 가정을 올곧게 가꾸지 못한다는 비난이 죽도록 사무치더라. 내 손에서 피어나는 꽃이 내 징벌이로다. 어머니는 언제고 너를 죽이고 말 거야. 살기 어린 눈빛이 네게로 향하면 내 다리가 후들거리지. 너를 잃고 어머니를 죄인으로 만들까 봐 살아 있어도 산 것 같지 않았다. 아, 우리 둘 다 살 수는 없어. 너는 나로 인한 잘못이고 너는 나의 도모로 구제되어야 한다. 이 끈이 과연 나를 구원할 것인가. 혼자서는 엄두가 나지 않는구나. 이 어미에게 용기를 주려무나. 옳지, 그래. 우리는 장난을 치는 중이야. 네가 본 것을 나도 보고 싶구나. 어미가 거기 다녀오면 콩버무리를 해주마. 맛난 것을 실컷 먹여주마. 이 침침한 곁방에서 꺼내주마. 옳지, 아가. 내가 위로 오르는 동안 너는 노래를 불러라. 「도화연가」가 아니라 아무 창가라도 좋다. 뭐든 불러. 나는 황홀경을 향해 간다. 저기 저, 아름다운 세상을 잠깐 보고 돌아올 것이야. 꽃을 봐야 꽃을 만들 수 있지 않겠니. 아가, 아가, 옳지, 옳지, 아리따운 목소리로 내 가는 길에 꽃을 뿌려다오. 꽃배웅을 받아야 꽃마중이 나온단다. 그런데 어디 있니? 보이지 않는다, 아가, 보이지가 않아. 아, 꽃들은 어디 있느냐. 어디로 갔느냐. 내 꽃들은.

네로의 詩

바이러스의 진원지를 찾아 국경을 넘었다. 날씨는 쌀쌀하고 주변은 삭막하다.

기술자들이 건물의 케이블과 인화 물질을 점검하는 동안 우리는 버스에서 장비를 풀어 내렸다. 화염방사기에 연료를 채우고 방호복 점검을 마치면 순서대로 상급자에게 통합 재검을 받는다. 주삿바늘처럼 작은 구멍으로 바이러스가 번식될 수 있으므로 육안으로 찾아낼 수 없는 미세한 흠결을 찾는 정밀검사가 지루하게 진행된다. 그동안 소각예정지에 남은 가구며 쓰레기 더미를 치우는 소형 지게차와 굴착기가 통로를 따라 부산하게 움직인다.

지난주 회령 332지역에서 사고가 있어 오늘은 새 방호복을 입었다. 언젠가 팔뚝 소매가 2센티미터 정도 사선으로 찢겨 피부가 노출되었는데도 상부에 보고하지 않았다. 검사 절차가 골치 아픈 데다 하루 치 작업 수당이 아쉬웠기 때문이다. 불 속에 있었으니 바이러스 따위 고열에 사그라졌을 테지만 방호복 검사 시간만 되면 그 일이 생각난다. 그때가 며칠이었더라. 최근엔 피검사도 받지 않았다. 어쩌면 나는 감염된 상태인지 모른다. 늘 열기 속에 있으니 당장은 드러나지 않겠지만 잠복한 바이러스가 여기저기 퍼져 대원들에게, 부대원 전부에게, 그러다가 만에 하나 구미에게 옮긴다면. 구미. 몸이 약한 구미…… 벌써부터 덥다.

체구가 작은 인민군들은 우리 측에서 제공한 방호복에 '조선민주주의인민공화국'이라는 글씨를 써넣고 다닌다. 페인트는 인화성 물질이라 현장에서는 금지시켰음에도 저리 고집을 피운다. 위에서 시켰거나 저희들 딴에는 자존심인가 보다. 악착같이 구별해서 뭐가 달라진다고. 어쨌거나 네놈 등판의 글씨가 멋지다며 엄지를 세우자 볼따구니 움푹 꺼진 인민군이 떨떠름한 얼굴로 엄지를 마주 세웠다.

남쪽에서는 건물 자체가 복잡한 데다 오밀조밀 붙어 있어 사전 작업이 더뎠지만 이쪽은 볼품없는 건물들이 뚝뚝 떨어져 있어 한결 수월하다. 초급 훈련 시절, 베니어합판으로 만든 허술한 구조물에 대고 화염방사기 분사하는 연습을 했었다. 그때 그 칸막이 세트보다 이곳의 건물들이 더 형편없게 보인다. 가장 복잡한 구조라는 이곳 남새시장 주변 가옥은 시설물이 조악한 데다 위험 요소가 없어 재미를 반감시킨다. 단순한 구조에 공간이 넓어 작업 규모만 크다. 트럭이 속속 도착하고 소방대원들이 투덜거리며 호스릴을 풀어젖히는 중이다. 저쪽 3구역은 이미 시작했는지 검은 연기가 위로 솟구친다. 서둘러 장비를 꾸려 대열을 갖춘다. "안전줄, 연료통, 산소량 확인" "게이지 만땅, 퍼펙트!"

장비를 꾸린 93조 일곱 명이 가장 먼저 투입됐다. 우리 조는 기다린다. 거친 숨을 몰아쉬며 대기, 마냥 대기다. 무거운 방호복을 입고 한나절을 보내고 나면 투입되기 전부터 땀범벅이 되어버린다. 귀찮아도 더워도 어쩔 수 없다. 방호복을 벗었다 도로 입으면 처음부터 다시 점검받아야 한다. 작전 개시 등이 켜지기 전까지 라디오를 듣는다.

검은 연기가 사방에서 치솟는데 명령이 언제 떨어지려나. 기다림에 지쳐 산소호흡기를 빼려는 순간 비로소 신호가 울린다. 58조가 출동 준비에 들어가고 우리는 직전 대기. "전원, 5시 방향, 40보 전진. 갈색 벽돌담 출구로 진입." 인터컴으로 들리는 느긋한 명령. 목소리는 타인의 것이 아닌 내 몸 어딘가에서 울리는 심장 소리 같다. 분대장의 침 넘기는 소리가 내 귓속을 핥는 듯 흘러내리고 내 호흡 소리가 그에 맞물려 헐떡거린다. 쿵쿵 울리는 내 발소리를 박자 삼아 후우욱후우욱 숨소리, 5시 방향으로 곧장 들어가자 낡아빠진 주거지 벽돌 담벼락이 막아선다. 출구가 좁아 몸을 넣기 힘들다. 이건 웃기지도 않는 개구멍이다. 대기하느라 써버린 산소량을 생각하면 50분 안에 나와야 한다.

검은 연기가 잠식한 건물 안은 파티가 한창이다. 치우지 않은 옷장이 덩그러니 남아 있다. 성가시지만 반갑다. 남루한 옷가지에서 시커먼 연기가 뭉글뭉글 피어오른다. 쌓아놓은 옷 더미의 부피가 불길에게 잡아먹혀 쑥쑥 줄어든다. 천 종류는 순식간인데 신발과 혁대는 고약하다. 이것들을 왜 여기에 모아뒀나. 피라미드처럼 쌓아놓은 온갖 종류의 운동화와 군화와 구두들은 불이 닿기가 무섭게 지글지글 끓는다. 냄새도 끔찍할 것이다. 불 위의 오징어처럼 오그라드는 신발의 형체는 지독히 역겨워 왠지 사람을 태우는 것 같은 기분이다.

건물 안으로 들어가는데 누가 어깨를 친다. 한판 뜨자! 뻐드렁니가 손짓으로 말한다. 놈은 위치 추적기의 건물 조감도를 켜 장소를 지정한다. 너는 왼쪽, 나는 오른쪽. 오케이? 좋아. 놈과 나는 고개를 끄덕이며 각자의 산소통과 연료통의 계기판을 확인한다. 진입 시각이 같으니 다를 수가 없다. 이번에는 질수 없지. 나는 아주 오래 버틸 것이다. 후읍, 산소를 깊이 들이마시고 안으로 들어간다. 자, 카운트 스타트. 앞서가던 녀석이 나를 돌아봤다. 보이지는 않아도 꼴값 떠는 표정일 것이다.

방이다. 좁고 낮은 방, 보안렌즈 너머로 뿌옇게 보이는 벽지바른 방. 검은 연기가 자욱한 공간에 달력과 가족사진이 든 액자가 흐릿하다. 울퉁불퉁한 시멘트 조각들이 발밑에서 와르르 밀린다. 뻐드렁니는 보란 듯이 불을 길게 내뿜는다. 제 실력을 봐달라고 일부러 내 옆에 붙어 서서 재는 거다. 녀석은 용접공 출신이라 불 다루는 솜씨가 누구보다 안정되고 거침없다. 연료 노즐까지 개조해 가장 굵고 센 불줄기를 만들었는데 놈의 잘난 체는 화력뿐이 아니다. 제가 뿜내는 화력을 발기력이라고 주절거리며 사타구니에 기기를 붙이고 붕붕 쏴대는 꼴이란. 야 이 자식아, 여기서는 화력보다 지구력이라고. 얼마나 버티나 보자!

나도 질세라 레버를 끝까지 당겼다. 근사하게, 폼 나게! 이럴 때는 「파티 투나잇」 격한 리듬이 귓전에서 둥둥거린다. 그루브를 타면 폼도 나고 근력이 배가된다. 새파란 불길이 벽체에 닿아 좌우로 화르르르 갈라진다. 벽지가 돌돌 말리며 불을 이고 달린다. 맥박이 박자에 맞춰 펄떡이고 내 손아귀 힘에 따라 불길이 날뛴다. 리듬감은 최고, 오늘 컨디션은 베스트. 바이러스가 나를 갉아먹든 말든 놈들을 제압한다! 수당이 쌓인다! 격멸! 전진! 자욱한 연기를 헤치고 안으로 들어간다. 내가 목숨 걸고 소멸시켜야 할 적은 방바닥의 격자무늬 장판, 낡은 옷가지와 남루한 이불 더미, 부패한 음식이 말라붙은 그릇과 쓰레기, 쓰레기들. 그래도 무시할 수 없다. 바이러스는 즉시 척결. 구석구석 불을 퍼붓는다. 자, 타오르는 불세례를 받으라. 더러운 너희는 나의 상찬을 받으라. 집 구조가 우리와 달라 가끔 멈칫해도 목적은 같은 것이다. 소멸, 완벽한 소멸.

레버를 끝까지 당겨 버틴다. 방사기가 반사적으로 튕겨 나
갈 듯 위태롭다. 몸을 뒤로 젖혀가며 어금니를 물고 버틴다. 근
육이 터질 듯 팽팽하게 부풀어 오른다. 이것은 불의 권력! 불은
차갑다. 소름이 돋을 정도로 냉혹하다. 그래서 매혹적이다. 검
은 연기로 소멸될 하찮은 것들을 내려다본다. 곧 사라질 것들
을 만만히 굽어본다. 내가 권력자가 되는 건 딱 이때뿐이다. 그
런데 다들 어디로 갔나. 분명 근처에 있었는데. "이동!" 소리가
들린다. 소리가 지글거린다. 주파수가 흩어진다. 발밑의 진동,
미약한 진동이 느껴진다. 어딘가에서 작업 중일 삐드렁니 녀석
을 찾으러 검은 연기를 헤치고 나아간다. 앞이 보이지 않는다.
진공관에 든 것 같다. 헐떡거리는 내 숨소리만 들린다. 여기는
어딘가? 컴컴하다. 후우욱, 후우욱. 어깨에 짊어진 산소통과
방사기 때문에 발을 디딜 때마다 머리통이 쿵쿵 울린다.

때로 구미는 칭얼거렸다. 그 일 안 하면 안 돼? 구미는 작은
입술로 옹알이를 하듯 종알거렸다. 자기는 무섭지도 않아? 왜
아니겠나. 나도 무섭다. 숨이 콱콱 막히고 더워서 미치겠다. 더
군다나 바이러스. 단박에 골로 가는 바이러스. 감염된 대원은
없다지만 믿을 수 없다. 분명 많이 죽었을 것이다. 죽음이 우리
곁에서 늘 서성인다. 사고는 많다. 까딱하면 터진다. 그런데 이
걸 쥐고 있으면 안심이 된다. 시시때때로 간질거리는 공포는
그림자처럼 떨어지질 않으나 화기가 내 손에 있으면 어둠 속에

불을 켠 것 같다. 화염은 나를 안정시킨다. 지글거리는 불은 시각적으로 확실하기에 더없이 든든하나 저기 저 너머의 보이지 않는 불이 무섭다. 세상은 냉랭한 철벽 안에 있다. 평온한 한낮의 주검. 지글거리는 불안. 형은 몸이 산산조각 나던 순간에도 위험이라는 단어조차 떠올리지 못했을 것이다. 그렇게 당했다. 갈 때 가더라도 공포는 내 손에 쥐고 있는 편이 낫다.

"타임 오버. 우보 직진. 건물 해체 들어간다."

몽롱한 의식을 비집고 들려온 명령. 귓전의 목소리가 뚝뚝 끊긴다. 얼마나 버텼나. 땀 때문에 시야가 흐리다. 덥다, 불가마 안에 든 것 같다. 시간이 멈춘 것 같아 눈을 부릅뜨고 계기판을 확인한다. 볼 수 없어. 하나도 보이지 않아. 알 수 없는 소음으로 귀만 시끄럽다. 시린 눈을 깜빡여 땀방울을 떨어뜨리고 계기판에 초점을 맞춘다. 시커먼 그을음을 손가락으로 문지르자 5와 7의 눈금 사이에 바늘이 오락가락, 긴급 호출의 빨간 등이 켜져 있다. 등을 타고 땀이 줄줄 흐른다. 인터컴의 목소리가 징그럽게 크다. "2팀 장소 이동! 건물 해체 들어간다. 건물 해체." "야, 이 새끼들아. 빨리빨리!" 왕왕 울리는 소음, 매캐한 연기. 방향을 잡을 수 없다. 온도가 높다. 사방이 후끈하다. 뻐드렁니는 어디로 갔을까. 쾅! 발밑으로 커다란 진동이 울린다. 무거운 잿더미가 어둠으로 쏟아진다. 폭발, 폭발인가? 조명등을 켜도 뭉글뭉글 피어나는 연기의 형체만 또렷해질 뿐 나아갈 방향은 보이지 않는다. 흐릿하다. 위험지수 계측기와 온도계가 그을음에 덮여 까맣게 지워졌다. 딩, 딩, 딩, 빨간 불빛이 점멸하며 비상 상황을 알린다. 온도가 높으면 연료와 산소통이 터진다.

"이 개새끼들! 내 말 안 들려?" 안 들린다, 새끼야. 구미는 언제나 불평불만, 불평불만. 조잘조잘 잘도 떠들지. 자기야, 세상엔 여러 가지 직업이 있어. 다치지 않고 재미난 직업이 많단 말이야. 자기는 무섭지도 않아? 구미야. 난 무섭지 않아. 무서워도 무서운 게 아냐. 여긴 죽음의 한복판이야. 어느새 들어와 있어. 아주 재미난 곳이지. 열띤 파티장. 어딘가에서 사이렌이 울린다. 쿵! 천장에서 뭔가가 와르르 떨어진다. 계속 떨어지고 있다. 구미, 넌 몰라. 내가 뭘 하는지 상상도 못 할 거야. 쿵! 폭발음이 다시 울린다. 지축이 흔들린다.

"건물 해체! B314, F553, 이 새끼들 개기냐?" 나와 뼈드렁니를 지목했다. 닥쳐. 나는 작업 중이야. 나는 내 일을 좋아한다. 박애정신으로 하자며? 뼈드렁니 새끼, 아직 있구나. 크흐흐 웃음이 터진다. 먼저 나갈 수 없다. 나가면 김샌다. 출구는커녕 아무것도 보이지 않는다. 아무것도 없다. 후우욱, 후우욱. 산소를 빨아들이는 거친 숨소리만 살아 있다. 마치 심해 깊숙이 들어간 잠수부가 된 것 같다. 대책 없이 작살만 쏜다. 무엇을 잡으려는지 모르고, 아무것도 보이지 않고 그저 혼자 버둥거리는 중이다. 너울거리는 불길은 물결처럼 머리 위에서 소용돌이친다. 화려한 산호초가 끝도 없이 펼쳐져 일렁이고 있다. 심해의 바닥을 친 잠수부만이 반동으로 위로 오를 수 있다. 올라야 한다, 위로 올라야 산다. 익숙한 안락감에 심신이 슬슬 녹아 흐른다. 프라이팬 위의 버터가 된 듯 노곤하다.

구미가 잠든 소파 밑으로 죽은 뱀처럼 늘어진 사과 껍질과 과자 봉지가 보인다. 텔레비전 화면의 변화에 따라 구미의 얼굴 위로 불빛이 순간순간 점멸한다. 구두를 벗으며 가방과 부식거리가 든 비닐봉지를 현관 바닥에 살포시 내려놓았다.

미세하게 들썩이는 구미의 어깨. 앙상한 어깨는 직각자를 대고 그린 듯 반듯하게 각이 졌다. 잘도 잔다. 자는 모습을 한참이나 지켜보다가 마른 어깨를 흔들었다. "구미, 내가 뭐 사 왔는지 봐봐. 끝내주는 거야." 구미의 새근거리는 숨소리가 관심 없다는 대꾸처럼 들린다. 웅크린 몸에 담요를 덮어주고 머리 밑에 쿠션을 받쳐줬다. 조용조용 제복을 벗는다. 옷가지를 하나씩 벗어도 열기를 품고 온 몸은 여전히 이글거린다. 셔츠가 스치면 화끈거리는 팔뚝과 가슴팍이 찌르듯 따갑다. 본부에서 찬물로 샤워를 몇 번이나 했는데도 체온은 사막 한복판에 있는 것 같다. 바지 주머니에서 동전이 짤그랑 떨어지고 아주 먼 곳에서 묻혀 온 흙먼지도 사락사락 떨어진다. 탄내에 찌든 제복을 옷걸이에 걸어 창문가에 매달았다. 바람이 추근거리자 웃옷이 춤을 추듯 좌우로 건들거린다.

덴 자국이 오늘따라 많다. 욱신거리는 정강이에는 소염제 스프레이를 흠뻑 뿌렸다. 아프지 않았는데 연고를 문질러 바르자 숨어 있던 통증이 일시에 솟구친다. 신음이 절로 터진다. 통증이야 시간이 지나면 가시겠지만 뭔가 허하다. 열린 창으로 들어오는 소음. 지대가 높아도 지상에서 올라오는 소음은 언제나 두껍고 무지근하다. 다들 이 시간까지 작업인가. 창밖에는 트럭의 노란 불빛이 반딧불처럼 몰려다닌다. 붉고 노란 불빛이 점점이 바닥으로 쏘다닌다. 웅웅 땅을 파헤치는 소음. 오래전부터 익숙해져 아무렇지 않은 소음. 저 건너편 관사의 규모는 역대 최고다. 쇼핑몰처럼 웅장한 데다 주변 시설이 생각보다 화려해서 놀랐다. 유명한 식당이 모여 있고 회원제 스파, 놀이 시설과 쇼핑몰도 들어섰다. 구미는 저것이 탐난다고 했고 나도 그렇다. 신축 건물로 이주할 자격을 얻으려면 뼈 빠지게 불을 질러야 한다. 하루라도 쉬면 밀린다. 있는 것을 얼마나 태워야 새것을 얻을 수 있나. 그저 잘한다고 될 일이 아니라 줄을 잘 서야 한다. 아주 불가능한 일은 아니다. 우리도 언젠가는 저런 것을 갖게 될 것이다. 구미가 누운 소파에 등을 길게 기대앉았다. 나란히 포개져 있는 구미의 발을 쥔다. 윤곽은 단단한데 살결이 보드랍다. 구미의 발등. 발등의 동그란 화상 자국이 전에 비해 옅어졌다. 스마일 표시가 지워졌어도 내 눈에는 언제나 웃는 발등이다. 늘 방긋 웃는 스마일.

"손님, 나도 이런 거 있어." 내 어깨에 비누칠하다가 구미가 발을 번쩍 들어 보여주었다. 발등의 동그란 자국에 스마일 얼굴이 그려져 있었다. "매일 아침 볼펜으로 그려요. 표정이 없

으면 우울하잖아. 흉터니까." 우울한 게 싫다고 말하던 우울하
게 생겨먹은 계집애였다. 반말과 존댓말을 섞어 쓰는 이상한
계집애. 구미는 내 어깨의 커다란 화상이 언제 어떻게 생겼는
지 자꾸만 물었는데 성가셔서 무시해버려도 나를 볼 때마다 캐
물었다. 내 어깨를 만지는 계집애의 손길이 피부를 뚫고 들어
와 가슴팍까지 파고들었다. 왠지 얼얼했다. 구미는 엄마 등에
업혔다가 기름이 튀는 바람에 발등이 그리되었다고 했다. "덴
자국이죠 뭐." 활달하던 말투는 언젠가부터 반말로 평평해졌
다. "손님이 가진 화상이 훨씬 크지만 햇수로 따지면 내 스마
일이 누나야. 한참 누나."

구미는 그 뒤로 내게 각별하게 굴었다. 출입구 오른편 맨 끝
방, 구미의 방으로 들어가면 인사 대신 발등의 스마일부터 보
여주었다. "애가 당신을 기다렸어. 당신이 좋대. 반갑다고 이
렇게 웃고 있잖아." 구미는 쉼 없이 조잘거리며 비싼 기름을
듬뿍 발라 공들여 마사지해주었다. 특히나 내 어깨의 흉터를
손 다림질로 말끔하게 펴고 말겠다는 듯 집요하게 어루만지고
쓸어주었다. 아무리 봐도 징그러운 상처인데 구미는 그랬다.

그 흉터를 얻었을 때 끔찍이도 아팠다는 말이 하고 싶어 입
이 근질거렸다. 그러나 말하지 않았다. 지금껏 말한 적이 없
다. 그때부터 구미는 나라는 존재를 내 흉터에 딸려 있는 부속
품 따위로 취급하며 내 왼쪽 어깨만을 줄기차게 편애했다. 흉
터의 두둘두둘한 감촉이 좋다고 늘 어루만져주곤 했는데 그 손

길이 나를 미치게 했다. 지금 생각하면 낯 뜨거운 일이지만 다른 손님에게 구미를 빼앗길까 봐 매일 찾아가고, 빚을 갚아주고…… 그때는 구미가 내 인생의 목표였다.

냉장고에서 생수를 꺼내 병째 들이켰는데 시원하지가 않다. 목덜미를 타고 흐르는 물기가 물인지 땀인지 모르겠다. 연달아 두 병째 비우고도 갈증은 여전하다. 냉장 칸에 멸균도시락이 고스란히 남았다. 감염을 예방하고 면역력 어쩌고 하는 글귀가 달린 도시락을 꺼집어내고 새 도시락을 냉장고 가운데 칸에 차곡차곡 쌓아놓았다. 버릴까 망설이다 떠먹은 스푼 자국이 선명한 카레를 집어 들었다. 익숙해지면 그리 고약한 건 아니지만 고온멸균식품답게 맛이 밍밍하다. 냉장고 문을 열고 쭈그려 앉아 카레 섞은 밥을 떠먹는다. 냉장고가 내주는 환한 빛만이 내 식사 동무다. 다만 차가워서 좋다. 열기를 중화시키는 시원한 밥.

"언제 왔어?"

구미는 눈을 비비며 일어나 앉는다. 카레 밥을 싹싹 긁어 먹고 구미에게 갔다. 부스스하게 뻗친 머리카락이 까치집 같다. 작은 몸을 끌어안았다.

"탄내 나."

"오늘분 주사 맞았지? 앰풀 박스 더 가져왔어."

구미는 등을 벅벅 긁으며 딴청을 부린다. 다시 물었다. 주사를 맞았느냐고.

"나 멀쩡해. 워낙 건강체라 감기도 건너간다고."

욕실에 들어가 항원 앰풀이 든 통을 확인한다. 둘, 넷, 여섯, 여덟…… 앰풀의 숫자가 전혀 줄지 않았다. 빈틈없이 꽉 찬 앰풀의 정렬이 어처구니없다. 화를 참으려 수도를 틀고 얼굴을 씻었다. 구미는 모른다. 사망자, 매일 발표되는 사망자. 내일도 전국 곳곳에서 죽어나가는 사람들 숫자가 올라갈 것이다. 매일 오르고 있다. 사태가 얼마나 위중한지 구미는 알지 못하는 것이다. 알고도 모른 체하나? 정말 모르는 건가. 답답하다. 바이러스 잠복기는 한 달여. 그보다 빠를 수도 있다.

방호복이 찢어진 적이 있다고 구미에게 털어놓지 못했다. 겁이 나 말할 수 없었다. 둘 중 한 명이라도 발병한다면 우리는 헤어져야 한다. 격리된다. 여기서 쫓겨난다. 숙사 전체를 태워야 할지 모른다. 삶이 끝장나는 건 순식간이다. 소각 현장이 얼마나 살벌한지 설명하려 들 때마다 구미는 딴청을 피우거나 귀를 틀어막았다. "나도 알아. 뉴스 보고 있잖아. 다 봤어. 사람들이 욕한다고. 정부에서 하는 미친 짓이라고 욕하는 사람이 얼마나 많은데?" 뉴스라고 했겠다. 뉴스? 고작 그딴 걸 믿다니. 다 봤다고? 이 집구석에 앉아서? 보는 것과 겪는 건 다르다. 많이 달라. 지금은 누구도 정확히 알 수 없다. 둘 중 하나라도 정신 차려야 한다.

"주사 맞자."

구미가 몸을 움츠린다. 가느다란 팔뚝을 붙잡고 천천히 바늘을 밀어 넣었다. 간단한 원터치. 혹시 모르니깐 오른팔에 한 방 더. 구미가 눈을 감는다. 부스스한 머리카락에 긴 속눈썹, 저 작고 건조한 입술. 피가 모인다. 내 속에 매복된 열기가 다시 뻗쳐오른다. 이리 와. 내가 지금 터지기 직전이야. 옷을 벗긴 다. 살내음이 훅 끼친다. 그런데 미약한 신호음이 들린다.

딩, 딩, 딩, 비상 호출이다. 바지 주머니를 뒤졌다. 휴대전화 로 들어온 약도는 분대장의 단골 술집이다. 대리기사를 원하 는구나. 구미가 투덜댄다. "가지 마!" 커다란 젖꼭지가 나가지 말라고 칭얼거린다. 거절할 수 없다. 이것저것 가릴 처지가 아 니다. 뻐드렁니와의 내기 탓에 처분만 기다리는 신세. 구미, 너 도 새로운 관사를 원하잖아. 그래도 하고 가야지. 분대장에게 댈 핑곗거리를 궁리하면서 바늘 자국을 문지르는 구미의 젖가 슴을 움켜쥐었다. 순진하게 생긴 얼굴과 달리 구미의 젖꼭지는 검고 음탕하다. 커다란 젖꼭지는 부릅뜬 눈동자처럼 나를 본 다. 뭉클한 살점을 사정없이 물어버렸다. 폭발이다. 쿵, 쿵, 오 늘 하루 동안 내 몸에 입력한 소음과 굉음이 일시에 지글거린 다. 마음은 급한데, 주어진 시간도 별로 없는데 걸리적거리는 속옷은 왜 이리 많은가. "냄새 나! 연기 냄새! 탄내!" 버둥거리 는 구미의 몸통을 찍어 누르며 잠옷 바지를 단번에 끌어내렸 다. 보드라운 속살에서 시큼한 냄새가 풍긴다. 숨결과 숨결이 섞이는 동안 멀리서 트럭 오가는 소리가 들린다.

고개를 빼고 소음이 울리는 방향을 본다. 소방 헬기다. 붉은색 JUH-1H이 우측으로 빙그르 돌고 있다. 이륙할 장소로 헬기가 접근해오자 다들 몸을 숙이고 모자를 부여잡는다. 흙먼지 바람이 요동을 친다.

수색대는 세 시간 만에 수색 종료를 선언했고 부상자들을 실은 구급차는 경광등을 번쩍이며 이곳을 빠져나갔다. 뼈드렁니를 포함한 세 구의 사체에서 솟구치는 연기가 헬기 바람에 마구 흐트러진다. 산 놈은 서둘러 처치해도 이미 죽은 놈은 급할 게 없다. 마냥 방치한다. 버스 옆에 털썩 주저앉아 젖은 머리를 털었다. 지친다. 오늘은 정말 어지간히 지친다. 다들 말이 없다. 그저 냄새를 맡지 않으려 조용히 코를 틀어막는다. 무감각해진 후각으로 파고드는 무언의 냄새가 우리에게 많은 걸 말하고 있다. 사람 탄내는 특별하다. 녹아버린 방호복 사이로 피범벅인 사체가 드러나 있다. 뼈드렁니의 얼굴은 주먹으로 내리친 케이크처럼 뭉개져 있었다. 무너진 콘크리트 더미 여기저기에 살점이 흩어져 있었다.

현장 주변으로 새로운 조사 요원들이 들이닥쳤다. 사고를 수습하려면 며칠간은 저 안을 샅샅이 뒤져야 할 것이고 소환에, 조사에, 재교육에 무지막지한 징계 절차…… 우리가 감당해야 할 많은 일들이 순서대로 예상되지만 당장은 아득하기만 하다. 포클레인이 잉잉 소음을 내지르며 외벽 콘크리트를 긁어내는데 속도가 지나치게 느리다. 미친 듯이 퍼부었던 물줄기는 골을 타고 낮은 곳으로 격하게 흘러내린다. 무너진 흙담 사이로 시커먼 연기가 뭉게뭉게 솟는다.

현장에 물을 뿌리던 어린 녀석이 허옇게 질려 헐떡거리다 왈칵 토했다. 녀석이 놓친 호스는 모가지 잘린 뱀처럼 요동치며 물줄기를 사방으로 뿜는다. 그럼에도 연기는 자욱하다. 사람 타는 누린내. 절대로 잊을 수 없을 냄새. 내 몸에 이미 배어버린 냄새. 앞으로 한참 동안은 먹고 마시는 모든 음식에서 이 냄새가 날 것이다. 당분간이라 해도 견디기에는 아주 긴 시간이다. 팀장은 뭘 하다가 다쳤는지 눈가에서 피가 흐른다. 수건을 대주자 팀장이 바닥에 침을 퉤, 뱉었다.

"내 휴가 날아갔다. 제길."

"뻐드렁니 녀석, 저랑 근신 중 아니었습니까?"

"수당 없어도 하겠대. 무슨 수로 말려. 이거 옴팍 뒤집어쓰게 생겼다."

"딸린 식구 여섯에 버는 사람은 저놈 하나인데."

"유족들이 빨리 결단 내리는 게 낫지. 우리가 군인도 아니고, 재판하다 보면 10년도 금방이야. 뭐라도 줄 때 냉큼 받는 게 남는 거라고."

눈이 저절로 감긴다. 이런 날은 아무것도 하기 싫은데 남은 작업이 태산이다. 멍하니 앉아 중장비의 움직임을 보고 있자니 시커먼 재가 눈처럼 날린다. 날아오르려는지 가라앉으려는지 판단이 들지 않는 듯 그저 공중에서 둥둥 떠올라 이리저리 휩

쓸려 다닌다. 꼭 내 꼬락서니 같다. 심지도 없이 이리저리 휩쓸리다가 어디에서든 고꾸라지겠지. 오늘처럼 싸하게 가라앉은 분위기는 그리 오래가지 않을 것이다. 하나가 죽으면 하나를 데리고 오고, 두 놈이 죽으면 신참 둘을 데리고 오면 그만.

살벌한 일을 겪으면 구미 생각이 먼저 난다. 내가 죽으면 구미는 어떻게 할까. 보험금부터 받아 챙기겠지. 정식 혼인 관계가 아니니 국가 보상은 받지 못한다. 장례 절차를 의논하느라 우리 집에 전화하거나 검정색 옷을 사러 시내로 나갈 테지. 하여간 울겠지. 드라마를 보면서도 툭하면 우는 울보니까 내가 죽으면 울겠지. 이왕이면 나를 위해 많이 울어줬으면 좋겠다. 내가 죽은 뒤 구미의 행동을 상상하는 건 습관이 되어버렸다. 죽고 난 다음에도 나는 구미 옆에 꼭 붙어 있을 것이다. 여태 일을 하느라 계속 떨어져 있었으니 죽은 다음에는 구미 옆에만 있고 싶다. 내가 출근한 뒤 구미 혼자 뭘 하는지 지켜보고 싶었던 적이 많다. 카메라를 몰래 켜놓고 구미를 관찰하고 싶은 욕망은 여전하다. 내가 죽으면 딴 놈을 만나게 되려나. 설마. 내 목숨값으로 딴 놈과?

헬기가 또 날아온다. 순식간에 사방이 하얀 가루로 뒤덮인다. 사람이 있거나 말거나 무작정 약품을 살포한다. 한 바퀴, 두 바퀴. 연이어 뿌려댄다. 부랴부랴 안전모를 뒤집어쓰고 트럭 옆으로 피한다. 숨이 막힐 지경이다. "야 이 씹새끼야, 작작하라고!" 아무리 길길이 뛰어도 저 위에서는 알 리 없다. 허연

약을 뒤집어쓴 팀장은 그 자리에 버티고 앉아 담배만 뻑뻑 빨아댄다. 무너진 담벼락의 살구나무도 허연 약품을 뒤집어쓰고 아무 말이 없다. 기껏 핀 유백색 꽃이 다 망가지고 말았다.

꼭두새벽부터 본부에 왔다. 이제 하루 남았다. 본부의 재교육 의무 시간을 채우는 일은 고역 중의 고역이다. 심리테스트와 상담 뒤에는 기술과 장비 운용에 대한 교육이다. 정해진 시간 없이 마냥 풀어야 하는 심리테스트는 정말 지긋지긋하다. 부러운 뼈드렁니 자식, 재교육을 받기 전에 죽었으니 그나마 다행이다. 감봉 처분이 싫어 문제지를 받아 왔지만 두툼한 종이의 부피에 질려버리고 말았다. 이 짓거리가 벌써 몇 번째인가. 처음 이곳에 지원하고는 형의 죽음 때문인지, 어머니 아버지의 이혼 때문인지, 무엇 때문인지 몰라도 한동안 지원 자격이 보류됐었다. 누구라도 피할 수 없는 상담과 심리테스트는 지긋지긋해서 나가떨어질 지경이었다. 창문도 없는 벽돌 건물에서 11,240개의 문항을 풀면서 가끔 졸았다. 정답의 채점 기준은 매번 달랐다. 세 번 떨어지고 네번째 응시하면서 시중에 떠도는 정답지대로 체크해 간신히 서류 전형을 통과, 폭설이 내리던 밤에 합격 소식을 들었다.

체력검사를 받으러 가느라 홀로 걸었던 새벽의 눈길은 아직도 가끔 생각난다. 사방이 온통 하얀 길, 나 또한 하얀 점이 되어가면서 생각하고 생각했다. 살고 싶었다. 모두를 죽이더라도 나는 살고 싶었다. 반드시 내 손에 무기를 쥐겠다, 생각했다. 합법적인 무기 소지, 그것이 내 소망이었다. 그날, 염소처럼 생겨먹은 심리관이 내게 물었다. 복수심이나 폭력성이 전무한 이유가 뭐냐, 어째서 그런 일을 겪고도 무덤덤할 수 있느냐? 억양이 없는 기계음 같은 목소리였다. 나는 겸손한 태도로 답했다. 저는 모태신앙을 가진 기독교인입니다. 제 형은 천국에 갔습니다.

4년여 복무 기간 동안 사고가 터지면 재교육 과정의 하나로 심리분석용 문답을 풀었다. 정해진 시간에 반사적인 답을 요구하는 11,240개의 테스트 문항은 체제에 대한 순응도, 폭력성, 의존도, 복수심리, 죄책감, 윤리와 일탈심리, 진실성과 책임감 따위 유치하기 짝이 없는 분류를 저변에 깔고 있는 단순한 함정이었다. 마치 천변만화하는 산천초목의 풍경을 단순한 기호로 작성하듯. 사람이 가진 면면을 평면적인 도형으로 채집하는 작업이다. 그러나 예상 정답지를 구하지 않으면 누구도 쉽게 통과할 수 없다.

동물원에는 사자를 보러 간다 ─ 예, 아니오

선의의 거짓말은 관계의 평화를 보장한다 ─ 예, 아니오

아버지가 어머니를 때린 적이 있다 ─ 예, 아니오

항명해야 백 명의 생명을 구할 수 있다. 나는 항명한다 ─ 예, 아니오

골자가 비슷한 문항이 중복되어 흩어져 있는데 정답은 다 다

르다. 정답지의 위력을 아니까 그대로 체크해나가지만 이대로 살아간다면 그건 정말 미친놈일 것이다. 기계적으로 문제를 풀어내려가던 중에 문득 뻬드렁니 녀석을 생각했다. 녀석이 화염을 쏴대던 몸짓은 정말 일품이었다. 곡선으로 날리던 불길의 위력이며 모양새까지. 녀석은 불 자체를 즐겼고 자유자재로 화염을 가지고 놀았는데 그런 실력은 앞으로도 다시 보기 힘들 것이다.

회의실에서는 분대장이 관리본부 담당들과 논의 중이다. 이번 사고로 사망한 대원들의 합동 영결식과 보상금 절차를 의논하는 중이다. 내 역할도 있다. 뻬드렁니의 유족에게 전할 사항을 체크한 다음 식당을 검색한다. 멸균식품의 밍밍한 맛에 어지간히 질렸을 것이다. 오랜만에 그럴듯한 식당으로 구미를 데려갈 생각이다. 위험지구와 멀리 떨어진 깨끗하고 솜씨 좋은 식당. 요새는 후기를 있는 그대로 믿을 수 없지만, 그래도 남김없이 읽는다.

중점 논의는 합의된 듯 다들 커피를 마시며 중구난방 떠들어댄다. 컴퓨터 앞 벽면에는 작전 지도가 붙어 있다. 개풍에서 평천까지 빨간 불이 켜져 있다. 지도의 표식은 그 지역을 불로 지졌다는 화상 자국과 마찬가지로 전염병 발발 지역과 소각 대상지와 종료 지역. 적십자 표시의 작은 십자가도 반짝이는데 불세례가 끝나면 어김없이 적십자가 등장해 난민을 보호하고 구호품으로 위로해준다. 건강진단과 안전한 음식, 따스한 모포와 책자들…… 재교육을 받다가 몇 번을 웃었는지 모른다. 우리는 봉사 정신에 입각한 숭고한 인명 구제 활동 중이라는 교육관의 말에 와르르 웃음소리가 터졌다.

여섯 군데 식당을 검색하고 메뉴를 확인했다. 해산물 전문 식당이라면 싫다고 할까. 구미는 육식을 즐기지만 나는 질색이다. 소각현장에서 동물들 살처분할 때 맡았던 냄새. 뼈드렁니를 태운 냄새. 생각만 해도 욕지기가 치민다.

"네로가 미친놈이라는 건 반대파들이 씌운 누명이죠. 네로는 훌륭한 주군입니다. 재난에 대처하고 로마 재건에 힘썼다고요."

두꺼운 안경을 쓴 질병예방관리본부의 조사원 하나가 목소리를 높였다. 분대장의 눈썹이 치켜 올라간다.

"이 자식이 뭣도 모르면서. 네로가 기독교인을 탄압하느라고 죄를 덮어씌운 거야. 넌 영화도 못 봤냐? 신도들 사자 먹이로 주는 거? 요만한 단지에 눈물 짜면서 재수 없는 네로 새끼가 시 읊는 것 못 봤어?"

"못 봤죠. 기원전 일이라 실제로는 못 보죠. 그래도 사료에 나와 있어요. 네로는 그렇게 형편없는 인간이 아니라 이겁니다."

"뭘 못 봐? 난 영화로 봤다니깐. 로마를 불태운 건 네로야. 시 짓겠다고 사람 죽이고, 도시를 불태우고. 그런 쪽으로 잔머리 굴리는 사이코잖아. 그게 사실이지. 제작비 한두 푼 아닌데 영화 만들면서 고증도 안 하겠어?"

분대장의 목소리가 커지자 조사원 녀석은 빙글빙글 웃으며 로마 역사에서 가장 유명한 방화범은 크라수스라고 말한다. 크라수스가 불타는 건물을 헐값에 사들여 재건축 사업으로 치부한 거라는 녀석의 주장에 분대장은 시들한 표정을 지었다.

크라수스는 난놈이다. 불을 질러 건물이 전소되면 새로 지어 되팔았고, 차익 재미를 봤다. 그가 소유한 소방대가 불을 끄기에 앞서 그의 노예들이 조직적으로 불을 질렀다. 짜고 치는 고스톱이군. 재미도 없는 얘기를 귓등으로 들으며 나는 식당의 약도와 내가 고른 메뉴, 예약 시간을 구미에게 전송한다. 좋아하겠지. 내가 좋아하는 빨간 원피스를 입고 나오라고 적으려다가 관둔다. 선택의 자유를 존중하자. 의상을 고르느라 거울 앞에서 호들갑을 떨어댈 구미를 떠올린다. 새 옷을 사달라고 매달리겠지. 좋다, 좋아. 사는 재미란 이런 것.

두 시간 넘게 식당에서 기다렸다. 전화기는 꺼져 있고 위치 정보도 알 수 없다. 두 시간 전, 구미는 들뜬 목소리로 조금 일찍 나와 미용실에 간다고, 머리를 자를까 말까 내게 의견을 물었다. 그런데 어찌된 일인가. 무슨 일인지? 택시를 잡으면서 식당에서 두 시간을 버텨낸 내가 한심했다. 불길한 예감이 들었다. 만약 무슨 일이 있다면, 내가 막지 못한 어떤 일이라면……

거리는 한산하고 평소와 다름없다. 태연한 척하는 도심이 의심스럽다. 간판의 화사한 불빛, 마스크를 쓰고 무표정하게 오가는 사람들, 버스는 천천히 사람들을 싣고 도로 위를 달린다. 겉으로는 별 이상 없는 것 같다. 늘 그렇고 그런 일상. 그날도 그랬다. 다급하게 우왕좌왕하는 사람들의 걸음새도 알아채지 못하고 나는 그냥 걷고 있었다. 멀쩡한 지하도가 폭발해 나의 형이 갈가리 찢기는 동안 나는 저녁을 먹고 집에 갈까, 먹고 간다면 무엇을 사 먹을까, 흔해빠진 궁리만 하고 있었다. 뉴스에서 요란하게 속보를 전할 때도 또 지랄들이군, 사람이 많은 곳에는 절대로 가지 말아야겠다고 생각했다.

사이 좋은 형제간은 아니었어도 형의 죽음은 여전히 믿기지 않는다. 지금도 형이 남긴 물건을 고스란히 가지고 있는데 박스에 넣어둔 채 열어보지 않는다. 그것은 아주 무겁다. 너무 무거워서 손도 대기 싫다. 그것은 한동안 우리 모두를 공포에 떨게 했던 테러와 방화, 낡아빠진 이념에 해묵은 주장들과 비슷한 무게로 남아 있다. 흡수통일이 아니면 받아들일 수 없다는 강경론자들의 저항 어쩌고 하는 골 아픈 상황이 지독히도 싫었다. 이쪽에서 터지면 저쪽도 터지고 연달아 펑, 펑, 펑. 대체 뭐가 그렇게 억울하다는 건지. 그것은 혼란의 틈에서 억눌렸던 파괴본능이었다. 신생아가 처음 겪는 감기 비슷한 것. 혼신을 다해 앓은 뒤에야 얻게 되는 면역성 같은 것. 흑과 백이 만나면 부스러진 회색만 남아 무고한 사람들부터 죽는다. 죽고, 죽고, 죽고 죽어가는 중에 등장한 바이러스는 신의 축복이었다. 일단 살고 보자는 분위기가 연이은 폭동을 잠재웠다. 서툰 낭만은 간단히 버려졌다. 뭉치면 죽고 흩어져야 산다. 혼돈을 바로잡을 통제는 강해지고 평범했던 사람들은 제복을 걸쳐 입었다. 일자리가 늘어나니 돈이 흘러넘쳤다. 나 역시 선택의 여지가 없었다.

관사동 주차장에 차를 세우고 집을 향해 달린다. 출동 때문에 바빴던 며칠 동안 저쪽 신축 공사 현장이 눈에 띄게 달라졌다. 볼 때마다 건물이 쑥쑥 올라간다. 45층 높이의 구형 관사를 올려다보며 눈알이 빠지도록 창문의 숫자를 센다. 다행히 집에 불이 켜져 있다. 구미, 구미가 있다. 다급하게 인터폰부터 누르자 작은 액정 화면에 구미 얼굴이 살짝 보였다가 꺼졌다. 승강기에 올라타면서 뒤늦게 끓어오르는 화를 주체할 수가 없다. 망할 계집애.

철컥 현관을 열자 집 안이 훤하다. 방 안에는 온갖 물건이 너저분하게 널려 아수라장이다. 아가리를 벌린 여행 가방이 아무렇게나 쑤셔 박은 옷가지를 내보이고 있다. 목욕탕에서 물소리가 요란하다. 문을 발로 찼다.

"왜 전화기 꺼놨어? 약속해놓고 집에 있어? 말이라도 해줘야 미룰 거 아냐."

구미가 문을 열고 나왔다. 얼굴이 퉁퉁 부었고 콧방울이 시뻘겋게 부풀었다. 울었어? 구미는 차갑게 내 옆을 비껴간다. 말없이 쪼그려 앉아 여행 가방에 칫솔과 샴푸를 집어넣는다.

"어디 가?"

심상치가 않다. 지난번에도 옷에 묻은 화학약품을 립스틱 자국으로 오해한 적이 있었지. 사소한 다툼은 많았지만 이렇게 냉담하게 짐을 싸는 건 처음 봤다.

"뭐가 문제야? 왜 그러는데?"

"당신 친구 죽었다며?"

"뻐드렁니? 아, 그래. 뉴스에 나왔어?"

"벌써 몇 번째야? 얼마나 더 죽어야 끝나는데? 난 무서워, 무서워서 여기 살기 싫어."

휴지에 얼굴을 묻고 코를 푸는 구미를 보며 하마터면 웃을 뻔했다. 구미가 뻐드렁니를 좋아했나? 네가 왜 울어?

"구미, 지금 우리가 겪고 있는 상황은 말이지."

"친구가 죽었는데 안 슬퍼? 이 와중에 식당이라니."

"네가 보는 게 전부는 아냐."

"우리 관사에 있다가 죽어나간 사람이 몇인 줄 알아? 그때마다 당신은 아무렇지 않았어. 내가 보기엔 당신은 매번 아무렇지 않아. 올봄에 폭사한 그 사람, 아냐. 관둬. 말해봤자 입만 아파."

구미는 팽 코를 풀고는 짐을 꾸린다. 구미는 응석을 부리고 있다. 꼬치꼬치 캐면 성가시다. 이제 와서 뭘 어쩌라고 내게 따지고 드는 거야. 나는 아무렇지 않은 적이 없다. 다만 아무렇지 않고 싶었다. 내 안의 공포가 밖으로 튀어나올까 봐, 들키기라도 할까 봐 보이지 않는 곳에 집어넣어두고 단단히 동여맸는데 그게 잘못인가? 우리에게 남은 소중한 시간을 이렇게 낭비하고 싶지 않아. 눈물이나 흘리며 보내기에는 시간이 아깝잖아.

젖은 뺨을 쓰다듬으려 하자 구미가 흠칫 놀라며 몸을 피한다. 다시 손을 뻗었다. 나를 뿌리치는 손을 붙잡고 어깨를 끌어안았다. "놔! 놔!" 가늘고 작은 목에 얼굴을 묻자 구미가 격하게 버둥거린다. "탄내 나! 냄새난다고!" 나를 외면하는 이 작은 몸뚱이를 으스러뜨리고 싶다. 홀딱 벗겨 비명을 지를 때까지 두들겨 패고 싶다. 그 커다란 젖꼭지를 맨발로 잘근잘근 밟고 싶다.

죽음은 누구에게나 공평하다. 언제고 닥칠 일. 매번 맞이하고 배웅하는 일. 형의 시신은 구두를 신고 있는 발목 하나였다. 형을 찾아 헤매느라 많은 시체를 확인했다. 끔찍한 잔상은 가시지 않고 늘 내 곁을 맴돌며, 지금도 내 꿈의 주인공이거나 엑스트라거나 스쳐 지나가는 배경이 되어버렸다. 불을 쥐고 있지 않으면 불안하다. 불안해서 미치겠다. 구미는 집으로 돌아가겠다고 한다. 갈 때 가더라도 예방약을 잊지 말라고 가방에 넣어주자 구미는 앰풀 박스를 집어던진다.

"아직도 이걸 믿어?"

주워서 다시 넣어줬다. 구미는 앰풀이 든 박스를 씽크대에 쏟아부었다. 바닥에 떨어진 것들은 마구잡이로 밟아버렸다. 스마일이 어른대는 발로 앰풀을 밟아댔다. 팍, 팍, 팍, 유리 터지는 소리. 내가 제일 싫어하는 폭발 소리. 머리통에 불이 붙은 듯 뜨겁고 눈알이 빠질 듯 아팠다. 불에 든 것 같은 긴장감이 폭발 직전. 형이 갈기갈기 찢길 때 감촉이 있었을까. 고통을 느꼈을까. 알아챈 순간이 있었을까. 그대로 터져버린 걸까. 아마 그랬겠지. 그 생각만으로 내 몸이 타들어간다. 뜨겁고, 뜨겁고 뜨거워서 숨이 훅 막힌다. 너울거리는 불길은 아름답고 우아한 물결처럼 드넓게 퍼지며 소용돌이친다. 내 속에서 차갑게 활활 타들어간다. 이런 무시무시한 열기는 토해내지 않으면 내가 타 죽는다.

단골 술집에 도착해 지하주차장으로 내려가는데 마침 분대장이 나온다. 붕대를 처맨 왼손에 대해서는 대충 변명했다. 차문을 열자 연기 냄새가 오늘따라 아주 지독하다. 담배 냄새와는 다른, 머리가 아플 정도로 고약한, 단백질 타는 냄새. 시동을 걸고 핸드브레이크를 내리는 순간, 아득한 기분에 시야가 뭉그러진다. 택시를 타고 시내로 건너오면서도 아무 생각이 없었다. 머릿속이 뒤죽박죽. 손의 통증 때문에도 정신이 혼미했다. 분대장이 차에 올라타자 냄새는 더 또렷해진다. 그가 풍기는 탄내에 화장품 냄새가 섞인 것 같다. 술집에서 조치해준 거겠지. 아무리 신경 써봤자 우리가 내뿜는 냄새는 주변의 공기를 오염시키고 사람들은 그것을 식별해낸다. 뭐하는 놈인지 대번에 알아챈다.

"가자, 술맛 떨어져서 중간에 나왔어. 애들이 돈맛을 보더니 발랑 까져가지고."

분대장은 좌석의 컴퓨터를 켜 오늘 자 뉴스를 검색한다.

"아가씨들이요?"

"걔들도 이리 넘어올 때는 각오했겠지만 적응이 너무 빠르잖아. 술맛이 싹 달아나더라. 내 마누라보다 더 사납게 굴던걸."

주차장을 빠져나간다. 분대장의 단골 술집은 북한 애들이 많다. 한때는 스물두 살짜리한테 빠져 살림을 차려줄까 고민을 하더니, 이제는 스폰서 없는 계집이 없더라고 투덜댄다. 사람은 변하는 거다. 뭐든 닥치는 대로 스펀지처럼 빨아들이는 바람에 사람은 감염에 취약하다. 서로의 질병을 나눠 가지며 자연스럽게 혼합된다.

복잡한 시내를 빠져나와 뻥 뚫린 도로를 시원하게 달린다. 문산 IC까지는 거침없어도 더 들어가면 정체 시간에 걸린다. 가속페달을 끝까지 밟아 속도를 시원하게 올렸다. 분대장은 주춤거리는 운전을 질색한다. 무조건 밟아, 더 밟아. 형편없이 술에 취한 날일수록 닦달이 심하다. 속도를 올려 트럭 사이에 끼어들었다. 차량은 어두컴컴한 도로를 기세 좋게 달리고 내 기억도 불편한 지점을 향해 달린다. 잊고 싶은데 생각이 난다.

구미는 갔다. 내 집을 떠났다. 스마일 발등을 끌며 비틀비틀 걸어 나갔다. 구미가 짚단처럼 바닥으로 풀썩 쓰러졌던가. 주먹으로 컵을 박살냈었다. 컵을 집어 던지려다 그냥 내리쳐버렸다. 잔상은 흐릿하게 번져 불길처럼 훨훨 번져나간다. 내게서 수천 개의 바늘이 돋아나왔고 구미를 향해 그것을 날렸다. 우리는 미친 듯이 퍼부어댔다. 나를 버리고 떠나겠다는 말에 화가 솟구쳐 되는 대로 내뱉었다. 지독한 말을 했다.

난 뭘 어째야 하는지, 무수한 질문에 '예' '아니오' '예' '아니오' 동그라미를 쳐왔지만 정답을 알 수 없다. 오답이 뭔지 정답이 뭔지 몰라 욕만 퍼부어댔다. 우리를 감싼 공기가 이글거리고 방 안의 모든 것이 뿌옇게 흩어지고, 구미가 목줄에 묶인 개처럼 날뛰었다. 날뛰는 동작이 작아졌다가, 커졌다가, 흐렸다가 진해지기를 반복하며 띄엄띄엄, 내 몸의 화기가 나를 태워 죽일 것 같아, 그러다가, 그러다가 폭발했다. 구미를 때렸다. '아버지는 어머니를 때렸는가? 예! 아니오!' 때린 적이 있었는지 없었는지 모른다. 나는 정답이 아니다. 나는 오답이다. 내 인생은 오문이고 오답이다. 내 손바닥에 닿았던 뭉클한 뺨, 그 안의 딱딱한 뼈가 세게 부딪치던 촉감. 구미의 울부짖는 목소리는 너무 작아 들리지 않았다. 내 심장 소리만 큰 소리로 울렸다. 아주 크고 크게 울렸다.

"드디어 네로가 시를 짓기 시작했군."

분대장이 허허허 호탕하게 웃는다. 차량의 좌측으로 대형버스가 줄지어 지나간다. 끼어들 틈을 주지 않고 좌우 도로를 차지하고 있어 끼어들 틈이 보이지 않는다. 계속 왼쪽을 보다 방향지시등을 도로 꺼버렸다.

"이것 좀 봐. 네로가 시를 짓는대. 신도시를 짓는다고 이렇게 발표했잖아. 장소가 딱 거기야. 우리가 불 지른 땅."

아, 네. 짤막하게 대답하고 2차선으로 진입했다. 피로 물들었던 손바닥의 붕대가 딱딱하게 말라붙었다.

"자네도 신도시 주택청약 신청해. 꾸물거리다가는 백두산 밑이나 차지하게 될까. 그래도 당분간은 솟구칠걸? 값이 뛰기 전에 하나라도 챙겨둬야지. 이거 정말, 남북이 윈윈이네."

"정말 해야 하나요? 값이 뛸까요?"

"몰라서 물어?"

서서히 정체가 시작되었다. 서울을 향한 표지판을 천천히 지나쳐간다. 이대로 도로 위에서 마냥 묶였으면 좋겠다. 빈집에 돌아갈 생각을 하면 무섭다. 구미를 어떻게 찾나. 등본을 조회하면 이전 주소가 나올 것이고…… 당장 찾고 싶다. 구미가 돌아온다면 전보다 더 잘해줄 것이다. 출동을 줄이고 집에 있는 시간을 늘려 심심하지 않게 해줄 텐데. 어쩌면 구미가 먼저 후회하고 돌아올지 모른다. 실실 웃으면서, 미안했다고 코를 찡긋거리면서. 그런데 붕대를 처맨 손바닥이 참을 수 없이 욱신거린다. 통증은 팔목까지 퍼져 커다란 추를 매단 듯 무겁다.

버스는 국도를 따라 북서쪽으로 향한다. 날이 굿어 곧 비가 내릴 것 같다. 오전에 불구덩이 작업을 1차로 마감하고 버스에 올라타자마자 혼절하듯 잤다. 깨보니 어느새 이만큼 왔다. 맹숭맹숭 앉아 있기가 무료해 군화 손질을 시작했다. 구두약을 앞코에 듬뿍 칠하고 고루 문질러 광택을 낸다. 대원들 코고는 소리가 천장에 붙여둔 텔레비전의 광고 음악과 시끄럽게 뒤섞인다. 새벽 일찍 작업을 마친 뒤라 태반이 잠에 곯아떨어졌다. 모두 검댕이 묻은 얼굴에 지저분한 몰골로 상거지처럼 보인다.

차창으로 가느다란 빗방울이 떨어진다. 옆 좌석의 신참은 잡지를 보다 어지럽다며 내려놓는다. 그 얼굴이 익살스럽다.

"애인 있어?"

"넵! 애가 두 돌 됐습니다."

어쩐지 얼굴이 많이 삭았다. 신참은 처음 현장에 도착하자마자 대뜸 이렇게 물었다. "바이러스란 건 개구라 아닙니까? 지금은 주식에 올인해야 하죠." 녀석은 주식 정보에 밝았고 시중금리가 어쩌고 하면서 이목을 집중시켰다. 현금은 믿을 수 없으니 금을 사둬라. 누구나 아는 흔해빠진 정보지만 상황이 이렇다 보니 신뢰가 갔다. 그것 말고도 건질 만한 정보를 늘 속삭이니 별종이 탄생했다고 소문이 자자하다. 제복 입은 주제에 판단이 쭉쭉 앞서가는 신종 인간형. 예의범절 깍듯하고 아는 게 많은 데다 몸 사리지 않고 시원시원 일을 잘하니 미워할 수가 없다. 사람들은 이렇게 저렇게 변종을 만들고 우리를 둘러싼 세계도 어제의 껍질을 벗어던지는데 네로만 같은 짓을 되풀이한다. 물론 네로가 네로인 이유는 우리 같은 놈들 덕분인 것이다.

구두코를 문지르며 신참에게 물었다.

"여자 때려봤어?"

"네? 제가 얻어맞습니다. 마누라는 배구 선수 출신이라 여간 아닙니다."

그렇지, 여자 때리는 새끼는 개새끼야. 사람도 아냐. 새로 간 굽바닥을 구둣솔로 문지르는데 신참은 자신이 나머지를 마무리하겠다며 군화 한짝을 가져간다. 신참 녀석은 빠른 손놀림으로 구두끈을 하나씩 빼낸다.

"성격이 깔끔해서 그런지 군화도 말끔합니다. 경위님은 늘 좋은 비누 냄새가 납니다. 저희야 탄내에 절어가지고."

"마사지 받고 있어. 어깨 화상 때문에. 자꾸 욱신거리거든."

"아 그러십니까? 좋은 곳 있으면 저도 소개해주십시오."

"나도 찾는 중이야. 맘에 드는 애가 없어서 말이야."

구미와 비슷한 여자라도 건져보려고 마사지 숍을 순례하는 중이다. 대부분의 마사지 걸들은 내 흉터를 봤음에도 아무 말이 없다. 성의껏 주무르기는 하는데 화상 입은 어깨에는 손도 안 댄다. 징그러운 모양이다. 끔찍하지?라고 물으면 아니라며 흠칫 놀라는 목소리에 공연히 등이 시렸다.

버스는 도로 위에 멈춰 섰다. 간간히 빗방울이 떨어지는데 빈 트럭 하나가 우측 갓길로 빠져나온다. 어디선가 나타난 사람들이 도로를 천천히 가로질러 빈 트럭을 향하고 있다. 추레한 행색을 봐서는 이주민들인 것 같다. 총을 든 인솔대원들이 호루라기를 불며 채근해도 이주민들은 느릿느릿 발을 끌며 걷는다. 그 힘없는 걸음새를 보고 있자니 생각난다, 스마일 발등.

발을 질질 끌며 내 집을 빠져나간 구미. 신참은 구둣솔에 약을 듬뿍 묻히다가 창밖을 가리킨다.

"저 사람들은 어디로 갑니까?"

"당분간 임시 막사에 있겠지."

저들은 최종적으로 어디로 정착하게 되느냐고 신참이 꼬치꼬치 묻는다. 나도 자세히는 모른다. 이주민들이 깨끗한 시설에서 건강진단을 받고 제공받은 물품을 품에 안고서는 고맙다는 식의 인터뷰하는 장면을 교육 때마다 반복해서 봤다. 의도적으로 제작한 홍보물임을 알면서도 마치 그게 실상인 것처럼 내 머리에 박혀 있다.

줄 서서 트럭에 탈 순서를 기다리는 이주민들 사이에서 자그마한 여자아이가 손을 흔든다. 너도 어서 흔들라는 듯 또릿또릿한 눈망울을 굴리며 계속 손을 흔들고 있다. 왠지 어색해 고개를 돌려버렸다. 이주민들이 뚜껑도 없는 트럭에 하나둘 올라탄다. 인솔대원들이 호송차량부터 빼내느라 이리저리 뛰어다니며 호루라기를 불고 메가폰에 대고 악을 쓴다. 뭐라고 채근하는지 안 들리지만 여러 번 봐왔던 모습이라 이미 익숙하다. 우리가 탄 버스도 슬슬 움직인다. 트럭에 탄 이주민들은 쏟아지는 비를 그대로 맞으며 원망스러운 눈길로 하늘을 올려본다.

빗방울이 거세게 차창 유리를 내리치고 트럭에 탄 사내들은 좌우로 흔들리며 뭐라고 떠들다가 차례대로 웃옷을 벗어 아이들의 머리에 덮어준다. 그들은 우리가 탄 버스 안을 멍하니 바라본다. 눈이 마주쳐도 이번에는 피하지 않고 그들을 물끄러미 본다. 칭얼거리는 아이를 달래는 젊은 부부의 옷이 계절과 맞지 않게 얇고 남루하다. 뭔가를 계속 우물거리며 씹는 노인은 가끔 손바닥으로 이마의 물기를 훔쳐낸다. 다들 초라하게 흠뻑 젖었다. 남쪽 빈민촌 사람들도 거의 비슷한 풍경으로 한꺼번에 실려 나가고 한순간에 쫓겨났다. 한데 섞어놓으면 아무도 구분을 할 수 없을 것이다. 착취당하는 사람들의 표정은 한결같다.

공들여 광낸 구두를 바닥에 내려놓는다. 마치 새것처럼 말끔해졌지만 현장에서 10분만 지나면 금세 지저분해질 것이다. 이 주민들을 실은 트럭은 어느새 2차선으로 진입했고 손을 흔들던 여자아이가 생각난다. 그 아이가 구미를 닮았던 것 같다. 웃음을 참는 듯 뾰족하게 내민 참새 부리 같은 입술 모양이 닮았다. 아니 잘 모르겠다. 아닌 것 같다. 구미 얼굴이 생각나지 않는다. 다만 구미의 웃는 발등, 발등의 동그란 스마일이 몹시 그립다. 그 작은 발을 으스러지도록 움켜쥐고 싶다. 우리는 서로 좋아했는데 뭐가 잘못된 걸까. 빗방울이 굵어졌다. 트럭에 탄 사람들이 많이 젖었을 것이다. 내가 탄 버스가 트럭을 서서히 앞서고 있다.

하 양

안에 들어와 있으라는 부인의 말에 여자가 짤막하게 대꾸했다. "전 괜찮아요." 부엌에서 부인이 다시 외치는 소리가 들렸는데 바람 소리가 소란해 알아듣기 힘들었다. 세찬 바람이 모든 소리를 틀어쥐고 있었다. 한낮의 소란함. 나뭇가지는 술꾼처럼 휘청거렸고 창고 지붕 위의 파란색 방수포는 펄럭펄럭 휘날렸으며 벽에 걸린 플라스틱 대야들은 서로 치근거리며 부딪쳤다. 창문이 덜컹거리는 소리는 두근거리는 심장 소리와 비슷했다. 여자는 유리문 사이로 고개를 빼고 집 안을 둘러봤다. 마당을 감싸듯 디귿 자로 지어진 낡은 단층집. 늘어놓은 물건이 많아 어수선해도 쓰임새대로 정돈한 노력이 보이는 단정한 마당이다.

시멘트 바닥에 흥건하던 물기가 대문가를 중심으로 허옇게 말라가는 것이 보였다. 여자는 집 안의 굳게 닫힌 문들을 찬찬히 훑었다. 저 중에 선생이 작업하는 방이 있다. 그림이 든 방. 선생은 고기를 사러 갔다고 했다. 작은 종잇조각이 마당으로 휙 날았다. 부인과 인사하며 건넸던 자신의 명함이다. 여자는 신발을 신고 나가 굴러가는 명함을 주워, 단정하게 새겨진 자신의 이름과 직함을 물끄러미 내려다봤다. 왠지 눈가가 뻐근해 글씨가 잘 보이지 않았다. 대리 직함을 얻은 지 어느새 석 달. 일거리는 비슷한데 책임이 커졌다. 월급도 약간 늘었다. 그럼에도 계속 적자다. 월급은 통장에 들어오자마자 곧장 카드사로, 카드사에서 대납한 병원비로 빨려 들어간다. 그 속도는 허망할 정도로 빨라서 잔고 숫자가 며칠 사이로 급격하게 앙상해지곤 했다.

바람이 스커트 사이로 기어들어 펄럭이자 여자는 치맛단을 움켜쥐었다. 벽에 걸린 바가지가 떨어져 와르르 굴렀다. 그 소리를 듣고 마당으로 뛰어나온 부인이 굴러다니는 것들을 하나둘 주웠다. 부인이 손짓하며 일렀다.

"아가씨, 그 문 어서 닫아요."

여자는 거실에 들어가 앉아 유리문을 닫았다. 거실에는 선생의 그림이 벽마다 걸려 있었다. 특유의 맑고 투명한 색상의 그림. 처음 보는 것들이었다. 여자는 거실 안을 둘러봤다. 감각적이지는 않아도 단정하고 말끔한 꾸밈.

부인이 커피와 사과를 내왔다. 부인은 틈새가 벌어진 유리문을 살짝 들어 올려 꼭 닫았다. 여자가 커피를 마시는 동안 부인은 거실 장식장에서 찻잔 세트를 끄집어냈다. 여분의 수저를 꺼내 개수를 센 다음 텔레비전 옆의 먼지를 닦기 시작했다. 여자는 이럴 때 어떤 화제를 꺼내야 하나 고민했다. 느닷없이 들이닥쳐서 미안하다는 말은 이미 여러 차례 했다. 근처 다방에서 선생을 기다리겠다는 여자를 집 안으로 들인 부인은 오고가는 손님들이 많아, 우리 집은 동네 다방이나 마찬가지라고 너스레를 떨었다.

"이따 손님들이 올 거라 마음이 바쁘네."

부인이 혼잣말하듯 웅얼거리며 걸레질을 시작했고 여자는 윤기로 반들거리는 마루를 내려다봤다. 티끌 한 점 없이 깨끗했다. 온종일 쓸고 닦는 부인의 일상이 마룻바닥을 통해 말갛게 보였다. 여자는 다시 휴대전화를 만지작거렸다. 오늘은 동생이 간병인과 교대하기로 했으니 마음을 놓아도 된다. 만약무슨 일이 생기면 간호사나 간병인이 곧장 연락해줄 것이다. 모레까지는 내가 있을 테니까 언니는 일이나 잘해. 동생의 장담을 이번에는 믿고 싶다. 믿어야 한다. 그럼에도 여자는 수시로 휴대전화를 열었다. 애가 닳아서 하는 행동이 아니라 습관이다. 병자를 염두에 둔 초조함이다. 전화기만 들여다보는 여자에게 부인이 말했다.

"내가 정육점에 전화해봤어. 아까 출발했다니까 곧 와요."

"선생님은 휴대전화가 없으신가요?"

"며느리가 두 번이나 사줬는데 성가시다나? 저는 편하겠지. 나가면 함흥차사인 낭군 기다리느라 나만 목 빠져. 저기 아가씨. 그 양반이 툭하면 약속을 잊어버려가지고 사람들 골탕을 먹이지만 원래 나쁜 사람은 아녜요. 본성은 착해빠졌다고."

여자는 말없이 사과를 씹었다. 부인은 액자 틀을 걸레로 닦았다.

부인은 알고 있다. 선생이 제때 작품을 주지 않아 원성이 잦다는 사실을. 선생은 그림을 준다고 말했다. 몇 번이고 그랬다. 여자가 그림을 달라고 전화를 하면 선생의 반응은 한결같았다. 현재 그리는 중이라고 했다가, 아직 시작도 안 했다고 했다가, 내일부터 그릴 거라고 했다가, 건초염에 걸려 치료 중이라고 했다가, 거의 다 되었다고 했다. 거의 다 됐다는 말만 몇 년째 인지. 그리고 있다. 그리고 있다, 이제 다 되었다…… 언젠가는 별말도 하지 않았는데 느닷없이 화를 벌컥 냈다. 이딴 짓거리 진절머리가 나서 때려치웠다면서 '야 이, 썅년아. 네가 뭔데 개수작이야? 나 지금 택시 타고 가니까 너 거기 딱 있어!'라고 험한 욕지거리를 해댄 적도 있다. 선생의 성미에 대해서는 소문을 통해 익히 알고 있었다. 원래 담당이었던 선배들은 더 많이, 더 오래 당했었다.

지금 여자의 핸드백 안에는 두툼한 서류가 들어 있다. 선생과 한신화학이 오래전 작성한 계약서 사본과 이번에 새로 꾸밀 서류 몇 가지. 부장은 여자에게 서류를 내주면서 반신반의했다. 휴가를 냈으면 그냥 쉴 것이지, 그림을 받아 오겠다고? 본청에서도 연기한 일인데 될까 몰라. 때맞춰 받으면 일이야 깔끔하게 떨어지겠지만. 만약 해결되면 출장비 결재해줄 테니까 일단 고기 좀 사 먹고 보신이나 해라. 여자의 사정을 잘 아는 부장은 5만 원 지폐 두 장을 주머니에 찔러주었다. 출처도 용도도 모호한 돈이었다.

여자는 스스로도 구분이 가지 않는다고 생각했다. 이것이 휴가인가, 업무의 연장인가. 아무래도 상관없었다. 단 며칠이라도 간병의 노역에서 벗어나고 싶었다. 오직 그것뿐. 동생에게는 중요한 업무상 출장이라고 둘러댔기에 그럴듯한 휴가지에서 유흥을 즐길 마음은 없었다. 논다고 맘껏 놀아지겠나.

"아가씨, 이제 보니 삼이 섰네."

"네? 삼이요?"

부인은 여자의 눈을 가리키며 "다래끼, 눈 다래끼가 생겼어요"라고 말했다. 여자는 얼굴을 찡그리며 오른쪽 눈을 만졌다. 아까부터 따끔거리기는 했다. 오는 도중 차 안에서 잠깐 울었고 그 때문에 부은 눈두덩을 감추려고 아이섀도를 짙게 발랐다. 그래서겠지. 핸드백에서 거울을 꺼내 정면을 비췄다. 추레한 얼굴이다. 바람의 아우성에 공들인 화장이 얼룩덜룩 번져버렸다. 거울을 옆으로 비추자 오른쪽 눈꺼풀만 도톰하게 부어 있었다. 뭔가 전과 다르다. 눈을 연속해서 껌뻑거리자 욱신거리는 통증이 그 부위만 명료했다.

"근처에 약국이 어디 있나요?"

"약 안 먹어도 돼. 마이신 먹으면 괜히 속만 깎이지. 삼 잡기 해서 미운 놈한테 던져버려."

"삼 잡기요?"

"종이에 얼굴 그리고 그쪽 눈에다 바늘 꽂아놓으면 금방 가라앉아. 미워하는 놈이 다래끼를 가져간다고. 이따 우리 낭군더러 그려달라고 해요. 신통하게도 똑같이 그려준다니까."

부인은 재미난 일을 만났다는 듯 깔깔 웃었고 여자는 오른쪽 눈을 수건으로 꼭꼭 눌렀다. 어릴 적에는 겪어봤지만 커서는 다래끼 난 적이 없다. 피곤해서 그럴까. 하기는 그럴 것이다. 비타민과 과일을 보약 먹듯 꼬박꼬박 챙겨 먹고 있지만 그것만으로 보충할 수 없는 나날이다. 여자는 휴대전화를 열어 검색창에 '다래끼의 원인'이라고 쳐 넣었다. 자잘한 글자를 읽으려는 찰나 부인이 후다닥 뛰어나갔다. 선생이 마당으로 들어오고 있었다. 선생의 손에는 검정색 비닐봉지가 주렁주렁 들려 있었다.

부인은 봉지를 건네받으며 여자를 가리켜 뭐라고 말했다. 선생은 바람 때문인지 인상을 잔뜩 찌푸렸다. 대문 쪽으로 도로 향하는 선생의 팔을 부인이 붙잡았다. 부인은 다시 뭐라고 말했고 선생은 거실 안의 여자를 힐끔거렸다. 여자가 유리문을 열고 나가 선생에게 명함을 건넸다.

"안녕하세요. 선생님."

"아. 네."

"선생님 작품을 받으러 왔어요. 내년도 달력에 넣을 거요."

"달력? 달력이라고?"

선생은 안으로 들어와 여자가 건네준 명함을 눈가에 바싹 대고 읽었다. 찌푸린 눈가가 점점 깊이 구겨졌다. 여자는 방석에 앉아 오른쪽 눈을 수건으로 꼭꼭 눌렀다. 선생은 바람이 기어드는 유리문을 마저 꼭 닫았다. 유리문 너머 쪽마루에 놓인 검정 봉지가 펄럭펄럭 흔들렸다. 검정 봉지에서 고기와 채소를 꺼내며 부인은 중얼중얼 혼자 떠들어댔다. 햇살은 여전히 맑았다. 날은 환한데 바람만 치열하게 날뛰는 아주 기묘한 날. 선생은 여자의 얼굴을 봤다가 다시 명함을 봤다가 다시 여자를 번갈아 보며 입맛을 쩝쩝 다셨다.

"처음 보는 회산데. 달력이면 한신화학 아닌가? 뭐가 또 있었나."

"네. 맞습니다. 저희는 한신의 하청업체로 홍보물 전반을 제작해서 납품하거든요. 아마 계약은 한신하고 하셨을 거예요. 그림도 당연히 그쪽으로 넘어가는 거고요. 확인해보시라고 여기 계약서를 가져왔습니다."

"아니 뭐하러 기별도 없이 들이닥치나. 내 다 알아서 할 건데."

"제가 얼마 전에 전화 드렸을 때 놀러 오라고 하셨잖아요."

하양 83

"내가?"

"재밌는 거 보여줄 테니 꼭 와보라고 하셔놓고."

"나 말고 그림 줄 작가들 많은데, 왜? 여태 그렇게 했잖아?"

여자는 선생의 퉁명스러운 반응에 나직이 한숨을 쉬었다. 그림을 인도받으면 선수금을 제외한 나머지가 지불된다고 말하려다가 관뒀다. 선생도 알고 있을 것이다. 정확히 안다. 한두 번 통화한 게 아니니까. 여자가 조심스레 계약서를 들이밀자 선생은 덜컹거리는 왼쪽 문도 탁 소리 나게 닫았다. 안으로 들어오려 안달하는 바람을 차단하자 서먹한 정적이 집 안을 차지해버렸다. 그러나 밖에서 술렁이는 소리와 스산한 움직임은 여전했다. 화창한 빛이 눈부시게 요동치고 있었다. 선생은 계약서 사본의 낱장을 휙휙 넘겼다. 언짢은 감정이 실린 몸짓을 보며 여자는 손수건으로 눈가를 꼭꼭 눌렀다.

여자는 돋보기안경을 끼고 계약서의 어느 대목을 읽고 있는 선생의 얼굴을 곁눈질했다. 선생의 얼굴은 평소 익혀두었던 그의 프로필 사진과 많이 달랐다. 도록이나 미술 잡지에서 봤던 그의 사진은 젊은 사내다운 날카로움에 오만한 매력이 풍겼다. 설렘이 없었다면 거짓이다. 그런데 지금 선생은 늙은이다. 복스럽게 살찐 부인의 동그란 활기에 비하면 시들함이 먼저 보이는 노쇠한 모습이다. 선생이 계약서가 든 두툼한 봉투를 던지듯 툭 내려놓았다.

"줄 그림이 없어요."

"최고를 바라지는 않아요. 선생님."

"없어. 그림이."

"저는 작품을 받아야 하거든요."

"아가씨, 내가 거기 사람을 여럿 만났는데, 아주 까다롭더라고. 이래라저래라 군소리가 많아."

선생이 품에서 담배를 꺼냈다. 여자는 계약서를 도로 봉투에 넣으며 까다롭게 굴었다는 사람이 누굴까 생각했다. 없다. 있을 리가 없다. 한신화학 홍보팀 담당자가 선생의 어깃장에 혀를 내둘렀다고 했다. 다른 작가는 몰라도 원주 김 선생은 그만 포기하자는 말이 나왔었다. 그게 벌써 몇 년 전이다. 그동안 많은 사람들이 선생과 접촉하고 찾아가고 설득을 하다가 포기하곤 했다. 선생은 거의 전설이 되었다. 대단한 작품이라서가 아니라 꼬장꼬장하게 버티고 있기에 예외적인 사례로 남아버렸다.

"선생님, 그림 주시면 나머지도 바로 지급되거든요. 돈이요."

"그때 내가 선수금 얼마 받았지?"

"여기 적혀 있어요. 선생님, 저희가 잘 만들어보겠습니다."

"달력은 달력이고, 줄 게 있어야 주는 거지."

"한신하고 계약한 다음에 개인전을 두 번이나 하셨잖아요."

"이봐 아가씨. 내가 한신화학 창업주의 둘째 따님과 친해요. 그 누님이 무사시노 대학을 나왔거든. 누님이 작품을 계속하지는 않아도 누구보다 예술가라. 돈 많은 것들이 유행처럼 갤

러리 만들어 세금 세탁할 때 그 누님은 안 그랬어. 워낙 설치는 성미가 아니라 뒤에서 우리 가난뱅이들을 많이 도와줬지. 달력 만들어 뿌리는 전통도 근 15년이 넘었을걸, 우리한테 돈 대주는 근거로 계약이다 뭐다 만들어놓은 건데, 실제로 그림 달라 뭐라 하면 안 되지. 성가셔, 아주 귀찮아."

"그런가요."

"그 누님 생각하면 그림 한 장이 뭔 대수겠어. 전에도 많이 줬어요. 주면 그만이지. 그렇지만 그런 게 아니라니까."

여자는 선생의 불룩 처진 볼을 들여다봤다. 마주 보고 대화를 나누다 보니 프로필 사진에서 봤던 날카로운 표정이 언뜻언뜻 드러난다. 여자는 선생이 약속했던 말들을 상기시켜주었다. 사적인 얘기에 공적 상황을 첨가하는 것이다. 한신은 한신의 입장이 있겠지만 하청업체의 역할은 다릅니다. 저희는 지시받은 대로 움직일 뿐입니다. 이번 일은 저희로서는 사활을 걸어야 하는 아주 중요한…… 선생은 여자의 말을 잘랐다. 여자와 선생은 계속 옥신각신했다. 말투는 어눌해도 선생은 기술적으로 노련했다. 몇 해 동안 자신의 진지에서 방어하고 방어하느라 견고해진 방패를 휘둘러 공격으로 갈구하는 자들을 줄곧 물리쳤던 실력이었다.

돌고, 돌고, 돌고, 한자리에서 맴도는 얘기들. 마당을 떠도는 화창한 바람도 계속 떠돌았다. 스티로폼 박스는 빙글빙글 굴러다녔고 새파란 방수포는 여전히 펄럭펄럭 나부꼈다. 낙엽

부스러기가 한자리에서 돌고 돌며 동그랗게 뭉쳐 있었다. 여자는 선생의 목소리를 흘려들으며 나날이 기묘해지는 날씨를 생각했다. 요즘은 이상하다. 기상이변이라기엔 큰 차이가 없지만 그래도 전과는 뭔가 다르다. 여름엔 비만 내렸고 짧아진 가을은 아직 이토록 덥다. 낮은 뜨거워도 해만 떨어지면 무섭게 기온이 확 떨어지는 기묘한 날씨. 바람은 또, 왜 이렇게 맑은가.

부인이 부침개와 감주를 들고 왔다. 곧 있으면 다들 영포네로 모일 거라는 말에 선생의 찌푸린 얼굴이 순간 확 펴졌다. 선생 부부는 사람들 대접할 술을 고른다며 거실 찬장에서 와인과 양주를 꺼냈다. 두 사람이 예정된 일과를 의논하는 동안 여자는 휴대전화를 슬그머니 열어 보았다. 간병인과 동생의 전화번호를 번갈아 살피다가 도로 집어넣어버렸다. 오늘 하루만이라도 병원은 잊고 싶다. 가끔은 내려놓고 숨을 돌려야 한다. 병원 생각만 하지 않아도 몸보신이 될 판이다.

"식기 전에 들어요. 어서."

부인이 부침개 앞에 놓인 젓가락을 여자에게 쥐여줬다. 선생이 빈 술잔을 채워줬다.

"아가씨, 술이나 한잔해. 오늘 많이들 찾아오거든. 내 또래도 있지만 젊은 제자들에다가…… 맞다, 총각도 있어. 썩 괜찮은 총각이라고. 아가씨, 아직 결혼 안 했지?"

부인이 여자의 얼굴을 가리켰다.

"지금 짝 맞춰줄 때가 아냐. 이 아가씨 눈 좀 봐봐. 삼이 섰어. 당신이 그림 그려줘야겠어. 삼부터 잡아야지."

어디 보자. 선생과 부인이 자신의 얼굴을 뚫어져라 들여다보자 여자는 겸연쩍어 얼굴을 돌렸다. 선생이 피식 웃으며, "다래끼야 금방 없어져" 하고는 "낼 아침 약수사에 데려갈까. 아가씨, 요 산 중턱에 큰 절이 있는데 거기 침으로 보시하는 스님이 아주 용해. 전신에 침을 수십 개 꽂아도 고작 천 원 받는다고" 한다.

"거긴 새벽부터 줄 서잖아. 번거롭게."

"아차, 스님도 내일 아침 골짜기에 간다고 했지. 내일은 휴업이네."

"그러니까 당신이 후딱 그려."

"어허 왜 나를 봐. 자기가 자기 얼굴 그려도 되는 거야."

"환쟁이 여기 두고 왜? 빨리 삼 잡아줘요. 아가씨 고운 얼굴에 다래끼가 뭐야."

부인이 수선을 떨자 여자도 선생을 졸랐다. 그려주세요. 어서 그려주세요. 졸지에 화가가 그린 초상화를 얻게 생겼는데 왜 마다하겠는가. 선생이 붓과 종이를 가지러 간 사이 부인이 목소리를 낮춰 속삭였다.

"아가씨, 오늘 자고 가. 오늘내일 손님 많아 재미나다니깐. 건넛방 뒤가 작업실이야. 저 양반 그림 그리는 곳."

"구경해도 되나요?"

부인이 고개를 끄덕였다.

"가서 봐요. 들여다본다고 닳겠어? 아가씨, 계약서 좀 보여줘. 얼마 받을 수 있는지 나도 좀 알자."

여자가 건네준 계약서 사본을 슬쩍 살피던 부인이 의미심장한 표정을 지었다. 그 표정의 의미를 여자는 놓치지 않았다. 마지막으로 기대를 걸 사람은 부인뿐인가. 여자는 잔금이 적혀 있는 페이지를 펼쳐 조용히 손가락으로 짚어주었다. "이 돈이면 시숙한테 빌린 것 갚을 수 있겠네." 부인이 한숨을 쉬었다. 그러고는 계약서를 덮었다. 여자도 부인도 아무 말을 하지 않았다. 종이 뭉치를 들고 선생이 들어오자 부인은 냄비를 불에 올려놨다며 밖으로 나갔다.

그림은 눈썹부터 시작되었다. 선생은 다짜고짜 눈썹부터 그려나갔다. 그다음 콧날을 그렸는데 삐죽삐죽한 여자의 머리카락에는 꽤나 공을 들였다. 붓을 놀릴 때마다 선생은 여자의 얼굴을 뚫어져라 봤다. 여자는 어떤 표정을 지어야 할지 몰라 얼굴을 이리저리 돌리다가 선생에게 호통을 들었다. 억지로 웃으려다 보니 난처한 표정이 되었다. 뺨에서 턱으로 떨어지는 여러 겹의 선을 그리느라 선생의 왼쪽 등이 폭 꺾였다. 종이를 한 손으로 짚고 그리는 선생의 구부정한 자세, 받아쓰기하는 아이처럼 깊이 숙인 그의 뒤통수를 내려다보며 여자는 몰래 웃는 연습을 했다.

이번에는 눈을 그릴 차례다. 이미 완성한 눈썹 그림 밑으로 붓을 대고 머뭇거리던 선생은 오랫동안 꼼꼼하게 여자를 바라보았다. 코앞에서 서슬 퍼런 안광이 번뜩거리자 여자는 숨이 턱 막히는 듯했다. 여자가 저도 모르게 눈을 내리깔자 위를 보라는 주문이 떨어졌다. 시키는 대로 눈을 치켜뜨던 여자는 인상을 찌푸렸다. 눈가의 통증 때문이었다. 갑자기 선생이 담배를 피워 물었다. 불꽃이 타들어가는 미약한 소리에 이어 연기가 푸우 퍼져 나왔다.

"참 곱구나."

"네?"

"가만 보니 어미 잃은 고라니 같아. 아가씨, 이름이 뭐라 했지?"

"여러 번 말씀드렸는데요."

"너, 나랑 도망갈래?"

"네에?"

"도망가자."

여자가 픽 웃자 선생은 겸연쩍어하며 실없이 웃었다. 여자보다 한 박자 늦은 웃음이었다. 다시 붓을 쥔 선생의 얼굴에 살짝 화색이 돌았다. 잠시 동안 붓 놀리는 소리만 삭삭 살아 움직였다. 여자는 종이를 짚느라 하얗게 변한 선생의 왼쪽 손가락을 내려다봤다. 그의 손가락은 놀랍도록 젊었다.

"내가 말이오. 흥분돼서 그래. 놀 생각을 하니 신이 나서 말이지. 좀 있으면 친구들이랑 제자들이 몰려오거든. 하하하, 자주 있는 일이 아니라서 그래."

여자는 잇몸을 드러내며 웃는 선생의 얼굴을 물끄러미 봤다. 그렇게 설레는 시간을 앞두고 도망가자는 말은 왜 하나. 선생은 조곤조곤 얘기했다.

"내일은 다 같이 들판으로 나갈 거야. 아가씨도 같이 가. 얼마나 좋은데…… 녀석들도 좋아서 매년 이맘때 오는 거야. 이렇게 바람 부는 날이 아주 좋은 거라고, 때맞춰 잘 왔어…… 풍욕을 하는 거야. 우리 속에 든 거 바람이 다 씻겨줘. 해도 받고 바람도 받고 얼마나 좋아. 내가 이 동네 왜 사는 줄 알아? 바람 때문이야. 바람."

그림을 거의 다 완성했음에도 마무리가 길었다. 생각보다 시간이 많이 걸렸다. 눈자위는 꼼꼼하게 세필로 그렸고 머리채는 큰 붓으로 대범하고 시원하게 쓱쓱 칠했다. 종이 밑에 깔아둔 신문지 위로 검정색 방울이 똑똑 떨어졌다. 마지막으로 목덜미를 그리자 전체가 완성되었다. 여자와 비슷한 얼굴이 종이 위에서 얼떨떨한 표정을 짓고 있었다. 여자가 그림을 자세히 보려 고개를 빼는데 선생의 붓이 오른쪽 눈가에 검은 점을, 거칠고 커다란 점을 콱 찍어버렸다.

"자, 이게 삼이야. 이렇게 경솔한 놈이 예쁜 얼굴에 떡하니 붙었다 이거지."

붓끝에서 떨어진 검은 점 하나로 얼굴 그림이 졸지에 포악하고 기묘해졌다. 여자는 완성된 그림을 보며 시무룩해졌다. 그

림을 간직할 생각이 사라져버렸다. 저놈의 점 때문에. 여자는
벽에 걸린 거울을 봤다. 내 얼굴이 정말 저 지경인가. 푸르스름
하게 부푼 오른쪽 눈두덩이. 그림처럼 흉측하지는 않아도 보기
좋은 모습은 아니다.

"삼 잡아서 보낼 놈을 적어야지. 미운 놈 있으면 생시하고
이름을 대요."

선생의 말에 여자는 허공으로 눈을 돌렸다. 다래끼를 선사할
대상이라. 살면서 척진 사람이 과연 한둘일까. 저 검정색 점을
누구의 눈가에 붙여줘야 하나.

"이름하고 생년월일이요?"

"잘 모르면 그냥 얼굴만이라도 떠올려. 삼을 줘야 낫지."

"모르겠어요."

고개를 내젓는 순간 여자는 동생을 떠올렸다. 다래끼를 선사
할 대상으로서가 아니라 지금 이 시간 병원에 있을 동생이 문득
생각난 것이다. 무슨 일은 없겠지. 병원을 생각하면 조바심이
앞선다. 저 검정색 점이 동생과 아버지처럼 생각되었다. 아니
아니, 자신이 가지고 있는 숱한 오류와 근심 덩어리 모든 것. 그
런 것들이 문득 떠올랐다.

선생이 종이와 도구를 치우는 동안 여자는 휴대전화를 열었
다. 답이 없었다. 여자가 보낸 문자메시지에 동생은 여전히 아
무 답을 하지 않는다. 그래도 지금 이 시각이면 병원에 있을 것
이다. 아버지 곁을 지키고 있을 것이다. 여자는 새삼 아버지의

나이를 떠올렸다. 체중은 부쩍 줄어들고 희망도 소진되어가는데 아무 대책 없이 누워만 있는 아버지. 먼저 끈을 놓을 수도 없는데 경계선에서 미적거리는 아버지. 여자는 아버지의 나이를 가만가만 생각했다. 예순넷. 아직 젊은 나이. 주민등록증의 앞자리 여섯 개의 숫자를 떠올리자 뭔가가 울컥 치밀었다.

덜컹덜컹 창문 흔들리는 소리에 여자는 고개를 들어 올렸다. 창가에 걸쳐진 나뭇가지가 흔들리고 있었다. 바람 소리가 어제보다 더 격렬하다. 여자는 축축하게 젖은 목덜미를 훑어 땀을 훔쳐냈다. 이불 속은 포근하고 안락해서 밖에서 아우성치는 바람 소리가 그럴듯하게 들렸다. 이렇게 따끈한 온돌이 얼마 만인가. 전기장판의 날카로운 열기와는 다른 따스함이다. 푸르스름한 새벽빛이 방 안에 퍼져 있다. 초저녁부터 졸음이 쏟아져 염치없이 신세를 지고 말았다. 기분 좋은 노곤함을 계속 유지하고 싶어 여자는 다시 눈을 감았다. 언제나 이른 새벽 간호사에게 점검받아야 했던 병원 생활에 익숙한 탓인가. 아버지의 침상 옆 딱딱한 간이침대에서는 잠다운 잠을 자지 못한다. 아무리 피로해도 아버지의 기계호흡 소리가 조금만 이상해도 잠이 달아나곤 했다.

여자는 휴대전화를 열었다. 배터리가 방전되어 꺼져 있었다. 충전기를 챙겨왔는데 방 안에는 콘센트가 보이지 않았다. 여자는 휴대전화의 검은 액정화면에 눈가를 비춰봤다. 밤새 퉁퉁 부었을까 봐 걱정이었다. 어두워 잘 보이지 않아도 다래끼가 악화된 것 같지는 않다. 여자는 머리맡 구석 스탠드에 손을 뻗었다. 전선에 달린 까맣고 동그란 스위치를 만지자 아무 변화가 없다. 젖꼭지처럼 볼록 튀어나온 스위치를 검지로 힘껏 누르자 미약한 불빛이 깜빡깜빡거리다 번쩍 불이 들어왔다. 환하게 쏘는 불빛에 눈자위가 감전된 듯 찌릿했다. 여자는 눈을 감고 오른쪽 눈 주위를 슬그머니 눌렀다. 이것이 통증인가, 기척인가.

스탠드 불빛, 새하얀 빛이 감은 눈 안에서 희미하게 어룽댔다. 눈동자를 굴리자 희끗희끗한 것이 따라 움직였다. 저 밖에서 휘이휘이 바람 소리도 비슷한 박자로 휘몰아치는 것 같다. 어제저녁 봤던 선생의 그림들이 떠올랐다. 파스텔 톤의 말갛고 희미한 형상들. 작업실 선반에 쌓인 캔버스 대부분에는 아이스크림처럼 부드럽고, 봄볕처럼 나른한 색채가 담겨 있었다. 곱고 환하고 여릿여릿해서 호감이 갔다. 여자가 소감을 말하자 선생은 그거야 보는 사람 맘이지 뭐. 하면서 떨떠름한 얼굴이었다. 유약한 그림이 아니라 진짜 강한 것을 표현한 거라 했다. 나는 빛이 참 좋거든. 하양처럼 센 게 또 있나? 여자는 달력에 적합한 그림을 얻으려 작업실 안을 살폈다. 마치 남의 냉장고를 뒤지는 여편네처럼 눈을 부라리고 욕심을 냈다. 비싸고 좋아 보이는 것은 빼고 비교적 무난한 것으로……

여자는 도로 스탠드를 껐다. 강렬한 빛에 눈자위가 따끔거렸다. 어제 작업실에 들어가지 말았어야 했다. 후회가 되었다. 선생에게 푸념을 늘어놓다가 해서는 안 되는 말을 뱉고 말았다. 돈을 무시하지 말라고 했던가. 자식들에게 떠넘기지 말고 노후 대책을 세워놓으시라고…… 그랬던 것 같다. 생각해보니 주제 넘는 말을 선생에게 맹랑하게 떠들어댔다. 바로 사과했지만 이미 뱉은 말. 뭐하러 그런 말을 떠들었던가. 여자는 어휴, 외마디 비명을 내지르고 이불을 뒤집어썼다. 생각해보면 그림 때문인 것도 같다. 여자가 골라낸 그림마다 이미 임자가 있다며 선생은 손사래를 쳤다. 이것도 안 된다. 저것도 안 된다. 어느 것도 가능하지 않다. 여자는 답답했다. 아예 없다면 몰라도 비슷비슷하게 보이는 많은 그림들 중에 하나도 안 된다니. 선생의 옹고집이 도무지 이해되지 않았다. 나를 골탕을 먹이려는 건가.

침침한 방 안, 빛바랜 줄무늬 벽지가 익숙하다. 갈색 목재 몰딩도 춘천 집과 비슷하다. 여자가 열아홉 살까지 살았던 아버지의 춘천 집도 이 집처럼 허름한 단층 주택이었다. 콩기름 바른 온돌에 하얀 타일 붙인 아궁이. 그 집은 이제 팔아치워 없는 것이 되었다. 병상에서 보낸 1년여 동안 춘천 집과 여자의 적금이 아버지의 의식 없는 몸으로 쓸려 들어갔다. 이제 여자와 동생이 그렇게 쑥쑥 빨려 들어간다. 아버지는 경미한 뇌졸중이었고 수술을 하던 중에 쇼크가 왔다. 심장 기능의 이상이었다. 회복실 사흘째에 깨어났고 당시 분명 의식이 있었는데, 돌연 상태가 나빠졌다. 그러고는 지금까지 그대로이다.

더 나빠지지 않아 다행이지만 어떤 대화도 나누지 못하는 상태가 길어지다 보니 병석의 환자가 아버지 같지 않았다. 한 번이라도 의식이 돌아와 아버지로서 의사표시를 해주었으면, 제발. 제발. 이대로 보낼 수는 없다. 여자는 야근이 불가피해지면 동생을 찾았다. 달리 부탁할 사람이 없었는데 동생은 장황한 문자로 불가피한 자신의 처지를 하소연하곤 했다. 매일 저녁 빡빡하게 잡혀 있는 과외 시간을 변경하기 쉽지 않음을 여자도 잘 알고 있었다. 그런데 동생의 거절은 곧 돈이었다. 다른 간병인을 고용해야 하는 돈. 여자와 동생이 벌어들이는 돈에 비해 곱절이나 되는 간병인의 보수. 어쩌면 돈 이상이었다.

야간 간병을 홀로 이어가던 여자는 동생에게 의견을 물었다. 앞으로 어떻게 해야 할지 판단하고 싶었다. 친지들은 희망이 보이지 않으니 이만해도 된다고 여자에게 말했다. 의사도 그 비슷하게 말했었다. 여자는 그런 상황을 다시 동생에게 세세하게 설명했다. 우리 어쩌면 좋으니? 앞이 보이지 않아. 너무너무 캄캄해. 이만해도 될까. 그렇게 풀어나간 얘기였다. 앞으로 과외를 줄이고 아버지 곁을 지키겠다는 동생의 약속을 받기까지 그랬다.

그래, 너와 내가 의무를 나눈다면 한동안 버틸 수 있을 거야. 하지만 내 물음에 대답해줘. 넌 어떻게 생각해? 동생이 되물었다. 언니는? 언니 의견은 뭐야? 여자는 한참 만에 입을 열었다. 관두고 싶어. 너무 지쳤어…… 아냐, 모르겠어. 당장은 아냐. 관두자는 건 진심이 아냐. 만약 이대로 아버지를 집으로 모신다면…… 그러면 안 되지. 너무 답답해서 그냥 해본 소리야. 사람 목숨에 이만해도 되는 게 어디 있겠니. 진심이 아니었다는 말을 여자가 며칠간 계속 되풀이했지만 동생은 그때부터 입을 꼭 닫았다. 여자는 동생의 생각이 궁금했고 궁금한 만큼 두려웠다. 동생이 먼저 제안했더라면 어땠을까. 경멸했을까. 아니 모르겠다. 모르겠다. 알 수 있는 것이 없다. 모르는 상태를 그대로 둔 채로 나누고 싶다는 생각만 들었다. 간병의 의무만큼 죄책감도 반으로 뚝 잘라 나누고 싶었다.

여자는 세면도구를 챙겨 들고 밖으로 나갔다. 기다렸다는 듯 바람이 덤벼 여자의 머리카락을 헝클어댔다. 세차기는 해도 따스한 기운이 느껴지는 바람이었다. 마당에는 크고 작은 장화가 짝 맞춰 놓여 있었다. 부엌에서 부인의 웃음소리가 들렸다. 여자는 바람이 몰아치는 바깥채의 개수대로 가 수도를 틀었다. 세수를 마치고 안채로 들어선 여자의 눈에 그림이 보였다. 벽에 붙여놓은 삼잡이 그림이었다. 여자는 그림에 가까이 다가갔다. 바늘을 꽂아둔 얼굴 그림. 밤새 떨어지지도 않고 용케 붙어 있었다.

아차. 여자는 부인이 일러준 비방을 비로소 기억해냈다. 동트기 전에 그림에 대고 세 번 침을 뱉으라고 했다. 그래야 효험이 있다고 했다. 여자는 쓰게 웃었다. 이미 날은 밝았고 입에 물고 있는 치약 거품을 그림에 대고 뱉을 수는 없지. 그런데 이상했다. 그림 속 얼굴이 깨끗했다. 어제 선생이 먹을 듬뿍 묻혀 콱 찍었던 눈가의 검은 점이 보이지 않았다. 바늘은 여전히 꽂혀 있는데 점만 없어졌다. 삼이 사라진 것이다. 흠 없이 깨끗한 얼굴 그림이 보기 좋았다.

여자는 자신의 눈두덩을 더듬었다. 통증은 미약하나마 남아 있는데 붓기는 가라앉은 것 같다. 세면대의 거울을 봤다. 푸르스름하던 눈가에 아직 봉긋하기는 해도 어제처럼 도드라져 보이지는 않았다. 신통한 건가? 대체 누가 나의 삼을 가져간 것일까. 어쩌면 하룻밤 잘 자고 일어난 덕인지 모른다. 사람들이 마당으로 하나둘 들어오자 여자는 그림을 떼어내 조심스레 돌돌 말았다. 어제저녁 선생과 술자리를 했던 낯익은 얼굴들이 여자에게 건성으로 인사했다. 대부분 부스스하게 헝클어진 몰골이었다.


언덕을 향해 봉고차는 달렸다. 하얀색 봉고차가 앞장서고 나머지 차들이 일정한 간격으로 뒤를 따랐다. 여자는 검정색 지프에 다섯 사람과 동반했다. 울퉁불퉁한 길을 달리느라 차량은 사정없이 흔들렸고 사람들은 각자 손잡이를 움켜쥐었다. 차창 밖은 스산했다. 조수석에 앉은 여자는 바람의 아우성을 똑바로 바라보았다. 거리에는 간판과 우산이 떨어져 있었다. 터질 듯 동글동글한 쓰레기봉투들이 전봇대를 중심으로 테이프로 칭칭 감겨 있었고 멀리 보이는 숲은 카드섹션이라도 하듯 좌우로 크게 흔들리고 있었다. 골짜기로 향하는 길은 그리 멀지 않아 넉넉잡아 한 시간 이상 걸리지 않는다고 했다. 선생의 집에서 골짜기까지 차량으로 40분 남짓, 골짜기에서 들판까지는 도보로 20분. 그러니까 잠깐이면 된다고 했다.

아침은 커피와 주먹밥으로 간단하게 요기만 했다. 골짜기에 들렀다가 근처 해장국집에서 아침 식사를 하는 것이 계획이라는데 뭐가 어떻게 돌아가는 형국인지 여자는 알 수 없었다. 낯선 사람들 틈에 끼기 부담스러워 여자가 주춤주춤 물러서자 부인이 옆구리를 찔렀다. "아가씨도 따라나서요. 옆에 붙어 서서 그림이나 달라고 해. 오늘 안에 꼭 받아 가야지! 오늘 나가면 저 양반 언제 들어올지 모른다니까." 부인의 응원을 받아 여자는 선생을 찾아다녔다. 보이지 않았다. 선생은 새벽부터 지인들과 골짜기에 먼저 가 있다고 들었다. 그림만이 아니라 선생에게 묻고 싶은 게 많았다.

바람이 요동치는 꼬부라진 길로 차량은 시원하게 달렸다. 차량은 가끔 위태롭게 흔들렸고 여자는 휴대전화를 열었다. 동생에게 뭐라고 답해야 하나. 뭐라고 문자를 보내면 좋을까. 어쩌면 답이 필요 없는 메시지인지 모른다. 새벽 3시에 동생이 보낸 문자는 사진이 첨부된 짤막한 내용이었다. 〈아빠 발톱 깎아 줬어. 이렇게나 길어. 예쁘지?〉 말끔하게 정리된 아버지의 발가락 앞에 잘라낸 발톱, 초승달 모양의 발톱을 놓고 찍은 사진이었다. 의식은 없어도 아버지의 머리카락이나 손발톱은 여전히 잘 자라고 있다. 이것이 자신의 질문에 대한 동생의 답인가. 무슨 뜻일까.

여자는 동생이 보낸 사진을 크게 띄워보았다. 잘라낸 발톱은 길쭉한데 두께가 종잇장처럼 얇다. 그 질감을 안다. 말랑말랑하고 부드러워 발톱이 아닌 렌즈의 촉감과 비슷했다. 몇 달 전만 해도 아버지의 손발톱이 이렇게 얄팍하지는 않았다. 여자는 휴대전화를 내려놨다가 다시 조바심이 일어 사진을 확대했다. 몇 번이고 되풀이해서 사진을 열었다 닫았다 하며 죄책감을 나눌 게 아니라 서로의 힘을 보태야 하는 건가, 생각했다. 그러면 달라질 게 있을까. 뭐가 달라져야 하는지 확신이 없다. 막막하게 보낸 세월에 판단력이 둔해져버렸다.

"아가씨, 선생님이 그림 준다고 합디까?"

운전석의 회색 머리 남자가 물었다.

"아직 몰라요. 왜 그렇게 고집을 피우실까요?"

뒷자리에 누군가가 끼어들었다.

"것두 몰라요? 좋은 건 아까워서 못 주고, 별로인 그림은 창피해서 감추거든."

"그럼 그림은 왜 그리시나요? 전시 때문에?"

차에 앉은 사람들은 돌아가며 한마디씩 했다.

"작품이야 제 흥에 겨워서 그리는 건데. 그러다가 나이 들면 가는 거죠. 여기저기 미리 받아놓고 그림 안 주고 죽으면 그만."

"큰일 날 소리. 돈 받아놓고 쌩까면 소송당하는 세상이야."

100

"창고에 많으니까 몰래 들고 튀어요. 하나쯤 없어져도 잘 모를 거요."

"선생은 자기 그림이 돈이 되는 걸 싫어해요."

"그림이 돈이 아니면 뭔데요?"

여자의 물음에 아무 답변도 나서지 않은 채 쿨렁쿨렁 비탈을 오르던 차가 도중에 멈췄다. 앞선 봉고차가 사라졌다. 운전자는 길이 보이지 않는다고 두리번거렸는데, 키 큰 억새가 시야를 가리고 있어 주변이 잘 보이지 않았다. 길은 사라지고 바람이 차지한 세상이 거세게 출렁이고 있었다. 뒷좌석 사람들은 아무 데나 가서 놀면 그만이라고 하면서도 각자 전화를 걸어댔다. 놓친 길을 찾아 돌고 돌며 길을 만들어내는 동안 그들의 차량은 같은 곳을 두어 번 더 돌았다.

자동차가 우왕좌왕하며 길을 뚫는 동안 여자는 가만히 앉아 눈가의 부기를 더듬었다. 제법 가라앉은 것 같았다. 삼 잡기의 효과라기보다는 오랜만에 잠을 푹 자서 회복이 빨랐다는 생각이 들었다. 몽롱한 가운데 다시 동생 생각이 났다. 아버지의 상태를 확인하고 싶은데 지금은 전화를 걸어봤자 동생은 자고 있을 것이다. 여자는 눈을 감았다. 감은 눈 안쪽으로 펄럭이는 빛이 찌르듯 들어왔다.

"저기 있네!" 누군가가 외치자 다들 오른쪽 차창으로 몰려들었다. 차량이 억새를 뚫고 들어가자 하얀 봉고차가 보였고 바람에 나부끼는 들판에 사람이 많았다. 목적지가 여기라는 듯

하얀 깃발이 나부끼고 있었다. 차가 멈추자 뒷좌석의 사람들이 용수철처럼 뛰어 내렸다. 여자는 차분하게 안전벨트를 풀면서, 와 소리 지르는 사람들의 뒷모습을 봤다. 요동치는 갈대 덤불로 달려 나가는 사람들이 마치 바다를 발견한 아이들 같았다.

여자도 차에서 내렸다. 억새밭으로 향하며 두리번두리번, 한 방향으로 걷는 사람들 사이에서 선생을 찾아 헤맸다. 선생에게 확답을 받아야 한다. 그림은 둘째 치고 묻고 싶은 게 있다. 눈이 부신 빛, 환한 빛. 바람결에 흔들리는 갈대밭이 사람들을 집어삼키려 아우성이었다. 사람들 사이에 얼굴을 찡그린 아이들이 섞여 있었다. 손에 손을 잡은 아이들의 주춤거리는 걸음새로 짐작건대 눈이 보이지 않는 것 같았다. 보통 아이들의 통통 튀는 활기와는 다른 적당히 느리고 느린 주춤거림. 그럼에도 아이들은 웃고 있었다. 바람 소리가 높아 사람들은 소리를 질러 나아갈 방향을 알려주었다. 깃발을 흔들며 이것을 따르라고 했다. 마주 불어오는 바람 때문에 여자의 몸이 점점 숙여졌다. 눈을 뜰 수 없었다. 키 큰 억새밭, 거칠게 소용돌이치며 나부끼는 억새들.

언덕 굽이를 향해 한참 걷다 보니 저만치 홰나무 밑에 선생과 일행이 보였다.

"선생님! 선생님!"

여자가 목청껏 외쳤지만 소리는 자꾸만 묻혔다. 곧고 높은 바람 소리가 전부인 곳이라 여자는 선생을 향해 서둘러 걸었다. 뛰었다. 길게 웃자란 억새가 여자의 걸음을 붙들었다.

선생 일행은 여자를 반갑게 맞았다.

"어허, 이 아가씨가 용케 여기까지 왔구먼!"

선생이 쓴 모자가 바람에 둥 떠올랐다. 끈으로 동여매지 않았더라면 벌써 날아갔을 것이다.

"스님, 이걸 어쩌나요. 이 아가씨가 나한테 반해가지고 줄줄 따라다니는데."

선생은 농담을 해가며 옆에 선 스님에게 여자를 소개했다. 등에 사내아이를 업은 스님은 뭐라고 중얼거리며 여자에게 고개를 끄덕였다. 바람 소리 때문에 목소리는 들리지 않았다. 등에 업힌 아이는 납작한 얼굴에 눈꼬리가 올라간 익숙한 얼굴이었다. 다운증후군이라고 하던가. 아이는 스님의 등에 붙어 바람을 낚아채려는 듯 두 손을 높이 들고 버둥거렸다. 그 탓에 스님이 휘청거리자 선생이 아이를 안아 내렸다.

"스님, 이 아가씨한테 침 보시 좀 해주시오. 다래끼가, 어? 어제보다 많이 가라앉았네."

"예 가라앉았어요. 침 안 맞아도 될 것 같아요. 안 아파요. 그런데 어떻게 하신 건가요?"

"뭘?"

느닷없이 센바람이 훅 몰려들었다. 돌이 구르고 나뭇가지가 날고, 흙먼지가 뿌옇게 일자 스님은 아이를 데리고 나무 밑으로 피신했다. 나무 밑이라 해도 바람을 완벽하게 피할 수는 없었다. 여자와 선생은 손나발을 하고 목소리를 높였다.

"삼, 잡기, 그림이요! 아침에 보니까 눈가의 점이 없어졌어요! 혹시 칠하셨어요?"

"칠했어! 칠해서 덮었어! 어라, 쟤 어서 붙들어! 쟤는 눈이 안 보여!"

선생이 가리키는 방향으로 여자가 돌아봤다. 여자아이가 뿌연 바람 속을 헤매고 있었다. 여자가 팔뚝을 잡아끌자 아이는 손을 더듬어 여자의 손가락을 꽉 움켜쥐었다. 땀으로 촉촉한 자그마한 손이었다. 선생은 여자가 붙잡아 온 아이를 가슴팍으로 높이 안아 올렸다. 오늘 아이들은 바람을 받으러 온 거라고 선생이 말했다. 근처 시설에서 지내는 아이들에게 스님이 정기적으로 침을 놔주고 풍욕을 시켜주고…… 아이들 모두 바람의 고객이다. 아이는 이미 익숙한 듯 선생의 목을 야무지게 붙들었다. 여자가 삼잡이 자국이 감쪽같더라고 외치자 선생은 도리질했다.

"아냐! 잘 보면 다, 보, 여! 흔적이 없을 수가 있나? 없는 척, 하는 거지! 그러니까 자알 보라고! 여기 언덕 내려가면서부터가 진, 짜, 야."

"뭘 보라고요? 뭘 봐야 하는데요?"

아이를 안은 선생은 성큼성큼 전진했고 여자는 서둘러 따랐다. 얼마 가지 않아 억새의 아우성에 금세 처지고 말았다. 선생의 잰걸음은 보폭부터 달랐다. 펄럭이며 감겨드는 억새가 입으로 밀고 들어오기도 했는데 앞서가는 선생의 위로 뭔가가 반짝하며 휘리릭 날았다. "선생님, 뭐가 떨어졌어요!" 여자가 힘껏 외쳤지만 선생은 보이지 않았다. 여자가 풀 더미에 걸려 있는 플라스틱 조각을 주웠다. 〈사랑반 정샛별〉이라는 이름표 뒷면에 주소와 전화번호가 적혀 있었다. 흙먼지가 입으로 들어와 혓바닥이 서걱거렸다. 여자는 이름표 목걸이를 자신의 목에 걸었다.

주변에 사람이 보이지 않았다. 억새만 나부끼고 아무도 없다. 순식간에 깃발도 사라져버렸다. 여기부터가 진짜라고 했는데 다들 어디로 간 걸까. 아우성치는 벌판은 위기감 없는 전쟁터와 비슷했다. 여자는 방향을 찾지 못해 허둥거리다 슬슬 초조해졌다. 숨이 턱에 찼다. 대체 밥은 언제 먹으려고 이렇게 진을 빼나. 어쩌다 나는 여기서 이러고 있는 걸까. 단지 밀린 업무를 소화하기 위해 그림을 받고 싶었는데. 여자는 숨이 턱에 차 헐떡거리며 비탈을 올랐다. 지금쯤 회사의 동료들은 오전 회의를 마쳤을 것이다. 석 달 전에 대리가 되었으므로 실적을 내놓아야 한다. 그럼, 선생의 그림을 포기하면 안 되는데. 그런데 선생의 얼굴을 보면 그림 달라는 말이 쏙 들어간다. 전임자들도 이런 과정을 거쳐 포기하게 된 걸까. 대체 무슨 주술을 걸었기에. 길은 몹시 가팔랐다.

산등성마루에 오르자 바람 소리가 더욱 장엄했다. 풀 더미의 단속에서 벗어나 광활한 벌판에서 솟구치는 바람은 목줄에서 풀린 짐승 같았다. 구오오오옹옹 날카로운 소리에 귀가 먹먹했다. 푸서리 언덕 밑 둥그런 분지가 한눈에 보였다. 사람들은 어린아이를 하나씩 데리고 억새의 바다로 잠수하는 중이다. 느릿느릿 걷는 품새며 일렁이는 햇살 때문에 넓게 펼쳐져 있는 펀더기는 정말 허허바다 같다. 목에 걸린 이름표가 가슴팍에서 달그락달그락 흔들렸다. 여자는 이름표를 다시 들여다봤다. 정샛별. 이름이 곱다. 여자는 천천히 풀을 헤치고 지나며 혼잣말로 물었다. 샛별아, 너, 나랑 도망갈래? 여자는 얼굴을 덮은 머리카락을 쓸어 올리며 답했다. 그래 도망가자. 도망가.

뻥 뚫린 분지 안은 햇살과 바람이 만든 기묘한 풍경이 있었다. 키 큰 억새들은 거대한 해일처럼 광폭하게 움직였다. 바람은 은빛 비늘을 단 용처럼 억새를 힘차게 쓸고 다녔다. 누르스름한 풀들이 좌우로 쓰러졌다가 일제히 일어서고 용수철 모양으로 사방으로 퍼져나갔다. 바다의 미세기물결 같았다. 삽시간에 흩어졌다가 뭉치는 속도가 엄청나게 빨랐다.

여자는 조심조심 밑으로 내려가다가 그대로 주저앉았다. 폭신한 풀 덕분에 하염없이 미끄러졌다. 풀들이 난교하는 동그라미 안으로 들어가려 했지만 그대로 주저앉았다. 여자는 바닥에 납작 누운 채로 가만히 숨을 골랐다. 눈이 부셔서 똑바로 볼 수가 없었다. 달아나는 것 같은 저 빛. 희끗희끗한 빛이 눈꺼풀 안에서 맹랑하게 떠돌았다. 하얀 빛. 온화하고 분명한 빛이었다. 희끗희끗한 것이 여자의 속에 든 것을 지우려 들었다. 지워버려야 할 몇 가지 것들을 떠올리며 여자는 조용히 눈을 감았다. 기적을 바라는 순간. 사람 노릇에 대해 생각했다. 차가운 숨이 폐를 부풀렸다. 슬그머니 실눈을 뜨자 바람이 몰고 온 햇살이 희끄무레하게 부서졌다. 선생이 뭘 보라고 했는지 궁금했다. 뭔지는 몰라도 저 밑의 허허바다가 좋아 보였다.

숲의 고요

*

    당시 나는 납득이라는 단어를 자주 떠올렸다. 납득이 가는 삽화를 그려야 한다는 생각으로 내게 주어진 작업에 골몰하는 중이었는데 심상만 어지러울 뿐 온종일 맥북 앞에 있어도 실제 작업한 분량은 많지 않았다. 그렸다가 버리고 수정했다가 지워버리고. 시간이 부족하다면 약간은 엄살이겠지만 남편이 집에 있으니 툭하면 손님이 찾아들었다. 손님 시중을 들거나 찬거리를 사 오는 와중에 짬짬이 작업은 하고 있지만 아무래도 일에만 오롯이 집중할 수가 없었다. 시간이 없어서가 아니다. 집중이 되지 않아서일 것이다. 돈을 돌려주고 계약에서 벗어나고 싶은 마음과 다시 잘 그려보고 싶은 마음이 매일 매시간 충돌했다. 갈팡질팡하는 내 자신부터 납득이 되지 않았다.

출판사에서는 총 열두 장의 삽화를 요구했는데 그간 스케치만 마흔 장을 넘겼다. 오로지 스케치만인데 전부 마음에 들지 않았다. 원래도 느려터진 편이지만 이상할 정도로 자신감이 떨어져 그리는 족족 건질 게 없었다. 자료 사진을 샅샅이 수집하고 내가 추구하는 방식과 비슷한 삽화도 있는 대로 긁어모았는데 그것들이 내 그림을 대신해주지는 못했다. 계속 맘에 들지 않아 불발, 불발, 불발. 계약을 파기해야 하나 고민이 되었지만 동화의 내용은 새록새록 마음에 들었다. 변형이 가능한 특별한 사람에 관한 이야기인데 원고를 읽으며 순간순간 떠오르는 이미지가 폭발했기에 이건 바로 내 일이다, 싶었다.

그럼에도 고민이 되었다. 이런 동화에 내가 구사하는 스타일이 맞을까, 삽화가 끔찍하다고 아이들이 질색하면 어쩌나. 실질적인 구매자인 부모들의 호감을 얻지 못하면 출판사의 손해로 직결될 것이다. 전에 작업했던 판타지 잡지에서는 내 삽화가 리얼하게 엽기적이라며 호평했다. 칭찬이라고 받아들이면서도 엽기적이라는 표현이 오래도록 내게 남았다. 엽기적이란 취향은 분명하고 좁으니까. 어쨌거나 많은 내용을 준비해두었으니 차분하게 적용시키면 된다고, 이제 진짜 작업이라고 마음먹었다. 나는 내 일만 하면 된다. 조금은 부드럽게 대중적으로. 그러나 컴퓨터를 켜둔 채 내내 딴짓만 하고 있는 중이다. 습관처럼 딴짓만 했다. 수위를 낮추자고 마음먹자 어떻게 꾸려나가야 할지 막막해졌다. 나다운 게 뭔데?라는 상투적인 의문에 사로잡혀버렸다. 단지 그림체일 뿐인데 정체성의 혼란마저 생긴다고 일을 소개해준 선배에게 하소연하기도 했다.

빨랫거리를 널면서 오전을 허투루 보내고는 다시 초조해졌다. 현재진행 중이라는 의미로 마냥 켜놓은 컴퓨터는 전기를 먹고 있으니 전기계량기의 숫자가 살살 불어날 것이다. 내 나이도 보태지는 중이고 머뭇거리는 세월도 그만큼 늘어난다. 나는 여태 뭘 했나. 한 달 보름간의 노동은 보람 없이 날아가고 도로 원점이 되었다. 어쩌면 처음보다 나빠졌다. 내리막길로 떨어지는 중인가. 다른 건 하나도 아깝지 않은데 전기가 아깝다. 슬슬 세상일을 훑어볼까.

해고노동자 가족들과의 만남을 제안한 메일을 다시 읽었다. 재능 기부 차원의 간소한 만남이라는 설명을 몇 번이나 읽고도 아직 답을 하지 않았다. 당장은 엄두가 나지 않는다. 그들은 우리보다 몇 배나 더 힘든 상황이다. 좀더 고통스럽다는 것은 어떤 의미에서 매우 거룩하다. 뉴스를 훑자니 정치판은 요동치고 지독한 강력범죄를 다룬 특종은 매일 쏟아져 나온다. 대선이 얼마 남았나. 이번 대선으로 뒤집을 수 있을까. 뒤집혀야 남편이 복직된다.

인터넷뱅킹으로 은행 계좌를 확인한다. 들어갈 곳을 많이 줄였는데도 돈이 술술 빠져나갔다. 이대로는 방법이 없다. 방법이 없어. 물가는 날로 널을 뛴다. 오원춘은 대체 왜 그랬을까. 강바닥을 뒤집는 미친 짓은 아직도. 연예인의 음주운전 사고.

CNN은 한국에서 온라인상의 농담을 했다가는 잡혀 들어갈 수 있다는 기사를 실었다. 언론자유지수가 31위에서 69위로 떨어진 것은 남편과 동료들의 실책이다. 싸우는 족족 밀려났으니 이 지경이 된 거다. 그럼에도 내 주변에서는 남편이 원래 그런 싸움꾼이었냐고 물었다. 싸움꾼이라. 그런 것도 같다. 몇 년 사이에 몹시 억세고 독한 부류가 되어버렸다. 법원에서 날아온 기소장엔 몰지각한 폭력범의 행적이 여섯 페이지에 걸쳐 장황하게 적혀 있었다.

라디오에서 언젠가 들었던 노래가 흘러나온다. 따라 부르려 해도 가사를 모른다. 가만히 귀 기울이며 가사를 생각하자니 밖에서 딱, 딱, 딱, 규칙적인 쇳소리가 들린다. 창 쪽으로 고개를 돌리자 바람에 미색 커튼이 둥글게 부풀어 오른다. 바람은 따스하고 제법 쾌적하다. 방바닥에 개털이 드문드문 떨어져 있다. 녀석의 털갈이는 한 계절 내내 이어진다. 슬그머니 들어온 바람에 대자리에 붙은 개털이 간죽거리듯 나붓겼다. 익숙한 음정을 따라 아련한 옛날이 떠오른다. 아무 걱정 없던 시절의 노래. 그런데 다시 소음이 끼어든다. 딱, 딱, 딱. 저 소리는 뭔가. 듣기 싫다. 오디오 볼륨을 줄이자 막연한 불길함이 선뜻 다가온다. 저건 뭔가를 자르는 소리다. 또 자르는구나.

마당을 내다보자 볕이 알맞게 따끈한데 잘라낸 나뭇가지가 잔디밭에 수북하게 떨어져 있다. 올해의 전지 작업 개시로구나. 남편이 울타리용으로 심어놓은 쥐똥나무를 줄 맞춰 잘랐다. 담장 높이를 따라 자로 잰 듯 반듯하다. 전지가위가 훑고 지난 소나무는 헐벗었고 영산홍도 석 달 굶은 사람처럼 앙상해졌다. 이건 너무 가혹하다. 가슴이 답답해져온다. 우리는 이 문제로 여러 차례 다퉜다. 남편은 전지 작업은 반드시 해야 하는 이발의 일종이라고 말했고 나는 폭력이라 받아쳤다. 이발을 하면 좋게 보여야 하는데 그게 아니지 않나. 나무들을 잘라 다 죽이려는 건가. 마당 저만치에서 남편이 스텐 사다리를 복숭아나무 앞에 옮기고 있다. 슬리퍼를 신고 마당으로 나갔다. 이미 늦었는지 모른다. 나무들의 비명을 나는 듣지 못했다. 내 속에서 이는 비명이 너무 많아 일일이 가려 따질 수 없었는지 모른다.

불편한 광경은 하나 더 있다. 텃밭에서 수확한 미나리와 부추, 열무가 수돗가에 산더미처럼 쌓여 있다. 엊그제도 남편이 엄청난 양의 고구마 순을 솎아준 바람에 그것을 갈무리하느라 나의 작업 시간이 날아가버렸다. 정말 성가시고 귀찮은데, 마냥 내버려둘 수 없어 땀을 뻘뻘 흘리며 씻고 데치고 껍질을 벗겨 김치를 버무렸다. 저 푸성귀를 가지고 달리 만들고 싶은 게 없다. 정성을 다하지 않은 채 버무려낸 김치, 흔해빠진 김치. 한여름 씻어놓은 채소는 금세 물러지기에 아무거나 급히 만들어야 한다. 또 만들어야 하나? 아이고.

"저거 뭐하라고?"

징글맞은 채소 더미를 가리켰다.

"등산 가서 사람들 나눠 줘야지. 참석자가 많아 조금씩밖에 못 주겠네."

"내일이야?"

"금요일이라니까. 신문지에 싸서 서늘한 데 놔두면 괜찮아. 이렇게라도 해치워야지."

이 무더위에 서늘한 곳이 어디 있나. 남편은 큼지막한 톱을 들었다. 아무렇게나 방치한 톱은 톱날마다 벌건 녹이 슬었다. 남편은 사다리를 타고 올라 자목련 가지 사이로 머리를 들이밀고 고개를 기웃거리며 잘라낼 지점을 확인한다. 내가 바라는 지점은 새순 끄트머리인데 그의 톱날은 좀더 뿌리에 가까운 두툼한 가지로 향한다.

내년에 꽃 못 보겠다, 중얼거리자 남편은 올해 꽃 봤잖아, 한다. 가지를 그만 자르라고 말하고 싶지만 참았다. 참아야 한다. 참아야 하느니. 무심코 지적했다가 예상치 못한 폭발을 만난 적이 많다. 화기를 품고 있기에 저리 잘라대는 것이다. 그래도 그렇지, 담장이 뭐라고, 왜 담장에 맞춰 잘라야 하는가. 부부 부북북북북. 거센 톱질에 톱밥이 튄다. 가지가 잘려나간다. 녹슨 톱이 목련꽃 만발할 내년 봄의 가능성을 잘라버린다. 화사하게 흐드러질 풍경이 거세된다. 그런데 나무의 저항도 만만치 않다. 전지한 다음에는 잘라낸 가지 하나에서 복수하듯 두 개의 싹이 나온다. 꽃을 틔울 여유 없이 가지만 무섭게 돋아나 순식간에 무성해지곤 했다. 나무들은 무자비한 속박에도 말없이 번성하고, 번성한다. 내가 원하는 만큼의 꽃을 못 볼 뿐 여전히

무탈한 것이다. 그럼에도 꺼림칙했다. 담장 라인이라니. 담장
이라. 하필이면 담장 라인에 맞출 게 뭔가. 그것이 왜 푸른 생
명의 기준이 되어야 하나.

"오늘 안 나가?"

"다음 주 수요일에나."

이번에는 푸른 잎 달린 성한 가지가 바닥으로 툭 떨어졌다.
가지에 달린 이파리는 아직 생생하고 윤기가 흐른다. 너희가
몹쓸 짓을 하고 있다고 주장하는 듯한 처연한 윤기.

"부동산에서 연락 없어?"

"기대도 하지 마. 이런 불황에."

거센 톱질처럼 퉁명스러운 말투다. 나 역시 집 보러 올 사람
이 있을 거라 기대하지 않았다. 외려 부동산에서 연락이 올까
봐 걱정이다. 창고에 쌓인 쓸모없는 짐을 남편이 몽땅 끄집어
낼 때마다 가슴이 철렁. 맥박이 빨라졌다. 정말 이 집과 작별해
야 하는가. 막판에 몰렸으니 하는 수 없다. 하는 수 없다만 속
이 쓰리다. 생각해보니 며칠 전에도 같은 질문을 했고 같은 대
답을 들었다. 늘 비슷하게 흘러가는 하루라 대화도 한정되어
있다.

씻어둔 푸성귀의 물기를 빼려고 채반에 받쳤다. 날이 더워
실온에 놔두면 안 될 것 같은데 냉장고는 언제나 포화 상태. 남
편이 틈틈이 만든 갖은 국과 반찬으로 냉장고는 미어터질 지경
이다. 아이들은 잘 먹지를 않고 남편과 내가 서로 경쟁하듯 음

식을 만들어대니 플라스틱 반찬통이 레고블록처럼 그득그득 쌓였다. 골라 버리는 것도 내가 해야 하는 성가신 일 중 하나다. 이제 이 많은 푸성귀를 어디에 보관해야 하나. 금요일 새벽에 푸성귀를 솎는다면 좀더 싱싱한 상태로 지인들에게 나눠 줄 텐데, 너무 일찍 서둘렀다. 하지만 그가 왜 저러는지 나도 안다. 그 마음 모르지 않는다.

텃밭에 나가면 하루 사이 수북해진 채소들이 내 게으름을 질책한다. 도시 사는 친구들은 내가 배부른 투정을 한다지만 시골 생활이란 채소와의 전쟁이다. 다들 조금씩이라도 키우고 있기에 주변에는 딱히 나눠 줄 이웃이 없다. 한여름이면 각자 남아도는 채소를 어쩌지 못해 쩔쩔매는 것이다. 요즘 인기 있는 것은 효소 만들기다. 흔해빠진 푸성귀에 설탕을 부어 항아리에 담그기. 집집마다 그 짓으로 남아도는 채소를 해결한다. 그런데 만들면 뭐하나. 아무도 먹지 않는걸. 관두자. 아무것도 하지 않으련다. 금요일, 금요일이라고 했지. 모두에게 넘겨줄 때까지 미나리와 부추가 싱싱하게 버텨줬으면 좋겠다.

다가오는 금요일, 의무감으로 따라나설 산행이 내키지 않아도 준비는 살뜰하게 했다. 등산화부터 모자까지 새로 구입하고 찬합과 돗자리도 깨끗이 씻었다. 찬합 두 개면 적당히 넉넉해 보였다. 빨간 야구모자와 플라스틱 캡 중에 무엇을 쓸까 고민 중이다. 전에 잠깐 만난 적은 있지만 남편의 언론계 대선배들은 내게 정지된 풍경처럼 보였다. 해고 언론인의 족보로 따지면 현세대의 조상쯤 된다고 할까. 최근의 언론 사태로 고생하는 동료들은 말할 것도 없고 내 눈에는 그 어른들이 여러 조각으로 나눠진 내 남편으로 보였다. 그들은 그들 특유의 분위기가 있다. 그게 뭔지는 잘 몰라도 그렇게 보였다. 고초를 겪어본 사람끼리 서로를 알아보는 신산한 기색이라고 할까. 지난 세월 동안 그들이 복직되지 못했기에 지금 우리가 이렇게 당하는 거라고 남편이 말한 적이 있다. 세월의 결과는 켜켜이 누적되어 여지없이 오늘에 이른다.

채소 더미를 집어넣을 공간을 만들려고 냉장고의 반찬통을 꺼내 하나씩 확인했다. 오래 묵은 것은 버리고 번잡하게 늘어선 식재료만 한 통에 모았다. 그럼에도 들어갈 자리가 없다. 한바탕 끄집어내자 이보다 급한 일이 떠올랐다. 아차, 이럴 때가 아니다. 나는 내 일을 해야 한다. 삽화를 완성해야 한다. 어젯밤 눈알을 칠하다 말았다. 그림에 몰두해야 하는데 난 또 이러고 있다. 집안일이라는 함정에 빠져 허우적거리다 보면 더 깊이 빨려들어가 작업이 미뤄지고 당장 헤어나지 않는다면 이대로 도태될 것이다. 묵은 잔반을 내버리며 나를 옥죄는 많은 의무도 내버리고 싶다. 집을 벗어나고 싶다. 그런데 작업 도구가 워낙 많아 나가서 일할 수도 없고…… 날은 덥고 자질구레한 집안일은 끝이 없다. 뭐하러 채소를 미리 뽑아 이 고생인가. 남편은 왜 자꾸 일을 만드는 걸까. 전처럼 평일에는 혼자 있고 싶다. 내 시간을 돌려받고 싶은 게 잘못인가.

*

희뿌연 하늘로 한 떼거리 새가 난다. 점점이 브이 자 모양이 끼이끽 꺄룩꺄룩 날카로운 소리를 내자 고요하던 숲이 떠들썩해졌다. 딴 데로 새지 말고 줄 맞추라고 우두머리 새가 닦달하는 모양이다. 무슨 새지? 혼자 중얼거렸는데 뒤에서 목소리가 들렸다. 철새요. 아직 여름인데 벌써 남쪽으로 가나요? 대화를 핑계로 멈춰 서자 뒷사람이 나를 앞서가며 일렀다. 미리 가나봐요. 미리.

바투 붙은 바위들이 길을 내주지 않아 손으로 짚어가며 간신히 기어올랐다. 나를 떼어놓으려는 듯 내 뒤에 오던 남자는 속도를 올리며 돌무더기를 성큼성큼 올랐다. 부지런한 철새들도 하늘을 비워놓고 저만치 날아가버렸다. 자세히 보고 싶었는데 어느새 흔적도 소리도 없다. 본능대로, 다 같은 마음으로 이동하는 것 같아도 어쩌면 마지못해 대열을 따르는 새도 있으리라. 나도 어쩔 수 없이 정해진 길을 따랐다. 이제 내 뒤에는 아무도 없다. 서른 명 남짓한 긴 대열의 꽁무니가 되었다. 날은 후텁지근하고 등산로는 터무니없이 가팔랐다.

일행의 숫자를 믿고 만만한 산행이 되리라 예상했는데 그게 아니었다. 나이 많은 이들은 이들대로, 젊은 축은 또 그들끼리, 오랜 세월 등산을 함께했다는 사실을 이곳에 와서야 알았다.

오전이지만 숲은 어둑했다. 바윗길은 애초에 길이 아닌 듯 거칠기만 하다. 남편은 워낙 앞쪽에 있어 보이지 않았다. 발목의 통증을 참아가며 간신히 오르는데 배낭에서 출렁출렁 물소리가 들렸다. 막걸리와 커피가 든 수통이 서로 부딪치는 것이다.

"심 봤다!"

저 위에서 소리가 들렸다. 어딘지 몰라도 공기가 맑아 목소리가 선명했다.

"이게 바로 개똥쑥이잖아. 항암제보다 효과가 수십 배란다."

삼나무 밑 덤불 앞에 알록달록한 등산복이 하나둘 모였다. 나는 천천히, 되도록 천천히 그쪽을 향해 올랐다. 숨이 턱 끝까지 차오른 상태라 사람들이 멈춰 선 상황이 뜻밖의 행운으로 여겨졌다. "이게 그렇게 좋은 거면 캐 가자." "우리 중에 아픈 사람 있나?" 개똥쑥은 다시 봐도 알아볼 수 없을 정도로 흔해빠진 모양새였다. 이런 곳에 있으니 잡초나 매한가지. 그러나 찬찬히 살피자 비죽이 올라온 이파리가 가냘프고 성글어 보통의 쑥과는 여러모로 달랐다. 모양새는 변변치 않아도 이것으로 폐암이 완치된 사례가 방송에 나왔다고 한다. "아냐, 아냐. 이거 개똥쑥 아니다. 진짜배기는 이파리가 사선 모양이 아냐." 아니라는 의견과 맞는다는 주장이 부딪쳐 갑론을박하는 사이 남편이 다가와 내 배낭을 잡아끌었다.

"마호병 여깄지? 냉커피 한 잔씩 돌리자고."

남편은 한 팔과 어깨에 가방을 둘이나 둘러맸다. 누구의 것인지 알 수 없는 파란색 배낭은 헐렁한데 우리 배낭은 터질 듯 단단하고 크다. 우리 텃밭의 채소를 꽉꽉 채워 넣었기 때문이다. 일찌감치 나누면 모두에게 골고루 짐이 될까 봐 남편이 들고 오르는 중인데 생각할수록 미련한 짓이다. 그깟 것 시장에 가면 지천으로 널렸다. 덕분에 도시락과 돗자리를 내가 책임지느라 어깻죽지가 찢어질 것 같다.

일행은 커피를 마시며 나무 사이에 나무처럼 띄엄띄엄 서 있었다. 얼음이 동동 뜬 커피로 목을 축이자니 바람이 날아와 땀을 식혀주었다. 평일이라 오가는 사람이 없어 우리끼리 한적하다.

"아는 것만 아는 체하는 거야. 온갖 나무, 풀 이름을 내가 어떻게 다 알아? 원래 똑똑한 선생은 한 발 앞질러 가면서 제가 모르는 풀은 슬그머니 밟아 죽이고 아는 것만 떠드는 법이거든."

"그래, 장하다. 백수 생활 인이 박여 네놈이 신선이 되었구나."

"그런 게 진짜로, 살아 있는 지식입니다."

남편은 어른들 입담에 변죽을 울리며 빈 종이컵을 수거했다. 정상에서 점심을 먹으려면 쉬엄쉬엄 체력 보충을 해야 한다며 초콜릿이나 사탕 같은 주전부리가 손에서 손으로 건네졌다. 정상까지는 아직 한참 더 가야 한다는 말에, 나는 단것들을 주섬주섬 먹어치웠다. 달기만 하고 모두의 말처럼 기운이 솟지는 않았다. 바퀴 터진 자동차에 배터리만 보충한 셈이라 갈 길이 아득했다. 화끈거리는 발목이 아까부터 수상한 것이다.

다시 출발이다. 걸음새는 앞서보다 다소 느슨해졌다. 영험하다는 개똥쑥은 확인만 하고 건드리지 않았다. 이 산을 찾을 사람 중에 그것이 필요한 이가 있을 거라고들 했다. 남편이 의욕적으로 지고 가는 배낭은 하나가 더 늘어 어느새 세 개가 되었다. 어른들 짐꾼 노릇을 자처하며 뭐가 그리 좋은지 남편은 계속 허허 웃었다. 두껍게 바른 선크림이 땀에 번져 목덜미로 허옇게 흐르고 있었다. 내 배낭은 젖은 수건을 넘겨받아 아까보다 더 무거워졌다. 무겁다, 무거워. 계곡의 물은 밑으로 흐르고 일행은 그 기세를 거슬러 올랐다. 물 근처라 확실히 공기가 서늘했다. 주중 간간이 쏟아졌던 비로 물이 맑지 않으나 다리를 지나는 일행의 물그림자는 아름답게 일렁거렸다. 물기 어린 자갈 위를 걷자 발목의 아픔이 노골적으로 욱신거렸다. 저 개울 속에 점벙 들어가면 통증이 멎을까. 차라리 운동화를 신고 올걸 그랬다.

지난주 시장을 지나다 아스팔트 바닥에 펼쳐놓은 등산화 더미를 발견했다. 마침 필요한 데다 가격이 만만했다. 골라 신은 것마다 크거나 작았지만 등산화는 딱 맞는 게 좋다며, 신다 보면 헐렁해지게 마련이라는 장사치의 말에 넘어가 작은 걸 사고 말았다. 내 발 모양새는 신경 쓰지 않고 '땡처리' 가게에서 싸게 구입할 생각만 앞섰던 거다.

"총선 때 내상이 커서 수습이 안 되는 거지. 대선 전략이고 뭐고 당장 뚜렷한 게 없어. 선거 얼마 남았냐. 날 추워지면 금세잖아."

"아니다. 이제 판이 뒤집힐 거야. 두고 봐, 이긴다고, 왠지 알아? 이번에 장준하 선생의 묘소가 무너지는 바람에 개묘를 했잖아. 어허, 그런데 천지가 개벽할 노릇이야."

"왜?"

"유골을 수습하는데 두개골 뒤쪽으로 요만한 구멍이 뻥 뚫려 있더래. 실족했으면 사지 뼈가 하나쯤은 골절돼야 하잖아. 근데 그건 멀쩡하고. 선생의 사망 원인을 분명히 하려고 엊그제 법의학연구소에 보냈다네."

"타살인 줄은 알았지만. 이거야 원."

"그렇게 죽여 없애면 그만일 줄 알았겠지. 그 숱한 세월을 지나 지금에야, 하필이면 대선을 코앞에 두고! 아비가 저지른 짓 때문에 발목이 잡히는 건가."

나는 오가는 대화를 듣고도 별 감흥이 없었다. 몸의 고통에 신경이 집중되어 판단이 둔했다. 다만 유골의 등장이 대선판도를 흔들 아킬레스건이라는 말은 관심이 갔다. 오고 가는 대화 속에 '상서롭다'는 표현이 선명하게 들렸다. 상서로운 일이 정말 있었으면 좋겠다. 장준하 선생의 며느리가 이 모임의 일원이기에 소식이 빨랐다. 오가는 목소리들은 소식통의 전언에 자못 흥분한 듯 보였다. "대박이네!" "이것 참 무시무시한 업보구나."

다들 올 연말의 한판 승부에 대해 논의했다. 다각도로 찔러 대는 예측은 입과 입을 통해 통통하게 살이 붙어나갔다. 인과 응보를 따지느라 과거사가 등장했다. "긴급조치 1호로 들어갔던 장 선생님이 겨울에 병보석으로 나왔잖아. 그다음 해 여름인가, 산에서 떨어졌다는 소식에 내가 놀라서 택시를 잡아타고 가는데……" 사람들이 에워싼 바람에 듣고 싶은 음성은 잘게 흩어졌다. 37년 전의 주검이 한가로운 말투로 재연되었다. 서슬 퍼런 1975년. 바로 그해에 여기 온 어른들이 해고당했다고 하니 기억이 정밀할 수밖에. 마치 한여름 밤 귀신이야기를 듣는 것 같은 분위기가 숲을 차지했다. 다들 어떤 표정일지 궁금했다.

사람들은 앞에서 웅성거렸고 나는 슬슬 뒤로 처졌다. 터널로 들어선 듯 사방이 어둑해 바로 앞도 잘 보이지 않았다. 우람한 칡넝쿨이 나무에서 나무로 연결되어 하늘을 온통 가렸다. 시야가 답답해 아까시나무 밑에서 지친 발을 멈췄다. 봄에는 향기 짙어 좋았을 자리다. 아까시 동그란 잎사귀들이 침침한 허공에 빼곡했다. 잔향은 어디로 가지 않았다. 넝쿨 탓이 아니더라도 여름 숲은 서늘한 기운에다 기승스러운 푸르칙칙한 빛깔 때문에 깊디깊은 수렁 같다. 한번 빨려들어가면 영영 나오지 못할 것 같은 수렁.

언젠가 남편에게 에둘러 물은 적이 있다. 이제 우리는 어찌 되는 거냐고. 남편은 한 번도 속 시원한 답을 해주지 않았다.

"네 그림이 대박 나면 걱정 없잖아"라고 했던가. 그렇게 말끝을 흐리던 남편의 표정이 참으로 묘했다. 화가 난 것 같기도 하고 멋쩍게 웃는 것 같기도 했다. 은근히 걱정이 되었다. 놈들이 불순한 뇌관을 제거한답시고 사람 알맹이까지 건드린 걸까. 내 그림이 무슨 수로 대박 나겠냐고, 암만 해도 벌이는 신통치 않을 거라고 변명하면서 그 얼굴을 다시 봤다. 저 모호한 표정을 어디서 봤던가. 익숙하다. 한참을 생각했다. 문득 떠올랐다. 아, 그렇구나. 바로 그 얼굴이다. 남편이 만든 다큐멘터리에 등장했던 러시아 츄코트카 사냥꾼 노인의 얼굴이 꼭 그랬었다. 그 작품을 여러 번 돌려 보며 이국의 풍광을 따라 그렸기에 잘 알고 있다.

츄코트카 사냥꾼 노인의 주름 가득한 얼굴은 고목처럼 거칠었다. 채찍 자국 같은 주름투성이었다. 다들 떠나고 노인의 곁에는 먼 친척인 청년 하나만 남았다. 청년과 노인, 두 사람이 함께 사냥터인 바다에 나가도 늘 빈손으로 돌아왔다. 청년은 새로운 삶을 찾아 떠나고 싶어 했다. 노인은 늙어 쉬이 지쳤고 청년은 사냥에는 통 관심이 없었다. 집으로 돌아가는 카약에서 노인이 얼음 바다를 가리켰다. "작살 끝엔 바다가 있고 바다의 끝에는 계절이 있다." 그의 말이 끝나기 무섭게 잔파도가 들이쳤다. 젖어버린 노인은 몸을 옹송그리며 진저리 쳤다. 카메라는 주름투성이 노인의 얼굴을 집요하게 클로즈업했다. 웃는 건지 우는 건지 알 수 없었다. 배경음악으로 축치족 고유의 장엄

한 북소리가 흐르면서 노인의 모호하고 어리둥절한 표정이 바로 앞처럼 크게 다가왔었다. 노인의 얼굴에서 정지된 채 스크롤이 올라갔다. 그렇게 끝맺었던 다큐였다. 그 얼굴, 노인의 얼굴이 그랬다. 남편의 표정이었다. 똑 닮았다.

저 앞에서 나를 향해 흔드는 손이 보였다. 나도 손을 들어 화답했다. 파란 등산복을 입은 몇몇이 완만한 언덕에 멈춰 서 나를 기다리는 모양이었다. 미안하지만 나는 느리다. 고된 산행. 일행이 원하는 대로 서둘러 가려면 벽돌처럼 무거운 내 발을 잘라버려야 한다. 그런 상황이라 느릿느릿 따라가고만 있다. 가고는 있다. 가야 한다. 저 꼭대기에 언젠가는 갈 것이 아닌가. 그런데 반드시 다 같이 도착해야 하는 것도 아니다. 파란색 등산복이 언덕 너머로 자취를 감추자 오던 길로 되돌아가고 싶은 마음마저 들었다. 희뿌연 하늘에 사방이 습해도 바람마저 인색한 건 아니었다. 슬그머니 바람이 불면 숲속 나뭇잎이 스산하게 술렁거렸다. 마치 수군거리는 사람처럼 둘씩 붙어 속닥거리고 여럿이 모여 쑤군거리고…… 침묵의 목소리가 손에 잡힐 듯했다. 아련했다. 세상 숲의 흉흉한 속삭임. 입속의 입이 하고 싶은 말. 동화 속 주인공이 생각났다. 내가 그려야 하는 그림들. 그 형상들.

아이들이 보는 동화라는 사실을 잊고 싶었다. 거칠고 잔혹한 이미지를 호화찬란한 배경에 욱여넣고 싶었다. 세상에서 가장 끔찍하고 화려하게 그리고 싶었다. 보는 즉시 오금이 저리

게 그리느라 공력을 많이 들였다. 그러고는 삭제했다. 확 없애 버렸다. 미련이 없을 수 없다. 아마도 그것이 알맹이였던 같다. 가능성의 알맹이. 매번 선택의 고민이다. 어느 부분을 살리고 어느 장면을 버려야 하나. 모르겠다. 정말 모르겠다. 함께 투쟁 했어도 누구는 해고되고 누구는 아무 탈이 없다. 납득할 수 없 는 것. 납득되지 않는 일들. 지나는 길목마다 잘리고 부러진 나 뭇가지들이 발에 밟혔다. 죽어서 떨어졌는지 누군가 잘라낸 가 지인지, 알 수 없다. 불필요하면 잘라야 한다. 필요에 의해 잘 린 것들은 울화가 없을까. 지나온 삶이 허무하지 않을까. 마른 가지들을 밟고 지나자 따닥따닥 가지 부러지는 소리가 났다.

정상에서 시간을 보낸 다음 그늘진 자리를 찾아 여기저기 돗자리를 펼쳤다. 계획보다 늦은 점심이 되었다. 먹을거리가 넘쳐 김밥과 족발에 막걸리까지 다채롭고 푸짐했다. 내가 꺼 낸 도시락엔 푸성귀와 과일이 잔뜩. 기름진 것은 없어도 종류 별로 그득그득 넘치도록 싸 왔다. 남편이 너스레를 떨었다.

"이게 다 우리가 키운 오이, 가지, 풋고추인데요, 이건 오늘 새벽에 제가 만든 나물입니다. 맛 좀 보세요. 토마토 알이 큼직 하죠?"

기대한 대로 칭찬이 쏟아졌다. 한 입씩 맛보며 솜씨가 그만 이라고 하자 남편이 인심 좋게 양껏 덜어 주었다. 실상 이것이 오늘의 하이라이트다. 바로 이 순간을 위해 허리가 휘게 이고 지고 올라온 것이다. 새벽부터 부엌에서 울렸던 요란한 도맛소리는 이 순간을 기대했기 때문이다. 그럼에도 우리가 싸 온 반찬보다 프라이드치킨이나 족발이 인기다. 나도 기름진 게 좋다. 푸른 것들은 쳐다보기도 싫다. 어지간히 질렸다. 남편 혼자 우리 집 나물 반찬을 입이 미어져라 밀어 넣었다. 넣고, 넣고, 또 집어 먹고.

"좋으시겠어요. 몸에 좋은 유기농 야채잖아요. 요새 물가가 비싸서 장 보러 가면 살 게 없어요."

어느 부인의 말에 나는 흐흥 웃었다. 매일매일 수확해내는 푸성귀 때문에 풀 뜯어 먹는 소가 된 것 같다는 하소연은 차마 할 수가 없다. 눈치 없이 투정이나 할 자리가 아니다. 하지만 처지는 각각이다. 신성한 양식인 푸성귀들을 내가 언제부터 미워하게 되었던가. 반찬을 하다 하다 지치면 동네 사람들에게 나눠주고 주변에 소포로 보내고…… 그러고도 남아돌면 몰래 땅에 묻어버렸다. 내 속에 든 막막함도 한데 모아 깊숙이 파묻은 다음 발로 꾹꾹 밟았다. 낙엽을 덮어 위장할 때면 은근한 쾌감마저 일었다. 살인자의 심리를 알 것 같은 기분이었는데 묘하게도 그와 같은 은밀한 감정이 솟구치면 내 그림을 그리기 좋았다. 남몰래 비밀스럽게 엽기적인 표현이 내 속에서 꿈틀거렸다.

저쪽에서는 정치 얘기가 한창이었다. 어디서 들어봤던 이름이며 신통치 않은 조직에 대한 비난과 대안 제시까지. 여기는 여기대로 저쪽은 저쪽대로 돗자리마다 넉넉한 음식과 푸짐한 화제를 나누며 종이 술잔이 돌아다녔다. 나무들은 무대를 바라보는 관중처럼 우리를 둥글게 에워싸고 있었다. 난데없이 들이닥친 인간들의 소란함을 묵묵히 지켜보는 것이다.

본가가 시골이냐고 누군가 묻자 남편은 고개를 내저었다.

"집에만 있기가 심심해서 해봤는데 농사 재미가 그만입니다. 내 말 잘 듣는 것들이라 신통하죠. 땅이야 거짓이 없잖습니까. 공들인 만큼 보답해주는 게 이 채소들이죠. 나하고 소통이 아주 잘되거든요."

"그렇지. 그렇게 버텨야 하는 거야. 아주 잘하고 있어. 농사 좋다. 우리 아우들 적응력이 스피디하네."

남편은 연로한 선배가 따라주는 막걸리 잔을 받아 기세 좋게 들이마셨다. 초보농사꾼에게 너도나도 잔을 내밀자 남편은 허허 웃으며 급히 잔을 비워나갔다.

"우리도 백수된 뒤로 안 해본 게 없어. 번역해서 책 만들고 서적 외판도 하고, 참기름도 팔았잖아. 잡지를 만드네, 신문을 만드네, 하면서 내내 돌아다녔거든."

"뭘 마음대로 할 수가 있나. 계엄령 떨어지면 형사들이 내 집에 들어와 앉았고, 뭐만 터지면 잡아다 조지는데…… 매형이 대준 돈을 내가 말아먹는 바람에 마누라랑 사네, 마네 한참 시끄러운데 말이지. 애들이 제 엄마 편을 드는 거야. 나더러 이 기적이래, 아버지가 하고 싶은 거 하는 바람에 우리는 하고 싶은 거 못 하는 인생이 되었다나. 다들 나한테 덤벼드니 할 말이 있어야지."

등산화 끈을 풀다가 슬그머니 뒤로 빠져나왔다. 내가 꾸지람을 듣는 기분이었다. 가족들은 입 다물고 살라는 건가. 어른들이 모여 있는 돗자리에서 멀찌감치 떨어져 나와 나무에 기대 앉았다. 등산화가 잘 벗겨지지 않았다. 내 발이 좋아 떨어질 수 없다는 듯. 양손으로 힘껏 당겨도 무거운 등산화는 꿈쩍하지 않았다. 안을 살펴보니 피가 말라붙어 양말과 철썩 붙어 있다. 싸구려 등산화가 내 발을 삼켰다.

"안 죽고 살았으니 된 거다. 지금도 필리핀에서는 매년 130명이 죽어. 통계를 내보니까 해마다 그만큼이 살해당한대. 아니라고 말하는 언론인, 시민운동가, 활동가 들을 싹 죽여버린다고."

다들 웃는다. 저런 얘기를 웃으면서 나누다니. 어른들 몇은 돗자리에 길게 누워 한담이고 나무 그늘에 들어간 젊은 축은 술판이 한창이었다. 쾌활한 웃음소리가 여전히 간간이 들렸다. 간신히 신발을 벗었다. 나의 맨발은 얼룩진 핏자국에 밀가루 반죽처럼 허옇게 부풀어 있었다. 차가운 물수건으로 발목을 감싸자 조금씩 감각이 돌아왔다.

"과일 좀 드세요."

누군가의 부인이 내게 포도를 권했다. 오물오물 씨를 발라내는 부인의 입모양이 애교스러웠다. 눈여겨보니 앙증맞고 아름다웠다. 또렷한 입술선, 저런 입을 그리고 싶다. 그려야 한다.

언제쯤 내 일에 오롯이 집중할 수 있을까. 잘 그리고 싶은데 용암처럼 꿈틀거리는 것이 밖으로 터져 나오지 않아 답답하다. 이러고 있는 내가 답답하다. 내 바로 앞의 여자가 복숭아 껍질을 손으로 슬슬 벗겨냈다. 투명한 과즙이 팔뚝을 타고 주르르 흘렀다.

"아이고 고되다. 오랜만에 산에 왔더니 힘이 부치네요."

나는 편하게 내놓은 맨발부터 가리며 미소로 응했다.

"들었어요? 장준하 열사 두개골이 나왔대요."

한쪽 귀퉁이가 멍든 복숭아를 들어 보이며 말했다. 멍든 복숭아가 가격당한 머리통 같았다.

"예, 아까 들었어요. 뒤에서 머리를 내리쳤다나. 두개골에 구멍이 뻥 뚫려 있었대요. 세상에 끔찍해라. 누가 시켰을지 빤하죠. 묘가 무너지지 않았더라면 영원히 모를 뻔했잖아요. 이번 여름 폭우가 하늘의 뜻인가 봐요."

"우리 이제 얼마 안 남았어요. 정권 바뀌면 다들 복직될 거고 기소된 것도 뭐, 어차피 무혐의죠."

"그래요. 참 오래 기다렸네요. 하루가 1년 같아요."

"복숭아가 잘 익었네. 껍질이 줄줄 벗겨져."

"이 머루포도는 우리 친정에서 준 건데, 아유 몸서리쳐지게 달아요. 혀가 문드러지겠어."

살짝 웃는 부인의 치아가 온통 포돗빛이었다. 검게 물든 입술은 내가 원하는 바로 그 빛깔이다. 도톰한 입술, 가지런한 치

아. 눈꺼풀이 처져 온순하게 보이는 눈매. 특징이 확실해 그리기 좋은 얼굴이로구나. 손으로 슥슥 그리는 동작이 내 안에서 꿈틀거리고 스케치할 순서가 윤곽부터 차근차근 떠올랐다.

"그 댁은 걱정 없죠?"

복숭아 껍질을 벗기던 여성의 손끝 방향에 내가 있었다. 순간 상상으로 그리는 내 그림에서 풀려나 나를 지목한 상대를 봤다.

"예?"

"아녜요. 여기 걱정 없는 집이 어딨어. 다 비슷하죠."

"염치없네요."

"무슨 그런 말씀을요. 다 같은 처지인데. 더 드세요. 어쩌면 이렇게 물이 많은지."

염치없다고 털어놓자 그들이 권하는 복숭아를 향해 손을 뻗기도 어색했다. 벗은 발도 염치없게 여겨졌다.

"제가 웃기는 얘기 하나 할까요. 우리 신랑은요, 마이크를 쥔 것처럼 가슴에 이렇게 주먹을 올리고 잠꼬대를 한답니다. 오늘 오후 2시, 평창군 인근에서 산사태가 발생해 주민 4백여 명이 매몰되었습니다! 잠결에 또박또박 멘트를 한다니까요. 목소리도 얼굴도 정말 급박하게요."

다들 키득키득 웃었다.

"얼마나 뉴스가 하고 싶었으면. 혼자 보기 아까웠겠네. 근데 4백 명이나 매몰된 적이 있나요?"

"그야 모르죠."

"예지몽인가. 혹시 우리가 이 산에서 다 같이 매몰되면……
아, 아녜요. 부군께서 또 잠꼬대하시면 앞으로 날씨는 어떤가,
꼭 물어봐주세요. 오늘보다 내일이 중요하잖아요."

"걱정 말아요. 쨍쨍하겠죠."

"그럼요. 비 온 뒤 맑음. 앞으론 무조건 쨍쨍해야죠. 아유, 달
다. 복숭아가 포도보다 더 달아요. 몸이 피로해서 꿀맛인 건가."

"복숭아는 이 접시에 담아주세요. 어르신들께 더 갖다 드리
게."

핏자국이 말라붙은 양말을 도로 신었다. 등산화에 발을 집어
넣으려니 한숨부터 나왔다. 돗자리에 빙 둘러앉았지만 부인들
과 나는 같은 입장이 아니다. 징계의 수위는 각각 다르다. 염치
없다. 염치없어. 이럴 때에 대비해서 남편이 일찌감치 해고당
하고, 얻어맞고, 고문받는 감옥살이를 겪어야 했는데. 그랬더
라면 당당했겠다. 그런데 이제 와 아무리 애를 써도 동그란 구
멍이 남은 두개골만 할까. 그게 최고다. 최고 권좌에 앉은 서글
픈 유골이라니. 그 타살 흔적에 기대를 걸어야 하는 우리네 처
지라니.

저쪽에서 파안대소하고 있는 남편을 슬며시 건너다봤다. 납
작한 뒤통수에 모자 자국이 가로로 눌려 있었다. 뒷모습만 봐
도 어떤 표정인지 알 것 같았다. 내 눈은 그의 머리에서 털과
피부를 벗겨내고 동그랗고 반드르르한 두개골을 그려냈다. 어
디쯤이 좋은가. 창백한 두개골 뒷면을 바라보았다. 정면보다는

역시 뒤가 치명적이다. 뒤통수에 구멍 자리가 많았다. 이미 여러 번 가격당한 상태였다. 그럼에도 부족하다. 염치를 차리려면 놈들에게 당한 구멍쯤이야 넘치게 많아야 한다.

*

벨 소리가 울리자 남편이 뛰어나갔다. 집 보러 온 사람은 전부 세 명. 공인중개사가 핸드백에서 명함을 꺼내 내게 건넸다. 전에 받았던 거라 직함만 확인하고 탁자 위에 올려놓았다. 남편이 집 안내를 하는 동안 나는 주전자에 물을 받아 가스레인지에 올렸다.

커피 잔을 쟁반에 내놓는 동안 집 보러 온 사람들은 남편을 따라 빠른 걸음으로 집 안을 훑고 다녔다. 남편이 안방 문을 열자 세 사람의 머리가 동시에 한 방향으로 움직였다. 건성으로 보고는 다른 방향으로 우르르. 창고 문이 열리자 급히 쑤셔 넣은 쿠션과 밀걸레, 대야에 담아놓은 운동화와 슬리퍼가 보였다. 저걸 왜 놓쳤던가. 지저분하다고 흉을 보겠지. 사람들이 훑어보는 동안 나는 미처 치우지 못한 빗자루와 걸레를 숨겼다.

"유리문은 옆이 아니라 위로 들어 올리는 겁니다. 환기는 잘되는 편인데 도시가스가 아직 안 들어와서 난방이 좀 불편해요. 웃풍이 세기는 해도 공기가 맑아 감기 한 번 안 걸렸어요."

나는 감기를 달고 사는데 무슨 말인가. 반사적으로 고개를 돌리다 남편과 눈이 마주쳤다.

"도시가스가 안 돼요? 그럼 유지비가 비싸잖아요."

"서류상으로는 깨끗해서 담보는 없다고 알고 있는데요. 근데 아저씨는 매번 집에 계시네요? 재택근무자신가 봐요?"

청문회를 하는 것 같은 날카로운 질문들. 남편의 대꾸는 잘 들리지 않았다.

"자택 대기 발령이요? 그런 직업이 있어요?"

"보일러실에 곰팡이가 많아요. 이쪽이 축대벽이라 습하나 봐."

시세대로 내놨을 뿐인데, 지적을 받을 때마다 사기를 치다 걸린 듯 괜히 얼굴이 뜨듯해졌다. 그들이 꼬투리 잡는 것은 집의 문제점이 아니라 내 삶인 것 같다. 내 작업실의 그림과 서가를 훑어보던 이가 책장에 바싹 다가섰다. 책 제목을 확인하나. 이 사람들, 집 보러 온 게 아니라 다른 꿍꿍이가 있는 건가. 혹시 누가 시켜서 온 걸까. 갑자기 가슴이 두근거렸다. 어떤 잣대로 보면 불온한 서적이 많이 꽂혀 있는 책장이다. 남북 언론인 대표자 회의 참석차 평양에 다녀온 적이 있다. 그때 기념사진을 왜 치우지 않았나. 촌스럽게 내가 왜 이러지, 싶으면서도 손에 잡히는 대로 몇 가지를 골라 허겁지겁 서랍에 쑤셔 넣었다.

남편이 사람들과 마당으로 나간 뒤 나는 혼자 방에 남았다. 세탁소에서 찾아온 양복을 옷걸이에 걸어놓고 와이셔츠를 골랐다. 유행 지난 스타일이지만 전문가의 손질 덕분에 새 옷처럼 말끔해졌다. 이틀 뒤 열리는 징계위원회에 남편이 입고 나갈 정장이다. 남부지법 2심 공판 때는 위아래 색상이 어긋난 여름양복을 입었다. 의상이 신통치 않아선지 좋지 않은 소식이 들렸다. 옷장 문을 열어 와이셔츠를 골랐다. 양복 입는 직업이 아니어서 계절에 맞는 클래식한 셔츠가 몇 개 없다. 밝은 블루 계열의 와이셔츠를 양복에 대봤다. 얼굴색과 잘 맞거나 선량하고 고분고분하게 보이는 빛깔이 선택의 기준이다.

벽에 걸린 달력은 이제 몇 장 남지 않았다. 영원히 오지 않을 것 같던 서늘한 날씨가 겨울을 등에 숨기고 저만치 와 있다. 지난달에는 일부러 외출을 많이 했다. 한동안 나가지 않았던 초등학교 동창회에 참석했고 후배들과 호수공원에서 자전거를 탔다. 사방의 나발통이 꽉 막힌 탓인지 유골에 대한 소문은 솟구치기도 전에 사그라졌고 대선 후보들은 바쁘게 움직이기 시작했다. 각 후보의 지지율은 사흘에 한 번 꼴로 발표되었다.

"뉴스가 이 모양이니 일단 여론을 만들어야…… 뭐? 그럼 단식농성이라도 해야지. 열흘쯤 굶으면 뉴스거리가 되거든…… 트위터나 블로그, 페이스북 다 동원해야…… 그래, 닥치면 다 하는 거지. 닷새째부터는 기력이 떨어지긴 해. 기생충 약하고 죽염 정도 준비하고. 아차, 마그밀이 있어야 해."

통화 중인 남편의 들뜬 목소리. 느슨하게 풀어진 발음에 헛웃음이 잦다. 또 누군가가 단식 투쟁을 준비하는 모양이다. 단식, 단식이 제일 쉽다. 단식 열흘이 넘어가면 치아가 흔들리고 손톱이 말랑말랑해진다. 옆에서 지켜봐서 잘 안다. 나보다 당사자가 더 잘 알겠지만 저게 그렇게 신나는 일인가. 급박하게 돌아가던 예전, 전화기를 두 대 들고 다니며 대책과 전술을 모의하던 시절의 활기가 통화 중인 목소리에서 느껴졌다. 그때는 싸움의 대상이 단순했었다. 적이 하나뿐이라 협공이 편했다. 그런데 지금은 다르다. 아주 달라졌다.

거실 탁자에 반쯤 남은 막걸리 통이 보였다. 전에는 남편이 술을 즐기지 않았는데 요즈음은 조용하다 싶으면 혼자 홀짝거리고 있었다. 과음하거나 주정을 부리지 않으니 걱정할 일은 아니지만 술에 의존하게 된 한낮의 무료함이 원망스럽다. 집 보러 온 사람들이 어떤 의사를 밝히고 갔을까. 내 집이 퇴짜를 맞았는지 궁금했다. 당장은 아니겠지. 쉽사리 마음 정하기는 힘든 게 집이지. 통화가 길어질 것 같아 맥북 앞으로 돌아왔다.

내 그림은 언제나 나를 기다리고 있다. 완성해야 할 삽화 중 마음에 드는 건 몇 개 없다. 빛은 왼쪽에서 오른쪽으로, 얼굴 바탕엔 하늘색을 아주 약간 깔았다. 살짝 곁들인 푸르스름한 색 때문에 죽음의 기운이 서렸다. 이런 톤이 좋다. 그런데 납득이 되는 그림일까. 꾸물꾸물 움직이는 형태를 생각했다. 누에가 꾸물꾸물, 지렁이가 꾸물꾸물, 느리지만 멈추지 않는 움직임. 틀어막아도 솟구치는 힘. 태블릿 펜으로 포인트를 콕콕 집어가며 꾸물꾸물을 표현했다. 그런데 오늘 점심은 뭘 하나. 칼국수의 뜨끈한 면발이 떠올랐다. 면발처럼 기다란 실에 엷은 음영을 깔자 그림이 입체적으로 살아나기 시작했다.

출판사 담당자에게 맛보기로 삽화 파일을 하나 보냈는데 반응이 그럭저럭 밋밋해 맥이 빠져버렸다. 특별히 환호하거나 문제가 있다고 지적하지 않아도 괜스레 무안해지는 것이다. 차라리 조목조목 지적이라도 할 것이지. 정말 모르는 건가. 알고도 모르는 척하는 건가. 답답한 마음에 내가 먼저 찔러봤다.

"터치나 색감이 전에 비해 과격하죠? 너무 거칠어 걱정이네. 자꾸 격하게 그려져서 살살 고치고는 있는데."

담당은 그런 것 같지는 않다고 했다. 나머지를 봐야 판단하겠다는 투로 일단 제출 날짜를 잘 지켜줄 것을 강조했다. 그러고는 덧붙였다.

"지난번처럼 해주세요. 지난번 잡지처럼."

"그래도 될까요. 이건 동화인데."

"작품이잖아요."

"제 그림이 너무 과격하죠?"

"왜 그리 겁을 내세요. 저희는 더 가도 좋습니다. 걱정하지 마세요. 실은, 기대보다 너무 온건해지셨어요. 요즘 무슨 일 있으세요?"

내게 무슨 일이 있겠는가. 아무 일도 없다. 그런데 겁을 내지 말라고? 담장 안에 안주하지 말라는 지적은 창피했다. 주섬주섬 구차한 변명을 했던 것 같다. 납득할 수 있는 그림에 대해 말했던가. 그런데 담당자의 격려를 받자, 기다렸다는 듯 내 안에서 요동치던 어떤 이미지가, 마치 아나콘다처럼 힘차게 공중으로 힘차게 솟구쳤다. 새 떼처럼 우르르 날아 저 멀리로 사라져버렸다. 내 안의 오욕칠정이 빠져나갈 통로를 찾은 건가. 나도 날고는 싶다만…… 내가 겁을 먹고 있었구나. 나도 모르게.

칼국수에 넣을 호박을 따러 마당으로 나갔다. 남편은 나무 밑 평상에 누워 편히 잠들었다. 고작 술 한 병이면 죽은 듯 곯아떨어지는 약골이다. 허무한 표정 그대로 잠들어 있다. 돌아누운 그의 뒤통수에 보이지 않는 구멍이 점점이 보였다. 딸린 식구 수대로 가격한 흔적이다. 우리 애들과 내가 그랬다. 혼자 날고 싶은 건 나만이 아닐 것이다. 호박 넝쿨을 헤치다가 잔가시에 계속 찔렸다. 벌써 잡초는 수북해졌고 허공을 맴도는 고추잠자리가 확실히 많아졌다. 마당에만 나오면 상념에 젖어 안의 일들을 잊어버렸다. 가을 석양은 관능적으로 수상한 빛깔이라 그 색을 보느라 컴컴해지기까지 하염없이 앉아 있곤 했다.

좁은 마당을 둘러보다 이 집과의 인연은 올해까지인가, 하는 생각에 말할 수 없이 쓸쓸했다. 가을 문턱에서도 연일 비가 잦다. 나무들은 비에 흠뻑 젖어 때아니게 쑥쑥 자랐다. 수척하던 가지에서 새로운 줄기가 솟구치고 연한 새잎이 돋아나 어느새 담장 라인을 넘어섰다. 담장쯤이야 하며 쑥쑥 자라고 있다. 참으로 간단한 일. 놀랍도록 당연한 일. 보이지 않는 땅속뿌리는 그만큼 튼실해졌을 것이다.

다음 주에는 동료들과 해고노동자의 가족들을 만난다. 아이들에게 그림을 지도하는 프로그램에 참여하는 것이다. 결심하기까지 꽤 오래 망설였지만 생각해보면 그리 거창한 일도 아니다. 그림은 둘째 치고 함께하는 다과 시간을 따스하게 보낼 방법을 궁리 중이다. 그들 중 누군가에게 우리 처지를 털어놓을 수 있을까. 투쟁과 기소, 징계, 재판 등은 우리 모두에게 친숙한 단어가 되었다. 지나온 세월은 간혹 우리를 붙들고 무거운 시대로 끌고 간다. 역행도 원만한 수순의 일종인가. 이 모든 것을 쉽게 납득할 수 없지만 달리 어쩌겠는가. 우리가 나눌 얘기는 많을 것이다. 츄코트카 사냥꾼 노인에 대한 얘기도 하고 싶다. 에스키모를 설명하고 이국의 척박한 풍경을 전하며 나는 슬그머니 이렇게 말할 것이다. "작살 끝에는 바다가 있고 바다의 끝에는 계절이 있다"라고.

실 꾸 리

오늘도 소년은 4시 반에 학교에서 돌아왔다. 집 안의 너저분한 물건들이 소년의 귀환을 반겼다. 소년은 책가방을 내려놓고 양말에 묻은 먼지를 툭툭 털면서 집 안을 둘러봤다. 집에 오면 환기부터 하라던 어머니의 당부를 기억하고 있다. 그러나 소년은 창문을 바라보기만 했다. 뻑뻑한 유리문을 열면 끼리리릭 귀를 찢는 날카로운 소리가 난다. 그 소리가 질색이다. 조용한 게 좋다. 침묵이 편하다. 조용해도 거실은 산만하기 짝이 없다. 정돈되지 않은 많은 물건들 때문에 시끌벅적한 것 같아 소년은 방마다 빙글빙글 돌아다녔다. 가만히 있으면 왠지 무섭고 몸이 작아지는 기분이다. 뻥 뚫린 거실보다 좁은 벽장이 편하다. 벽장에 들어가 쉬고 싶다는 생각으로 소년은 건넛방을 바라본다. 뭔가 달라졌다. 집이 커졌나. 집이 자라고 있나. 전에 비해 천장이 높아졌다. 방도 훌쩍 커졌다. 가구들이 사라진 집은 드러난 공간만큼 깊고 넓어졌다. 집이 무슨 상관이니, 네 몸이 커야 나는 기쁘단다. 어머니는 그렇게 말했다. 좀더 커야 높은 곳의 물건도 쉽게 꺼낼 수 있다고 아버지가 말했었다. 소년은 자신의 팔과 다리를 본다. 길어져야 한다. 길게 자라고 있을 것이다.

벽에 부착된 기린 그림에 기대선 소년은 손을 올려 정수리를 짚었다. 손가락을 벽에 붙이고 고개를 돌려 숫자를 확인했다. 어제와 다르지 않다. 기린 모가지의 중간 지점, 볼펜으로 체크해둔 112이라는 숫자 눈금에 머물러 있다. 하루 사이 몸이 자라기를 바라면 안 되나 보다. 어제보다 집은 커졌고 나는 자라지 않았다. 소년은 한참을 멀뚱거리다가 창문을 연다. 뻑뻑한 창문을 힘껏 밀어붙이자 끼리리릭 비명이 터진다.

거실 바닥에는 구두 발자국이 남아 있고 익숙한 잡동사니가 아무렇게나 흩어져 있다. 언젠가부터 정돈되지 않은 풍경이 당연하게 여겨졌다. 베갯보, 두루마리 휴지, 둘둘 말린 검은 리본과 찢어진 달력 조각, 때 묻은 담요, 신문지와 플라스틱 덮개가 달린 전화번호부. 하얀색 조화에 빈 약병과 옷가지, 그리고 해체된 액자틀. 갈 곳 없이 떠도는 것들을 소년은 물끄러미 내려다봤다. 몸속에 들어 있어야 할 내장이 밖으로 나와 있는 것 같다. 이곳은 혼돈스럽다. 혼돈. 혼돈. 머릿속처럼 어지럽혀져 있다. 거실만 지저분한 게 아니다. 부엌과 안방, 서재도 거의 엉망진창이다. 가장 말끔한 곳은 벽장이다. 실꾸리가 든 벽장. 어머니가 벽장을 싫어해서 다행이다. 그곳만은 건드리지 않아서 다행이다. 어머니는 집을 가만두지 않는다. 엊그제도 한바탕 뒤집었다. 장롱에 든 옷가지를 모조리 끄집어냈는데 아버지의 순모 코트는 비싼 물건이라 그냥 버리기 아깝다고 했다. 장롱을 가득 채웠던 아버지의 양복들은 거의 태워버리거나 친지들이 가져가버렸다. 이렇게 밖에 나와 있는 물건들은 곧 누군가에게 줘버리거나 내다 버릴 것들이다.

꾸르륵. 소리가 들렸다. 꾸르륵, 하고 소년의 배가 말했다. 소년은 바닥에 널린 옷가지와 종잇조각을 밟고 부엌으로 향했다. 어머니가 간식으로 챙겨두고 간 백설기가 상 위에 있다. 소년은 비닐에 든 네모난 떡의 모서리를 조금 떼어 입에 넣었다. 쫀득하던 찰기가 그새 굳었다. 어금니는 딱딱한 떡을 씹고 메마른 혀는 밋밋한 단맛에 녹아들었다. 조금씩 녹여 먹어도 목구멍이 콱 막혔다. 콘크리트 조각이 든 것처럼 가슴이 답답해 수도를 틀어 물을 마셨다. 소년은 굳은 떡을 씹으며 먹고 싶은 것을 생각했다. 숱하게 떠오르는 많은 음식 가운데 가장 그리운 것은 햄버그스테이크다. 레스토랑에서 맛봤던 햄버그스테이크. 아버지가 칼로 썰어주던 동그랗고 보드라운 고기.

목욕탕으로 들어간 소년은 세면대의 물을 틀었다. 집에 돌아오면 씻기부터 하라고 어머니가 알려줬다. 비누칠한 손을 물에 넣고 비비자 손바닥에 혈색이 돌았다. 물기 어린 분홍색 손. 깨끗해진 손가락으로 해야 할 일이 있다. 거울에 바싹 붙어 입을 크게 벌리고 입안을 들여다본다. 까치발을 해야 간신히 보인다. 입안을 살피는 일은 소년의 일과 중 가장 중요한 일이다. 어머니는 하루에 네 번 확인할 것을 강조했다. 적어도 네 번이다. 네 번 이상이면 좋지만 세 번은 부족하다. 아침에 양치하며 한 번, 학교에서는 점심 먹고 난 다음 한 번. 그리고 집에 돌아오면 손을 씻고 입안을 확인해야 한다. 잠자리에 들기 전에는 어머니가 직접 확인해주므로…… 하지만 늘 잊어버리고선 어머니에게는 열심히 확인했노라고 능숙하게 둘러대곤 한다.

소년은 거울에 코를 붙이다시피 바싹 붙어 손가락으로 혀를 들어 올렸다. 혀로 입안을 훑으면 대강은 알 수 있다. 혀는 예민하고 꼼꼼하기에 놓치는 것이 없다. 그렇게만 해도 여태 문제없었다. 아무 증상이 나타나지 않았다. 무탈한 것이다. 그럼에도 어머니는 반드시 눈과 손으로 확인해야 한다고 했다. 이것은 생사가 걸려 있는 문제다. 너와 내가 자신을 잃고, 서로를 잃어버리고, 헤어지지 않으려면 각별히 조심해야 하는 거다. 알겠니?

알아요, 나도 안다니까요. 소년은 중얼거리며 손가락을 입에 넣었다. 잇몸과 입천장을 훑자 하얀 알갱이가 묻어 나왔다. 이게 뭐지? 아차, 떡. 손가락을 쪽쪽 빨던 소년은 물을 머금어 입을 헹궈냈다. 다시 손을 집어넣자 딱딱한 잇몸의 부드러운 곡선이 만져진다. 혀 밑은 축축한 가운데 자잘한 돌기가 오톨도톨, 멍게의 속살처럼 말랑하다. 우묵한 입천장의 가는 결을 따라 소년의 손가락이 종횡무진 누볐다. 없다. 실은 없다. 실 따위가 내 입에서 자랄 리가 없잖아, 하면서도 가끔은 입안에서 실오라기의 감촉이 느껴지곤 한다. 머리카락처럼 가느다란 놈들이 목구멍을 콱 틀어막는 느낌을 알 것 같다. 어머니에게 털어놓지 않은 말들이 실로 자랄 것이다. 잊고 있던 것, 소스라치는 두려움은 저도 모르게 가느다란 형체를 만든다. 실, 명주실, 윤기가 자르르 흐르는 명주실. 말을 하지 않고 버티다가는 언젠가 생기고 말 것이다.

이강아, 말해. 하나도 빠짐없이 말해. 뭐든 좋아. 사람에게 왜 입이 있겠니. 말을 하라고, 속에 든 걸 내놓으라고 입이 뚫려 있는 거지.

유니폼을 벗어 옷걸이에 건 어머니가 화장대 앞에 앉았다. 어머니는 얼굴에 바른 하얀 크림을 휴지로 닦아냈다. 진하게 그린 눈썹과 빨간 입술을 지우자 판촉사원다운 얼굴은 사라지고 생기 없이 거뭇거뭇한 얼굴이 드러났다. 어머니의 푸르스름한 입술은 단호하다.

소년의 눈은 어머니의 입안을 향했다. 어머니가 말할 때, 밥을 먹을 때마다 저도 모르게 그리로 눈길이 쏠렸다. 저 입에 머

리카락 같은 실이 가득 차면 어머니도 나방이 되어 날아갈 것
이다. 다 사라지고 나면 나는 뭐가 되나. 나만 남게 되면, 그렇
게 된다면! 소년의 두려움을 아는 어머니는 수시로 자신의 입
을 쫙 벌려 보여주었다.

　나 괜찮니?

　너도 괜찮지? 우리가 괜찮으려면 말을 해야 해. 숨기는 것
없이 다 말하고 다 풀어내고 울화를 녹여내야 흉한 일을 피할
수 있어. 나는 다 말하고 있는데 혹시 너는 숨기는 게 있니? 그
럴 리 없지. 넌 착한 내 아들이니까. 우리는 서로를 믿어야 한
다. 숨기는 게 있어서는 안 돼. 말해봐, 어서. 그동안 하지 않은
말이 있을 거야.

　어머니가 더 닦달하기 전에 소년은 진술해야 했다. 뭐라도
말해야 한다. 학교에서의 일, 집에 돌아와 벽장에서 잠깐 졸았
던 순간, 어머니가 퇴근해 돌아오기 전까지…… 얘깃거리는
많다. 소년이 털어놓는 일상사는 하나의 정물을 여러 각도로
바라보듯 매일 조금씩 달랐다. 매번 새로운 날을 맞이하고 겪
어 보내기에 같을 수 없다. 같았던 날도 돌이켜보면 같지 않았
고 같은 얘기를 같게 하려 해도 매번 달라졌다. 소년은 눈을 감
았다. 눈을 감아야 장면이 떠오른다. 경험하지 않은 장면을 수
시로 만들어낸다. 전혀 몰랐던 상황을 말하는 것이 더 재미있
다. 그러나 지금은 아버지가 떠오른다. 아버지. 우리를 버리고
달아난 아버지. 소년은 아버지 얘기를 끄집어냈다. 아빠가 예

전에, 그때 우리 아빠는, 엄마는 아빠에게…… 느릿느릿 풀어 가는 소년의 말에 어머니가 흥미를 보였다.

너, 용케도 잊지 않았구나. 이강아, 2학년 봄방학에 큰집에 갔었잖아. 네가 엉덩방아를 찧었던 개울 말이야. 또 뭐가 있더라. 햄버그스테이크 먹던 호텔 레스토랑, 그 냄새. 부터 나던 곳.

소년은 고개를 끄덕였다. 언제나 그 레스토랑의 햄버그스테이크가 그립다.

아버지는 달걀프라이의 노른자를 터트려 고기에 발라 먹으라고 했다. 햄버그스테이크는 순가락으로 떠먹어도 될 정도로 보드라워서 입에 넣으면 스르르 녹아버렸다. 그럼에도 아버지는 칼질을 해야 폼이 난다고 했다. 서양식 식사 예절은 어릴 때 마스터해야지. 예절과 염치는 정말 중요해. 사내대장부란 말이지, 염치를 차릴 수 없다면 죽는 편이 낫단다. 아버지의 목소리는 노른자처럼 뭉근했다. 달걀노른자. 샛노란 알맹이. 꿈틀거리는 온갖 노란색들. 잊을 수 없는 태양. 벽장 나뭇결 틈의 봉투도 노란색이다.

이강아, 너 그때 생각나니?

그러면 아버지가 뭐라고 했는지도 기억해?

잘 생각해봐, 몰라?

소년은 어머니의 질문이 신기했다. 어머니는 자신이 기억하는 것들 중에서 굽이굽이 늘어진 곳마다 찾아다니며 날카로운 핀셋처럼 의미 있는 것만 잘도 끄집어냈다. 덕분에 잊어버린 것이 생각나기도 했다. 점점 뚜렷해지는 추억들. 우리에게 좋은 일이 얼마나 많았던가. 이 집에는 좋은 기억이 켜켜이 쌓여 있다. 어머니는 그 얘기를 다시 읊기 시작했다. 매일 밤 두 사람의 이부자리에 불려 나오는 그때 그 이야기들. 후렴구처럼 끊임없이 반복해야만 진실해지는 지난 일들.

너도 알잖아, 처음에는 칫솔이었지. 네 아버지는 아침마다 칫솔이 없어졌다고 이강이 너를 의심했어. 이놈의 자식, 한 번만 더 그러면 혼낼 거다! 그런데 범인은 나야. 나도 모르게 버린 거였어. 칫솔에 머리카락 같은 게 잔뜩 붙어 있으니까, 아줌마가 그 칫솔로 배수구를 청소한 줄 알았어. 배수구에는 언제나 실오라기가 잔뜩 뭉쳐 있었지. 그때부터야, 그즈음부터 그이 입에서 실이 자랐던 거야. 너도 봤겠지만 그이는 매일매일 아, 하고 입을 벌려 머리카락 같은 것을 끄집어냈어. 이거 봐, 음식에 머리카락이 들어 있어! 네 아버지는 겁에 질린 얼굴이었지. 자신의 몸에서 일어나는 일이 믿기지 않는 표정이었어. 나도 그랬거든. 얼마나 무서웠는지 몰라. 그놈의 실오라기, 길고 긴 실이 끝도 없이 튀어나오곤 했잖아. 너도 봤지? 그렇지?

소년은 대답 대신 조용히 고개를 끄덕였다. 그렇다. 그랬던 것 같다. 아버지는 이상했다. 생각해보면, 생각이 난다. 아침 밥상에서 화를 내는 아버지가 훤하게 떠오른다. 방금 겪은 일도, 며칠 전의 일상도 되돌아보면 희미해지는데 자꾸 듣다 보면 정말 그런 것 같다. 그때 그 일은 도톰하게 살이 붙어 나날이 또렷해졌다.

포도씨를 골라 뱉는 것처럼 우물우물, 표정이 좋지 않더니 입술에서 새카만 실오라기가 삐죽 튀어나왔지. 끄트머리를 잡아 빼자 기다란 실이 계속 나왔어. 음식 찌꺼기가 묻은 실이 반질반질 윤이 나더라. 그이는 놀란 얼굴로 실을 계속 뽑아냈지. 이거 성가시게 왜 이러지? 목이 막혀 죽을 지경이야! 퉤, 퉤, 퉤. 그이는 틈틈이 실 뭉치를 뱉어냈어. 밥알과 침이 섞인 실 뭉치가 휴지통에 들어 있었잖아. 네가 방학이라고 큰집에 가 있는 동안 그이는 온종일 우물거렸지. 내가 퇴근해서 돌아와 보면 집은 컴컴하고 그이는 벽장에 숨어 있었단다. 밥 먹었느냐고 물어도 대꾸 한 번 없었지. 그이는 나를 믿지 않았어. 이제 그만 털어놓으라고, 햇볕 가운데로 나가자고 설득했더니 나를 그 사람들 편이라고 생각한 거야. 그이는 아무도 믿지 않았어. 그래도 네게만 몰래몰래 소곤거렸지. 그렇지? 이강아, 넌 뭘 알고 있니?

몰라요. 소년이 대답했다.

아버지가 내게 소곤거렸던가? 소년은 어머니가 알고 싶어 하는 것이 뭔지 몰랐고 자신이 아는 것이 뭔지도 몰랐다. 나는 뭘 알고 있는 걸까. 알 수 없으니 말할 수 없다. 말이 나오지 않으니 집 안의 사물들이 내 대신 말하고 있다. 적당한 소리를 내고 있다. 그것으로 충분하지 않은가. 그 언젠가, 소년이 학교에서 돌아와 아빠, 아빠, 하고 부르면 벽장문이 스르르 열렸다가 탁 소리 내며 닫혔다. 아버지는 있는 듯 없는 듯 늘 조용했다. 아버지가 벽장에서 지내는 동안 특별한 얘기를 한 적은 없다. 때로 아버지는 며칠씩 사라졌다가 집으로 돌아와 발소리도 들리지 않게 집 안을 돌아다녔다. 밤에는 홀로 밥을 먹거나 소파에 앉아 빈둥거렸고 걸핏하면 드러누워 코를 골았다. 잠든 아버지의 모습. 그 모습은 정말 괴이했다.

아버지의 입은 김을 물고 있는 것처럼 검게 벌어졌고 어느 순간부터 시커먼 것들이 꾸물꾸물 기어 나왔다. 조금씩 흘러넘쳐 삐져나오고, 삐져나오다가 어느 순간 와르르 무섭게 쏟아지던 실, 실들. 어머니는 그것이 아버지 속에 든 응어리라고 했다. 해야 할 말을 하지 못하고 속에 묵혀둔 것이 너무 많아 저도 모르게 밖으로 넘쳐 나온 것이라고 했다. 정말 그랬나. 그랬던 것 같다. 실꾸리가 남아 있지 않은가. 벽장의 실꾸리가 바로 그 증거였다. 아버지 입에서 나온 것들. 아버지는 그것들만 남기고 사라졌다. 소년이 큰집에서 돌아오자 아버지는 이미 없었다.

그 소리가 기억나요.

무슨 소리?

벽장에서 들리던 소리. 컥컥거리던 숨소리. 그 소리가 무서웠어요.

어머니는 소년의 이불을 다독거렸다.

잊어버려. 그건 목구멍을 틀어막은 실 때문이었어. 실이 그득 차서 숨쉬기가 힘들었던 거야. 너도 봤잖아. 그치? 그이는 입막음하는 모진 놈들 때문에 그리되었지. 은행에서 다루는 숫자들이란 우리가 아는 숫자와 아주 다르단다. 그이는 아무것도 보지 않은 것처럼, 전혀 모른다는 듯이, 눈감고 입 다물고 살려고 했는데 말이다. 비밀을 지켜준 대가가 이거라니. 높은 놈들은 미꾸라지처럼 쏙쏙 빠져나가고 그이 혼자 뒤집어썼지. 네 아버지가 솔직했더라면 벌을 받을지언정 이렇게 되지는 않았을 거야. 말했어야 해. 너도 속상한 일이 있으면 털어놔. 아는 게 있으면 다 말해. 내가 모르는 것이 네 속에 있을 거야. 털어놓고 편하게 살자.

소년은 주머니에서 열쇠를 꺼내 자물쇠 구멍에 집어넣었다. 오른쪽으로 열쇠를 돌리자 대문 안쪽 걸쇠가 찰칵 경쾌한 소리를 냈다. 찰칵, 하며 들어오라 했다. 대문을 넘어간 소년의 눈길이 바닥에 흩어져 있는 종이를 향했다. 며칠째 그 자리를 지키고 있는 고지서들. 어머니도 소년도 그것을 줍지 않는다. 하얀 봉투에 든 종이나, 계좌번호가 찍혀 있는 가로로 길쭉한 종이들은 달갑지가 않다. 뭔가를 주기보다 앗아가겠다고 설치는 종이들이다.

현관을 열자마자 소년은 신발을 벗어 던지고 배낭이 매달린 겉옷째로 등에서 떨궈버렸다. 마룻바닥에 책가방을 집어 던지자 교과서와 필통 따위가 덜그럭 소리 냈다. 소년은 현관문

을 철컹 소리 나게 닫았다. 짤짤 실내화를 끌며 거실을 가로질
렀다. 입이 달려 있지 않은 것들도 각각 형편에 따라 소리를 낸
다. 뜻을 품지 않은 소리는 없다. 소년은 손부터 씻었고 천천히
입안을 살폈다. 안심해도 된다. 아직은 아무 일이 없다. 털어놓
지 않은 말이 속에 남아 있지만 그것이 실이 되지는 않았다. 오
늘 어머니가 준비해둔 간식은 사과다. 사과 한 알을 선 채로 먹
어치운 소년은 더 먹을 것이 있나 부엌을 뒤졌다. 식빵을 찬물
과 함께 넉 장 먹었고 찬밥을 참기름과 간장에 비볐다. 입에서
뭔가가 기어 나올까 봐 밥을 마구 쑤셔 넣었다. 저녁거리를 미
리 먹어치워도 포만감은 들지 않았다. 늘 허기지고 늘 목이 마
르다. 거실의 가죽 소파 사이에 끼어 앉은 소년은 공책을 펼쳤
다. 숙제는 산수 교과서 문제 풀이다.

　소년은 허공을 바라보며 구구단을 암송했다. 분수를 곱하려
면 숫자끼리 교차시켜야 하는데 역시나 정해진 공식의 힘을 빌
어야 했다. 암산은 간단하지 않다. 헷갈린다. 묶음의 세계는 확
신이 없다. 소리를 내야 한다. 소리쳐 계산해야 한다. 소년은 혀
끝에 말아 쥔 숫자들을 조금씩 목소리로 뱉었다. 소리를 내자
허공에서 떠돌던 숫자들이 저희끼리 치근거리며 파노라마를
펼쳐 보인다. 12분의 8 곱하기 4분의 7은…… 2 곱하기 7은 14,
4 곱하기 8은 32. 소리로 확인해 자신감을 얻은 소년은 빈 괄호
안에 숫자를 사각사각 적는다.

　소년은 연필 끄트머리의 지우개를 씹다가 가죽 소파를 뒤돌

아봤다. 집이 자라더니 이것도 자랐나? 전에 비해 소파가 엄청나게 크고 넓적해졌다. 아버지가 앉아 텔레비전을 보던 자리, 그가 애용하던 1인용 소파는 등받이 부분만 기름때가 앉아 번들번들 가운데가 푹 꺼졌다. 움푹 들어간 자국은 아버지가 앉았던 자세, 체형 그대로를 보여준다. 어느 부분에 아버지의 머리가 닿았었는지 눈에 선하다. 딱 그 자리다. 소파는 아버지의 흔적을 간직하고 싶은 것이다. 아버지가 쓰던 수저와 밥공기, 국그릇 그리고 양복들은 그대로 있지만 아버지가 손수 구입했던 고가의 가구들은 이제 없다. 값나가는 물건은 모조리 사라졌다.

벽면마다 수영복 자국처럼 희끄무레한 흔적이 남았다. 이 집을 떠나기 싫었던 물건들은 영혼은 여기에 두고 몸만 끌려간 것이다. 때때로 어머니는 이 자리, 소파 사이에 쪼그리고 앉아 울었다. 그러다 소년과 눈이 마주치면 눈가를 훔치며 고개를 돌렸다. 소년은 어머니의 시선으로 거실을 둘러봤다. 어머니는 무엇을 보며 울었을까. 아버지가 앉았던 자리? 벽면의 자국들? 건넛방 열린 문 너머로 벽장이 보인다. 벽장, 벽장. 거실 바닥에는 서류와 책자 들이 파편처럼 흩어져 있다.

소년은 고개를 돌렸다. 저편 어딘가에서 소리가 들렸다. 희미하고 불분명한 소리였지만 분명 뭔가가 부스럭거렸다. 알 수 없는 그 무엇이 부스럭,이라고 말했다. 소리 나는 방향을 찾아 두리번거리던 소년은 시계부터 봤다. 어머니가 올 시간이 아니다. 소리는 들릴 듯 말 듯 희미했다. 잠잠하다. 소년은 소리를 찾아 서재였던 방으로 달려갔다. 빈 의자와 흐트러진 책장뿐, 조용했다. 다시 안방으로 갔다. 아빠? 소년이 장롱을 열었다. 아버지는 답하지 않았다. 전에도 그런 적이 있다. 영천 큰집에서 돌아오자마자 소년은 아버지부터 찾았다. 아빠? 아빠? 아버지는 대답이 없었다. 언젠가 소년이 벽장으로 다가가자 어머니는 비명을 지르며 막아섰다. 어머니는 입술에 손가락을 붙여 쉿! 하며 무서운 표정을 지었다. 아버지에 관해 어떤 말도 하지 말라고 했다. 그때는 그랬다. 그런 적이 있었다. 어머니가 무섭게 굴던 나날. 어느 날 소년이 무심코 내뱉었다.

우리 아빠는 나방이 되어 날아갔어.

멍하니 앉아 있던 어머니는 뭐라고? 하며 소년에게 물었다. 소년은 또 꾸지람을 들을까 두려워 주춤주춤 뒤로 물러섰다.

그날 밤, 어머니는 컴컴한 이부자리에서 돌연 웃어댔다. 나방이 되어 날아갔다고? 맞다, 맞아. 그이는 원래 누에였지. 그래서 훌훌 날아갔어. 어머니는 모로 누워 소년의 얼굴에 뜨거운 입김을 뿜어댔다. 이강아, 넌 기억하지? 느이 아버지 입에서 실이 나왔었잖아. 저기 저 실꾸리가 그 증거란다. 말 대신 실을 뽑고 고치를 짓고 들어가 고집만 피워댔지. 흥, 기어이 날아가버렸어. 그날 어머니는 오랜만에 소년을 붙잡고 종알종알 떠들었다. 회사 얘기를 한바탕 한 다음 돈이 생기면 사고 싶은 것들을 줄줄 읊어댔다. 낭랑하고 고운 목소리로 말하며 소년을 꼭 안아줬다. 소년은 어머니 품에서 안심했고 따스한 잠자리에서 푹 잤다. 평소와는 달리 어지러운 꿈이 없어 자고 일어나도 개운했다.

아빠?

소년의 목소리가 거실에서 어색하게 울렸다. 가구가 있던 자리의 희끗희끗한 자국들이 전에 비해 흐려졌다. 소년은 건넛방으로 갔다. 건넛방의 벽장문 앞에 섰다. 갈색 나무 벽장, 왼편으로 살짝 비틀어진 문짝. 문 앞에 주저앉은 소년은 벽장의 미닫이문을 옆으로 스르르 밀었다. 아빠! 다시 불렀다. 안은 완벽하게 컴컴했다. 주춤주춤 무릎걸음으로 다가가자 벽장 안에 든 어둠이 소년을 기다렸다는 듯 안아 들였다. 눅눅한 곰팡이 냄새와 서늘한 공기. 엉금엉금 기어 벽장 안 깊숙이 들어간 소년은 바닥을 더듬더듬, 뭉쳐둔 이불 홑청 사이로 손을 집어넣었다.

어두운 가운데 희미하게 반짝이는 것들이 서서히 제 모습을 드러냈다. 손끝에 닿는 보드랍고 촉촉한 감촉. 아버지는 없다. 아버지는 아직 돌아오지 않았다. 그래도 실은 남아 있다. 소년은 바닥에 엎드려 실꾸리에 얼굴을 묻었다. 가느다란 실이 소곤거리듯 소년의 뺨을 간지럽혔다. 촉감은 싸늘한데 간질간질 다정했다. 매끄러운 실, 명주실. 소년은 특유의 비릿한 냄새를 들이마셨다. 가느다란 실오라기 사이로 벽장 안 풍경이 조각조각 흩어져 보인다. 낡은 선반 위로 자질구레한 물건들이 있다.

아버지의 학창 시절 앨범과 서류 가방, 상장과 메달이 든 박스들. 저 위 벌어진 나무 틈 사이에 봉투가 들었다. 아버지는 팔을 길게 뻗어 그것을 맨 위에 올려두었다. 소년은 무심결에 그것을 찾아냈었다. 의자를 딛고 올라 나뭇결에 숨겨진 봉투를 끄집어냈다. 서류 봉투에는 통장과 도장, 그리고 한자가 가득한 문서가 들어 있었다. 뭔지 몰라도 함부로 할 수 없는 물건이었다. 이것은 어머니의 날개다. 어머니가 이것을 발견하면 날개를 달고 날아갈 것이다. 소년은 나무 틈 사이로 봉투를 숨겼다. 처음보다 더 완벽하고 감쪽같이.

어둔 벽장 안에는 누에를 키웠던 상자가 아직 남아 있다. 안쪽에 시커먼 찌꺼기가 말라붙어 있다. 영천 큰집에서 가져온 누에를 저 상자에 담아 키웠었다. 조용히 꼬물거리던 놈들은 몹시 거만하고 게을렀다. 누에들은 상자에 갇혀 온종일 뽕잎을 사각사각 갉아먹었다. 뽕잎에 덤벼드는 손가락 마디만 한 누에의 꿈틀거림은 아무리 봐도 질리지 않았다. 그런데 큰집에서 봤던 누에들은 건강하고 큼직했는데 벽장 안 누에들은 나날이 시들시들해졌다. 그때 아버지는 바빴고 늘 새벽에 나가 밤이 되어서야 돌아왔다. 누에는 소년에게 주어진 책임이었다. 전화로 소식을 들은 영천 큰아버지는 혀를 끌끌 찼다.

누에가 거저 실을 내주겠나? 갸들은 곧 죽을 끼다. 거서는 오래 몬 산데이. 그래 데려가지 말라 켔지. 혹시 로션 바른 손으로 만졌드나? 그라믄 다 죽는다, 쉽지 않을 끼다.

영천에서는 쉽지만 벽장에서는 어렵다. 고치를 만드는 모습을 보려고 했는데, 큰아버지 말대로 재미를 보기도 전에 누에들은 다 죽어버렸다. 컴컴한 벽장 안에 두고 잊어버렸기 때문이었다. 뽕잎을 구할 수 없어 아무 풀잎이나 넣어줬기 때문이다. 징그럽게 생겼다는 소년의 말에 수치심을 이기지 못해 죽어버렸다. 누에들은 날아가지도 못하고 회색 분필처럼 굳어버렸다. 한낱 벌레인 채로 먼지가 되어버렸다. 아버지만 날아갔다.

어머니가 컴컴한 방으로 들어왔다. 소년은 모른 척 눈을 감았다. 어머니는 손전등을 소년의 얼굴에 들이대고 억지로 입을 벌렸다. 노란 불빛이 소년의 입안을 샅샅이 훑었다. 어머니가 점점 가깝게 다가들었다. 어머니의 느른한 단내가, 특유의 숨소리가, 건조하고 마른 손가락이 소년을 헤집었다. 입이 더 크게 벌려졌다. 몇 번을 당해도 익숙해지지 않는 한밤의 탐색, 불빛은 소년의 입안을 마르게 했다. 어머니는 소년의 목구멍에 제 얼굴을 밀어 넣을 기세였다. 긴장으로 굳어버린 소년의 몸과 머리는 점점 뒤로 젖혀지고 베개는 납작하게 짜부라졌다. 어머니의 건조한 손, 온종일 판촉물을 매만졌던 손가락이 벌어진 입속을 난폭하게 휘저었다.

탐색이 끝나자 잠잠해졌다. 잔인하게 쏘아대던 불빛의 열기는 꺼지고 부스럭거리는 소리도 사라졌다. 소년은 자는 척했다. 잠든 시늉이란 숨을 길게 내뱉고 들이마시는 것. 마른침을 꼴깍 삼키는 소리만이 관자놀이 주변 어딘가에서 울렸다.

자니?

이강아. 이강아?

자는구나. 한창 크느라 잠이 많아졌어.

벌써 자면 어쩌니. 오늘은 얘기도 나누지 못했구나.

일찍 퇴근하고 싶었는데 월말이잖아.

이강아, 진짜 자는 거야? 왜 벌써 자니?

소년의 인중에 어머니의 입김이 하얗게 닿았다. 소년은 몸을 웅크리며 이불로 깊이 파고들었다. 어머니에게 말하려던 것이 있다. 내일모레 사생대회가 열린다. 잊으면 안 된다, 사생대회. 이번에도 준비물을 가져가지 않으면 선생에게 꾸지람을 들을 것이다. 준비물은 별것도 아니다. 스케치북과 물감, 물통, 그리고 붓. 소년은 그림을 그리는 자신을 떠올리며 몽롱해졌다. 눈꺼풀이 무거웠다. 억세게 덮치는 잠이 스케치북처럼 하얗고 평평했다.

자는 거야?

자고 있으면 잔다고 말해.

어머니는 소년을 흔들었다. 대답이 없자 더욱 세게 흔들었다. 소년의 눈꺼풀을 젖혀보기도 했다.

자나?

진짜로 자나. 자는 거니? 자야 한다.

깨어 있으면 어서 자거라.

어머니의 조바심이 소년의 잠 속에서 내내 서성거렸다. 자는 중에도 소년은 몇 번이고 일어나 사생대회에 관해 어머니에게 설명했다. 준비물이 적힌 자신의 알림장을 보여주기도 했다.

어머니는 양말을 벗어 머리맡에 올려놓고는 소년의 옆에 풀썩 드러누웠다. 그러고는 꽤 오랫동안 꼼지락거렸다. 밤의 여백을 덧칠하려 어머니는 소년을 다시 흔들어 깨웠다. 소년은 성가신 듯 끙 소리를 냈다.

어머니는 나직이 중얼거렸다.

난 끝났어. 아무 데나 가고 싶어. 다 버리고 휙! 허리가 휘도록 돌아다니면 뭘해? 그나마 있던 단골까지 놓쳤어. 이번 주는 실적이 없어. 돈이 있다면 사업 밑천을 댈 수가 있을 텐데. 돈이 있다면 곧장 승진해서 임원이 되는 거야. 다른 방법이…… 있지. 쉽게 가자는 제안을 한두 번 들었나? 늙기 전에. 몸매가 망가지기 전에. 아직 여자니까. 한 번이 어렵지 그다음에는 당연해지고 그러다가는…… 아냐. 난 아들이 있는데. 남편 떠난 지 얼마나 됐다고. 그 사람도 가정이 있어. 그렇지만, 그렇지만. 내 울화는 목구멍에 있는 게 아니라, 가슴이 아니라, 그 밑에, 바로 여기, 여기밖에…… 아, 왜 이러지…… 이런 것은…… 이렇게라도.

어머니는 이불 속에서 혼자 쑤석거렸다. 들썩들썩. 들썩들썩. 묘한 움직임이었다. 곤히 잠든 소년을 일깨우는 움직임. 깨어났어도 눈을 감고 그대로 가만히, 가만히. 몸을 웅크린 소년은 벼랑 끝에 혼자 선 기분이었다. 아슬아슬했다. 어머니가 저기 저 밖으로 달아나려 한다. 소년은 마른침을 삼키며 이불깃을 꼭 그러쥐었다. 어머니를 범하는 헛것이 나를 밀어낸다. 밀어낸다, 밀어 던진다. 어머니의 가쁜 숨소리가, 축축한 몸짓이 이어지는 동안 소년은 눈을 크게 뜨고 어둔 방 안을 둘러봤다. 옆집에서 나눠주던 불빛조차 사그라져 완전히 캄캄한 밤. 어디선가 개가 짖었다. 개도 컹컹거리며 말하고 있다. 어둠은 말이 없다. 모든 것을 제 빛깔에 감춰두고 말하지 않는다.

들썩이던 움직임은 멈췄고 어머니는 죽처럼 푹 퍼져버렸다. 소년은 무거운 이불에 눌려 잠을 이루지 못했다. 어머니가 옆에 있어도 오늘따라 잠자리가 서늘했다. 어머니는 자고 있을까. 자는 것 같지 않다.

소년은 뒤척거리며 고민했다. 말하고 싶었다. 입이 근질거렸다. 안에 든 것을 쏟아내지 않으면 입에서 실이 자란다. 실은 대체 뭘까. 침묵의 결정체인가, 밖으로 나가지 못한 말이 뭉쳐진 소리의 형체인가. 하고픈 말은 따로 감춰두고 꾹꾹 눌러놓자니 아버지도 비슷한 고민을 했을 거라는 생각이 들었다. 자신이 입을 열면 좋을 게 없을 거라 배려한 거다. 모든 말이 세상으로 빠져나와야 할 의무는 없다. 하지만 어머니는 그렇게 생각하지 않았다. 솔직해야 한다. 솔직하게 살아야 안전하다. 소년은 목만 까딱 들어 어머니의 등에 대고 말했다.

엄마.

엄마.

나는 자고 있어. 너도 자거라.

할 말이 있어요. 잠깐만 들어줘요.

귀는 열어둘게.

엄마. 내일모레 사생대회를 한대요. 준비물이 있어요.

어머니의 등은 높은 담장 같았다. 소년이 어머니의 팔을 흔들었다. 돌아누운 몸에서 피로에 찌든 목소리가 흘러나왔다.

이강아, 당분간…… 큰집에 가면 어떻겠니? 시골에서 맘껏 뛰놀다 보면 건강이 좋아질 거야. 사촌들도 착하고. 네가 마음을 정해야 한다.

엄마, 안아줘요.

무거워.

엄마.

그래, 이리 와. 우리 이강이 뼈마디가 이렇게 굵어졌네. 운동을 많이 해야 쑥쑥 자랄 텐데. 큰집은 좋잖아. 너른 벌판에서 얼마든지 뛰어놀 수 있고 어른들은 널 애지중지하잖니…… 이제 이 집은 경매로 넘어간단다. 이 집을 떠나면 어디로 가야 할까. 방법이 전혀 없는 건 아니지. 방법이 생길 거야.

아버지는 언제 오시나요? 내 키가 훌쩍 자라면 돌아오겠죠?

날아갔으니 날아오겠지. 그이가 일찍 부모를 여의지만 않았어도 그 좋은 머리로 공부를 잘했을 텐데. 큰집 사람들은 그이를 잘도 부려먹었단다. 삼복더위에 느이 아버지 혼자 뽕잎을 지게로 날라 누에를 돌보느라 대꼬챙이처럼 비쩍 말랐었어. 이러다가는 일만 하다 죽을 거라고, 서울로 도망가자고 내가 먼저 꼬드겼지. 그이가 그 자리에 오르기까지 고생이야 말도 못했다. 눈감고 입 다물고 사람이 아닌 것처럼 살았는데도 가끔은 거저 얻은 것만 같았지. 아아, 사람답게 살기는 참 힘들어. 그이가 나한테라도, 아니면 아무한테라도, 속 시원히 털어놓았더라면 그렇게 되지 않았을 것을. 큰집 식구들은 그이한테 한 게 없어. 어렵다 어렵다 해도 그 엉터리 같은 실꾸리만 덜렁 보냈잖니. 그게 밥이 되니? 돈이 되겠니? 생색만 내는 거지. 조카들 취직시켜달라고 아쉬운 소리 할 때는 굽실거리더니 이제는 본체만체. 제일 미운 건 네 아버지야. 그이는 배신자야. 그간 들인 게 얼만데 제대로 뽑지도 못하고 저 혼자 홀홀 날아가버리다니…… 이강아, 그만 자라.

더 있지? 할 얘기가 남아 있잖아?

빠짐없이 털어놓았는데도 어머니는 더 있을 거라 했다. 있다고 하면 있었다. 늘 있는 질문이다. 소년은 어머니를 따라다니며 말했다. 어머니는 잠옷을 꺼내고 자리끼를 챙기면서 으응, 그렇구나, 그래. 그랬다는 말이지? 하며 틈틈이 추임새를 넣어주었다. 두 사람은 잡동사니들을 지나쳐 욕실로 들어갔다. 소년은 칫솔에 치약을 쥐어짜면서도 말을 멈추지 않았다. 학교에서 있었던 일들이 소년의 목소리를 타고 욕실 안에서 왕왕 울렸다. 소년이 양치한 칫솔을 내밀자 어머니는 고개를 끄덕였다. 소년은 하루의 마침표를 찍기 위해 입을 크게 벌려 보였다. 어머니는 확인했고 소년도 어머니의 입안을 들여다봤다. 서로 고개를 끄덕였다. 다행이다. 아무 일이 없다. 우리는 안심해도 된다.

소년이 종알종알 떠드는 동안 어머니는 창문과 현관을 살피며 문단속을 했다. 장롱 문이 열린 어수선한 안방, 설거짓거리가 쌓여 있는 부엌과 너저분한 거실은 그 상태 그대로 소등되었다. 아무렇게나 늘어선 물건은 어둠으로 지워지고, 여전히 남아 버티고 있는 가구들은 숨죽인 고요에 침잠한다. 두 사람은 소년의 방으로 들어갔다. 물건이 제자리에 정돈되어 있는 곳은 이 방뿐이다. 두 사람은 이부자리에 반듯하게 누웠다. 어둠에 익숙해지자 옆집에서 나눠준 불빛만으로 방 안의 사물이 형체를 찾아갔다. 멀리서 구급차 사이렌이 울렸다. 듣기만 해도 다급하게 점멸하는 불빛이 눈에 보이는 듯했다. 이 동네 어디에선가 또 무시무시한 일이 벌어졌나 보다. 소리는 급히 밀려왔다가 서서히 멀어지더니 이내 사라졌다. 방 안은 다시 조용해졌다. 어머니는 말한다.

아직 있지? 하고픈 말이 있으면 남기지 마라. 남기면 해가 된다. 알잖니?

있다고 하면 있었다. 밖에서 개 짖는 소리가 들렸다. 컹컹,이라고 개가 말하고 있다. 소년은 오늘 하루 자신이 겪은 일과 순간순간 떠올렸던 생각을 덧붙이며 이것으로 완벽할 수 없다고 생각했다. 다 말했다 해도 항상 남는다. 거짓을 고하지 않았어도 말하지 않은 것이 많다. 어머니도 내게 전부를 말하고 있을까? 말하는 도중에 떠오르는 잡념은 무시할 수 없이 크고 엄청난 것이다. 내뱉고 있는 말과는 다른 생각이 잎사귀처럼 돋아나면 아주 낯선 것이, 전혀 처음 떠올린 것들이 단단한 땅에 뿌리내리며 마치 곰팡이처럼 무서운 속도로 번지고, 번지고 번지다가 끝내 하나의 우주가 된다. 정체불명의 우주는 뭐라 규명하기 전에 저 멀리로 휙 달아나버린다. 눈을 깜빡거린 찰나, 침을 꼴깍 삼킨 아주 짧은 순간, 잔상 한 조각이 어둠 속에서 반짝 빛난다. 뭘까. 대체 뭔가. 잘 모르겠다. 하지만 자꾸 나타난다. 잦아들지 않는 의문은 그 자체가 공포다. 소년은 기계적으로, 아무렇게나 떠들면서 문득 떠오른 생각이 주저앉도록, 제멋대로 가지를 뻗어나가지 않도록 목소리를 높였다. 그런 소년을 비웃기라도 하듯 속에 든 그의 본능은 부지런히 움직였다. 흐릿한 잔상이 형체를 갖춰간다. 벽장이다. 벽장 안 선반, 나뭇결이 쪼개진 틈. 봉투가 있다. 나는 그것을 어떻게 알고 있을까. 왜 생각하나. 소년은 무심결에 봉투,라고 말했다. 실처럼 삐죽이 튀어나온 봉투라는 말. 소년은 당황해서는 아무렇게나 떠들어댔다. 달싹거리는 목소리는 고저장단의 리듬을 타고 들쭉날쭉 빠져나왔다. 무슨 말을 하고 있는지, 말다운 말인지 알 수 없었다. 모르는 척, 소년은 괴성을 지르듯 소리 높여 말했다. 소년의 목소리가 눈에 보이는 실이라면, 세상에서 가장 얇고 팽팽한 현이 되었을 것이다.

어머니도 말했다. 어머니의 독백이 소년의 목소리 옆에 젓가락처럼 나란히 정렬했다. 함께 말하고 있지만 주고받는 대화는 아니다. 소년의 목소리를 제압하려는 듯, 더 높고 분명한 발음으로 어머니는 말했다. 소년의 음성이 수그러들자 어머니의 낭랑한 목소리가 불쑥 솟아올랐다. 분수처럼 곧장 솟구친 말들.

너도 알지? 난 예뻤어. 스무 살 시절에는 지금보다 훨씬 여성스럽고 탐스러웠다고. 그런데 다 틀렸어. 마음은 봄빛인데 거죽은 겨울이야. 어느새 시들어버린 거지…… 아직 젊으니 포기하지 말라고, 새로 시작해보라는 사람이 없는 건 아냐. 응원해주는 이가 많단다. 내가 곱다고들 하는데…… 믿어도 되겠지. 이번 사장은 좀 달라. 나를 무시하는 것만은 아냐, 경력도 없는 나를 직원으로 써줬는데…… 오늘 또 실수를 하고 말았어. 계산 착오였거든. 손해 본 금액을 내가 물어줘야 할 상황인데 사장은 종종 있는 일이라며 내 어깨를 두드려주더라. 쥐구멍에라도 들어가고 싶은데 그 손이 따스해서, 정겨워서…… 하마터면…… 아냐, 아냐. 그 사람은 가정이 있어. 난 내일부터 정신 똑바로 차리고 실수하지 않을 거야. 회사에 이익이 되는 사람이 되어야지. 이강아, 난 일을 해야 하는 여자인가 봐. 돈을 버는 팔자인 거지.

어머니의 목소리는 점점 느슨하게 풀어졌다. 느릿느릿한 독백에는 수치심과 자긍심이 고루 섞여 있다. 어머니가 판촉 사원으로 일하는 회사에는 사장과 부장, 주임과 다섯 명의 사원이 있다. 이번이 세번째 직장이다. 어머니는 회사 얘기를 하다 운 적이 많다. 언제나 회사 얘기뿐이다. 어머니는 무엇을 하든 끝내는 잘해내는 성격이라고, 그래서 걱정이 없다고 아버지가 말했었다. 소년은 아버지의 판단을 믿었다. 그래서 두렵다. 어머니도 날개를 달고 날아갈까 봐 두려웠다. 어머니마저 놓치면 나는 뭐가 되는가.

어머니는 몸을 뒤챌 때마다 구운 사과 같은 느른한 단내를 풍겼다. 어머니의 살냄새가 이부자리에 스며든 달빛과 교감했다. 소년은 어머니 냄새를 그 무엇과도 나눠 가지기 싫어 체온으로 데워진 이불 속으로 파고들었다. 눅눅한 이불 안에는 비릿한 살냄새가 진하게 고여 있었다. 어머니의 여윈 팔뚝에 머리를 기댔다. 바로 옆에서 들리는 목소리의 울림이 소년의 이마에 와 닿았다. 어머니의 목소리는 윤기 자르르한 실이 되어 소년의 몸을 칭칭 동여맸다. 어머니의 입에서 실이 빠져나와 자신의 손가락을 감고 발가락과 몸통 전부를 휘감아서는 자신을 하나의 덩어리로 만들었으면 좋겠다고 소년은 생각했다.

소년은 거실에 앉아 집 안을 둘러봤다. 덩그러니 남은 집. 집은 자라고 있다. 안이 넓어지고 겉은, 외양은 보란 듯이 더욱 커졌다. 집이 자라는 건 외로움이 자라기 때문이라고 어머니가 말했다. 벽시계 밑에는 달력이 있고 찬장에는 그릇이 있다. 다들 아무 말이 없이 그대로 가만히 있다. 저 벽에 걸려 있던 커다란 화조도는 이제 없다. 벽면에 남은 희끄무레한 자국이 희미하다. 가구들이 두고 간 그림자마저 어느새 달아났나. 집을 떠나 다른 곳에 정착했을 그때 그 텔레비전과 금고와 그림 들이 이 집을 잊어간다는 뜻이다. 그렇게 남남이 되어가는 거다.

어머니가 오늘은 돌아오려나. 소년은 어머니가 집에 없어도 입안 탐색을 게을리하지 않았다. 때맞춰 하루에 네 번, 입안을 혓바닥으로 꼼꼼하게 훑고 손가락을 집어넣어 이상 없음을 확인하고서야 이부자리에 들었다. 소년은 다리를 뻗고 길게 누웠다. 방에서 가져온 이불을 깔자 벽장 안이 한결 아늑해졌다. 어머니가 돌아온다면 침대 밑 이부자리로 돌아갈 것이고 어머니가 돌아오지 않는다면 벽장 안에서 잘 것이다.

벽장은 성역이다. 이곳은 마음이 편하다. 어머니는 벽장만 보면 무섭다고 했다. 이곳이 아버지가 숨었던 곳이라 쾨쾨해서 싫다고 했다. 처음 이사 왔을 때부터 찌그러진 벽장문이 불길했는데 기어이 사달이 났다고 했다. 밖에서 들어오던 희미한 빛이 흐려졌다. 소년은 실꾸리에 얼굴을 묻고 숨을 깊이 들이마셨다. 실꾸리는 잠자리에서 뒤척일 때마다 베갯잇에서 짜그락짜그락 고운 소리를 냈다. 지저분하게 엉키고 뭉쳐버린 것들, 그럼에도 가느다란 실오라기는 세상 빛을 모아 제 몸에 가

뒤둔 것처럼 곱게 빛났다. 전부터 벽장엔 한 타래씩 꽈배기 모양으로 말려 있는 색색의 실꾸리가 많았다. 큰집에서 보낸 것들이었다. 그 많던 것들은 거의 사라지고 이것만 남았다.

소년은 실꾸리를 양손으로 들어 올렸다. 실꾸리 안에 든 그의 눈이 거물거물 풀어졌다. 늘어뜨린 실 틈으로 금 간 세상이 보였다. 조각난 기쁨, 조각난 생각들. 실꾸리를 그대로 얼굴에 내려놓자 차가운 감촉이 간질간질, 축축한 봄비를 맞는 것 같았다. 실을 들고 있던 소년의 손이 바닥으로 툭 떨어지고 숨소리는 색색 높아졌다.

소년의 얕은 잠 속에서 어머니는 몇 번이고 되풀이해서 나타났다. 어머니는 현관으로 들어오고 방문으로 들어오고 벽장문을 열고 나타났다. 어머니 냄새. 구운 사과에서 풍기는 느른한 단내가 넘실넘실 다가온다. 부스럭거리는 소리가 들린다. 몽롱한 가운데 소년의 의식은 멀쩡하게 어머니를 상대하고 있었다. 어머니는 소년의 입에 손가락을 넣었다. 이미 확인했건만 수시로 봐야 직성이 풀린다. 분홍색 동굴, 가지런한 유치가 둥글게 자리 잡은 입안, 안은 넓고 깊었다. 목젖이 달랑거리는 목구멍 너머 깊은 어둠에는 무슨 말이 숨어 있을까. 어떤 언어가 잠자고 있나. 실은, 실마리의 끄트머리는 왜 나오지 않는가. 깊고 깊은 목구멍. 알 수 없는 심연이다.

어머니는 소년의 입에 손가락을 집어넣는 것으로 부족해 아예 입안에 들어앉았다. 혀 위에서 출렁이며 무른 땅에서 잡초를 뽑듯 입속 실을 하나씩 슈아냈다. 뽑아내고 뽑아내느라 어머니가 기계적으로 움직인다. 자신의 실을 빼앗기지 않으려 소년은 내내 허우적거렸다. 큰집에 보내지 말라고, 나를 버리지 말라고 애원하고 있었다. 그 탓에 잠이 깨고 있었다. 매일 밤 잔인하게 난도질당하는 잠에게 말할 수 없이 미안했다. 소년은 눈을 뜨려 애썼다. 눈꺼풀이 무거워 힘들었다. 어지러운 꿈이 스르르 돌아눕자 의식이 살아나며 오싹 한기가 끼쳤다. 나른한 잠이 산산조각 나버렸다.

방 안의 고요는 주변의 소음으로 인해 잘게 흩어졌다. 귀를 기울이면 많은 소리가 들린다. 컴컴한 방으로 옆집 텔레비전 소리가 윙윙대며 파고들었다. 어디선가 아이들이 시끄럽게 쿵쾅거렸다. 도시의 불빛은 여전히 환하고 골목 어귀 포장마차에서는 생선 굽는 냄새가 풍겨 나올 것이다. 밤길을 쏘다니는 고양이와 여자 들. 그들만 아는 비밀이 밤 사이 무고하기를. 오늘은 간신히 버텼지만 또 내일은 어떻게 될까.

바로 옆에 어머니가 누워 있다. 잠에서 깬 소년은 축축한 등허리를 만져봤다. 꿈에서처럼 입천장과 혓바닥이 몹시 간지러웠다. 혀를 움직여 입안을 샅샅이 훑었다. 저녁을 거른 소년의 배 속에서 꼬르륵 소리가 울렸다. 꼬르륵, 배가 말하고 있다. 나는 뭐라고 말해야 하나. 이제부터 무슨 말을 또 시작해야 하나. 오늘도 같은 밤이다.

어머니와 소년은 손가락을 깍지 껴 억세게 움켜쥐었고 서로의 품으로 조금씩 파고들었다. 떠나버린 아버지를 생각하면 몸이 떨렸다. 또 그렇게 될까 봐 숨이 막혔다. 소년은 어머니를, 어머니는 소년을 무심결에 놓치게 될까 두려웠다. 한 번은 당해도 두 번은 싫다. 버림받느니 내가 먼저 버리겠다. 두 사람은 서로의 몸을 완강하게 끌어안았다. 맞붙은 숨결은 혼돈의 외로움을 질식시키기에 충분했다. 밤은 얼마나 무서운가. 두려움이 나머지 두려움 반쪽을 찾아내 물 샐 틈 없이 밀착시켰다. 마치 골절된 뼈가 도로 붙듯, 피부와 살점이라는 훼방꾼을 뚫고 하나가 되려는 듯 두 사람은 완벽하게 밀착했다. 어둔 밤조차 파고들 수 없도록 하나가 된 뒤에야 마음을 놓았다. 그리고 이야기는 시작됐다. 두 사람이 나누는 말은 오가는 대화가 아닌 경쟁적인 소리 내기였다. 속에 든 실을 뽑아내는 행위였다. 둘의 목소리는 때로 겹쳐졌고 상대를 제압하려는 듯 빨라지고 높아지며 마치 방언처럼 두서없이 뿜어져 나왔다. 스산하게 어지러이 떠도는 말들. 마음을 어찌하지 못해 매일 밤 계속되는 말. 되는 대로 말을 뽑아내다 보면 혀가 마르고 목이 타들어가 어느새 두 줄기의 목소리가 기운 없이 시들시들 잦아들었다. 방 안이 조용해지자 어둠은 무거워지고 스산한 밤은 모든 것을 감추고만 있었다.

흙, 일곱 마리

불러야 깨어난다. 너라는 존재를 불러 깨우면 눈을 뜨고 새 삶을 얻을 것이다. 형제들은 완성된 첫번째 고양이의 몸통을 반복해 쓸어주고 내내 어루만졌다. 일어나라, 일어나라, 너는 첫번째 고양이야. 일어나서 움직여! 어서 나가자! 곧 있으면 동이 틀 것이고 나팔 소리가 울리기 전에 여기를 빠져나가야 해. 그렇지 않으면 도로 흙이 될 거야. 침묵하는 흙이 되어 짓 밟히기 싫어. 더는 당하기 싫다.

물은 끓었고 나머지 형제들의 진흙 몸통도 그 안에 던져졌 다. 13이 흙 반죽을 개는 동안 남은 형제들은 고양이 울음소리 를 내며 완성된 놈의 의식을 깨우려 안간힘을 썼다. 이름을 불 러줘야 깨어난다. 그들은 끊임없이 반복하며 마음을 모았다.

첫번째와 두번째는 쉬웠다. 13은 자신의 늑골에서 빼낸 실리콘 뼈대를 척추 삼아 말랑말랑한 진흙 덩어리들을 재빨리 붙여나갔다. 몸통은 거칠고 투박해도 세모 모양의 귀와 가느다란 입술은 섬세하게 공들였다. 두번째 고양이의 자태가 앞선 것보다 완성도 면에서 훨씬 나았다. 두번째 고양이의 몸체를 완성할 즈음 첫번째 고양이가 하품을 하며 길게 기지개를 켰다. 살아난 것이다. 비로소 고양이가 되었다. 모두 숨죽여 탄성을 질렀다.

나머지 형제들도 서둘러 해체되었다. 그들이 하나의 반죽이 되는 동안 밤은 서서히 푸른빛을 띠며 시시각각 밝아졌다. 새벽이 되면 인간이 깨어난다. 인간들은 우리를 가만히 두지 않을 것이다.

13은 손으로 느끼고 손으로 조직하고 손으로 무게 균형을 감각해 거친 모양새의 고양이를 완성해나갔다. 집으로 돌아갈 생각을 하면 그리 어렵지 않은 일이었다. 이곳을 빠져나가 집으로 돌아간다. 하나가 되었으니 나머지도 될 것이다. 이것은 처음이자 마지막으로 주어진 기회, 다른 모습을 얻을 유일한 기회. 집을 잊지 말아야 한다. 우리는 함께 그 집으로 돌아가야 한다. 소멸의 과정을 인정하고 부활을 창조해야 한다. 우리들의 집, 그 집으로 무사히 돌아갈 수 있다면! 13은 탁자에 대고 반죽을 비벼 길쭉하게 만든 다음 움푹한 손바닥을 이용해 고양이 다리의 곡선을 조형했다. 고양이의 동글동글한 발은 방점과 마찬가지라 섬세한 집중력이 필요했다. 다리는 중요하다. 튼튼한 다리는 우리를 달아나게 해준다. 이제 형제들은 하나도 남지 않았다. 13도 더는 13이 아니게 되었다. 이제 우리는 고양이다. 저 멀리에서 기상나팔 소리가 울렸다.

나무가 흐드러진 숲길로 누르스름한 진흙 덩어리의 사람 형태가 비틀비틀 걷고 있었다. 걷는 모양새가 한눈에 봐도 부자연스러웠다. 13은 10년 이상, 어쩌면 그 이상 폐기물처리장에 혼자 적재되어 있었다. 몸을 사용하지 못한 세월을 생각하면 그의 어색한 걸음새는 당연했다. 그는 잡초 더미에 걸려 넘어지거나 평평한 길에서도 허우적거리기 일쑤였다. 폭우를 만나면 몸이 녹을까 서둘러 동굴로 숨었고 느닷없이 나타난 군부대의 행렬에 놀라 낭떠러지로 구르기도 했다. 세상 밖은 오묘하고 신기해서 갇혀 있던 시절과는 비교할 수 없는 재미가 있었다. 도로를 달리는 차량의 무시무시한 속도. 하늘을 나는 새와 거리를 떠도는 동물들. 신기하고 놀라운 광경이었다.

길은 친절하지 않았다. 느닷없이 등장한 막다른 길에서 13은 머리를 긁적이며 멈춰 섰고 터벅터벅 걷던 길이 어느 순간 사라지면 어쩔 줄 몰라 두리번거렸다. 13에게 있어 길이란 시간과 비슷했다. 기다란 흐름을 그저 그대로 따르고 있지만 도무지 신뢰할 수 없었다. 길을 무시하고 아무렇게나 걷다 보면 어느새 길 한가운데였고 시간 따위 상관없다고 믿었으나 세상은 전혀 딴판으로 변해 있었다. 그래도 잊지 않은 것이 있다. 집이다. 세상 모든 길은 집을 향해 있지 않은가. 어디로 가든 집으로 데려다줄 것을 믿었기에 그는 길을 따라 걷고 걸었다.

13은 길 위에서 많은 계절을 지냈다. 눈발이 날렸다가 꽃이 피고 폭우가 쏟아졌다. 길은 13에게 많은 것을 제공했다. 시원한 나무 그늘과 영롱한 햇살, 숲 한복판의 호수. 눈동자가 맑은 노루가 13에게 다가와 킁킁 냄새를 맡았고 검은 하늘에 박힌 수많은 별들은 소금을 뿌린 듯 환했다. 13은 서두르지 않았다. 환한 달빛 아래 좁다란 오솔길에서는 아름다운 풍경과 하나이고 싶어 되도록 천천히 걸었다.

길 위에서 계절의 변덕을 겪으며 13은 인간들의 행렬을 여러 번 목도했다. 그들은 같은 옷을 입고 있었다. 같은 옷을 입은 인간들을 조심하라던 부모들의 충고가 떠올랐다. 옷이 그들의 사고를 틀어쥐면 어이없는 일을 저지른다고 했다. 발바닥이 닳아 걷기 불편해지면 팔꿈치를 잘라 덧대곤 했는데 몸체의 균형을 맞추다 보니 13의 몸은 전보다 수척해졌다. 몸이 닳아 전부가 사라지면 어느 부위를 남겨 집으로 돌아가야 할까. 13은 자신의 몸 중에 어느 부위가 가장 쓸모 있을지, 무엇을 버려야 할지 생각했다. 눈일까, 얼굴일까, 손일까. 봐야 하고 보여야 하고, 만들어야 하고, 걸어야 하고. 길 위의 13은 점차 길이 되었다. 제 몸의 진흙을 땅에게 빼앗기면서 그는 점점 작아졌다.

많은 시간을 길에서 헤맨 끝에 기어이 집을 찾아냈다. 숲속의 그 집은 폐허 한가운데 간신히 남아 있었다. 인간들의 집. 산뜻하던 노란 벽면은 땟국물이 흘러내리는 시커먼 자국 때문에 몹시 지저분했다. 마치 슬픔에 잠긴 집이 눈물을 흘리는 것 같았다. 닭장은 문짝이 부서진 채 거미줄투성이였고 자갈 밟는 소리가 경쾌했던 바닥은 썩은 낙엽으로 질척거렸다. 다들 돌아오지 않았구나. 13이 축축한 낙엽을 밟으며 언덕을 오르자 숲에서 새 떼가 일제히 날아올랐다. 검은 깨가 허공에 뿌려진 것 같았다. 나무들은 건재했고 건재한 것 이상으로 어마어마한 우량아가 되었다. 부모들이 사다 심었던 그 조그마한 묘목들이 어느새 넓고 큰 가지를 사방에 뻗치고 있었다.

집 안에서 음악 소리가 흘러나왔다. 13은 안으로 들어갔다. 안개가 낀 것처럼 먼지로 뿌연 거실은 예전 그대로였다. 늘 그리워했던 바로 그 모습 그대로 변함이 없었다. 꿈에서도 나타나지 않아 원통했던 갈색 계단과 마호가니 책장과 부엌. 집 안은 시끄러웠다. 사람의 말소리, 아나운서의 경고 방송이 어딘가에서 수선을 떨고 있었다. 주방 옆 동그란 식탁이 놓여 있던 자리에 본 적 없는 낡은 침대가 보였다. 라디오 소리는 그곳에서 흘러나오고 있었다.

13이 다가가자 침대에 기대앉은 노인이 한숨 같은 목소리로 웅얼거렸다.

"목이 말라. 물!"

처음 보는 노인이었다. 13은 탁자 위에서 쭈그러진 주전자를 발견했다. 13은 컵을 건네주며 노인의 얼굴을 살폈다. 노인은 눈이 보이지 않는 듯 손을 올려 더듬거렸다. 장님 노인은 예전의 누구인가. 우리 집에 왜 있는 거지?

"넌 사람이 아니구나. 아닌 것 같아. 몇 번째야?"

13은 그의 손바닥에 13이라고 숫자로 적었다. 노인은 고개를 끄덕였다.

"용케 살아 있었구나. 나가서 찾을 생각하지 말고 여기 있어. 다 죽고 나만 남았다."

찬찬히 들여다보니 노인은 안경아버지였다. 쑥 들어간 눈자 위에 광대뼈가 불쑥 솟아, 거친 선을 덧댄 듯 험상궂어졌지만 주물 담당 안경아버지가 분명했다. 그는 왜 이렇게 되었나. 집 안의 가구와 사물들은 그대로인데 안경아버지는 노인이 되었다. 13은 노인이 된 그의 얼굴을 한참이나 들여다봤다. 신기하고 이상했다. 사람은 쉽게 자라고 금세 망가지고, 또 새로 태어나고. 사람이란 변화가 너무 빨라 그 속도를 맞추기 힘들다. 사람은 왜 그 지경인가. 13은 컵을 붙잡은 아버지의 기이한 손을 바라보았다. 손가락이 전부 잘려나가 주걱처럼 뭉툭했다.

'너 누구야?'

어디선가 물음이 울렸다. 들리지 않아도 알 수 있는 반응. 누군가 왔다. 집 안에 들어온 그는 20이었다. 달라진 모습의 20이 13에게 달려들었다. 20과 13은 서로를 부둥켜안고 마룻바닥에서 데굴데굴 굴렀다. 다 죽었다는 안경아버지의 말을 믿었고 20을 만날 줄 몰랐기에, 쿠당탕 툭탁, 둘이 서로를 붙들고 구르는 힘에 먼지가 뿌옇게 일었다. 천장에서 판자가 떨어지고 탁자 위 그릇이 흔들리자 침대 위의 노인이 고함을 질렀다. "너희들 지금 뭐하는 거야? 무슨 짓을 꾸미는 거냐고?" 그의 목소리는 힘이 없고 탁하지만 듣기 좋았다. 예전의 형제들을 야단치던 음성 그대로였다.

13은 예전의 그때를 떠올렸다. 그때는 좋았다. 모두가 함께했던 시절, 형제들은 부모들에게 늘 꾸중을 들었다. 부모들은 메가폰을 동원해 소리를 질렀고 그럼에도 말을 듣지 않으면 최후의 병기인 사이렌을 울리곤 했다. 그 뾰족한 소음이 귀를 찌르면 형제들은 놀기를 멈추었다. 13은 부모가 일곱이라는 이유로 7이라는 숫자를 좋아했다. 7이라는 숫자의 형상은 키 큰 사내가 고개를 외로 꼬고 있는 모습이었다. 고개를 외로 꼰 모습은 그들 부모들의 성향이었다. 부모들은 세상과 담 쌓은 외골수들이었다. 좋은 직장, 좋은 기회도 마다하고 그저 흙에 미쳐버린 외골수. 부모들은 형제들이 먼지를 일으키고 말썽을 피우면 야단을 쳤다. 너희들은 터무니없이 못난 놈들이라며 이렇게 말했다.

"너희도 우리하고 같아. 못났어. 아주 못난 것들이야. 너희가 잘났더라면 다른 주검의 들러리가 될 리가 없지."

형제들은 고분에 순장된 억울한 영혼이었다. 그저 그런 흙이 아니었다.

고분에서 발견된 인골은 형제가 무너진 낱낱의 조각이었고 황토에 엉켜 있는 상태였다. 그들이 그것이었다. 연구자들은 고분의 흙으로 오랜 시간 실험했다. 고분 안에서 발견된 진흙 덩어리가 저절로 움직이더라는 증언 때문이었다. 연구에 미친 사람들은 대체 뭘 원했던 건지 사재를 털어서까지 숲속에 작업실을 지었고 차곡차곡 일을 진행해나갔다. 그들이 얻고자 한 것은 움직이는 인체였다. 척추와 관절, 근육, 피부의 질감을 재현하느라 세월을 잊었다. 실리콘으로 뼈를 만들어 조립한 다음 진흙으로 근육과 피부를 만들어냈다. 뼈에 근육을 붙여 인조 지방과 인조 피부를 덮어 신체 각 부위를 완성해나갔다.

중요한 것은 생명이었다. 영혼을 깃들게 하는 것이 연구의 핵심이었다. 과연 이것이 사람처럼 움직이고 말할 수 있을까. 사람이 될 수 있을까. 사람은 대체 무엇이며 혼은 어디에서 오는가. 이것이 가능하다면 죽은 사람도 살릴 수 있게 되나. 죽은 내 형제와 부모를 살릴 수 있다면. 그것이 가능하다면. 여러 개의 틀을 만들어 동시에 제작해도 깨어나는 것과 깨어나지 않는 것이 갈렸다. 아무리 기다려도 깨어나지 않는 실패가 연속되자 후원금은 바닥나고 연구 환경은 점점 어려워졌다. 급박하게 위태로워졌다.

연구자들은 진흙 인간의 탄생을 영혼의 복원이라 불렀다. 고대인의 혼이 이 모든 작업을 가능하게 했다. 제 수명을 다하지 못하고 권력자의 주검에 들러리가 되어야 했던 울분이 생명의 기운이 되었을 것이다. 첫번째 성공작은 제작 순서, 10이었다. 아홉 개는 깨어나지 못했으나 열번째 인간 형상이 둔하게나마 움직이기 시작했다. 하나에 성공하자 그다음부터는 탄력이 붙었다. 움직이는 진흙 형상의 숫자가 늘어나자 연구자들은 이들을 어떻게 단속하고 가르칠 것인가를 고민했다. 이들끼리 나쁜 의도로 단결한다면 달리 방법이 없다.

그들에게는 인간다운 이름이 필요치 않았다. 그들의 호칭인 숫자는 개수이고 순서이며 그저 하나의 흙덩이라는 선언이었다. 형태보다 중요한 건 인간다운 정서다. 그런데 인간다운 정서는 뭐란 말인가. 대체 기준이 뭔가. 바른 인간의 기준을 어떻게 세워야 하나.

그들은 함께 농사를 짓고 소와 닭을 키웠다. 땅을 파 우물을 만들었고 돌을 골라 땅을 개간했다. 아침마다 풀을 베어 쇠죽을 끓이는 일은 돌아가며 순번대로 했다. 진흙 형제들이 소를 데리고 나가면 고양이 포비가 쫄랑대며 뒤를 따랐다. 포비는 진흙 형제들의 어깨 위에 올라타거나 다리에 대고 몸을 비비기도 했다. 모든 일은 자연스러웠고 어떤 충돌도 없이 평화로웠다. 다 함께 모여 살던 15년 세월. 꿈같은 나날이었다.

13은 벽에 걸린 사진을 돌아봤다. 옛날 사진. 다들 저기 있다. 아무렇지 않게 저기에. 사진 속에서 모두 환하게 웃고 있다. 귀여운 고양이 포비의 익살스러운 표정이 13의 눈길을 오래도록 붙잡았다. 20이 들려주는 얘기를 13은 조용히 들었다.

부모들 전부 같은 옷을 입은 자들에게 당했다. 같은 옷을 입은 자들은 매일 벌칙을 세웠고 부모들을 한 명씩 끌고 나가 다시는 뭔가를 만들 수 없게 시력을 빼앗고 손가락을 잘라버렸다.

'넌 몰랐지? 저 안경아버지가 전부를 밀고했어. 그래서 혼자 살아남았는데 부모들 얘기만 하면 아직도 성질을 부린다고.'

20은 13의 뺨에 붓질을 하며 당부했다. 피부가 벗겨져 군데군데 흙빛이 드러난 13의 얼굴은 손볼 곳이 많았다. 13은 노인이 된 안경아버지의 상태가 믿기지 않았다.

'눈이 왜 그런 거야? 내 눈을 줄까. 난 만들면 되는데. 그런데 안경아버지 손은 왜 잘렸어?'

'놈들이 그런 거야. 지금도 아프대. 아프니까 난폭해. 못되게 구는 바람에 내가 얼마나 힘들었는데.'

13은 비로소 자신이 얼마나 오랜 기간 방황했는지 알아챘다. 수십 년이란 게 뭔지, 얼마나 긴 기간인지 짐작이 가지 않았다. 어쩌다 이렇게 된 걸까. 먼 길을 돌아 부모를 보러 왔는데 그들은 사라져버렸다. 형제들은 뿔뿔이 흩어져 만날 수가 없다.

'이젠 둘이 됐으니 구해야 해. 형제들을 찾아야지. 같이 가자.'

'여길 떠나자고? 어디 가면 만나는데?'

'그건 나도 잘 몰라.'


13은 매일 밤낮으로 집 안 청소에 매달렸다. 부모들과 함께

했던 많은 흔적이 먼지로 더러워진 게 못마땅했다. 낡은 집에는 많은 자료가 남아 있었다. 천장부터 바닥까지 빼곡하게 들어찬 서적과 여러 대의 컴퓨터, 실리콘으로 만든 뼈 무더기, 골격 모형들로 발 디딜 틈이 없었다. 팔다리며 각종 신체부위, 여러 가지 표정으로 만든 얼굴들은 남녀노소, 인종별, 연령별로 한가득이었다.

가야 고분에 대한 인터뷰 기사와 학술 잡지들을 펼치자 부모들의 사진이 들어 있었다. 안경아버지에게 손을 만들어주고픈 13은 기록물을 펼쳐 들었다. 엄청난 양의 책자와 알 수 없는 용어 앞에서 13은 망연자실했다. 흙으로 만든 것을 움직이게 하려면 어떻게 해야 하나. 부모들은 무슨 방법으로 우리를 깨웠을까. 궁금하고 궁금한 일이었다.

13은 부모가 쓰던 방도 깨끗이 치웠다. 꽃을 좋아했던 반죽 담당 아버지와 3층 방의 곱슬머리 어머니. 그들과 보냈던 시간은 곱씹어 생각할수록 생생해졌다. 기술자인 2번 아버지는 싱거운 농담을 잘했다. 저녁에는 구연동화를 재미나게 들려주던 7번 어머니 방으로 다들 모여들었다. 고양이 포비는 늘 양지바른 곳에 웅크리고 있었다. 13은 달걀을 좋아하는 어머니를 위해 매일 밤 닭장에 쪼그리고 앉아 기다렸다. 방금 나온 따스한 달걀을 두 손으로 받쳐 들고 침실로 쿵쾅거리며 달려갔었다. 곤히 잠든 어머니를 얼마나 재촉했던가. '나왔어요, 나왔어. 빨리 먹어요!'

온 집 안을 샅샅이 청소하고 난 뒤에도 시간이 남아돌았다. 13은 주걱처럼 뭉툭한 안경아버지의 손에 진흙으로 만든 손가락을 붙여주었다. 정성껏 붙여 곱게 칠해주어도 손가락은 말라빠진 흙이 되어 툭 부러졌다. 망가진 손보다 안경아버지가 주름투성이 쇠약한 노인이 된 것이 더 안타까웠다. 사람으로 산다는 건 몹시 피로한 일이라 생각되었다. 멈춰 있는 자신들에 비해 사람의 속도는 참으로 빨랐다. 사람은 왜 그리 빨리 변하는지 작은 아이가 태어나서부터 몸이 자라고 죽기까지가 너무 짧은 한순간이다. 짧다. 정말 짧기만 하다. 순간순간 몸이 자라고, 치아가 나고, 수염으로 덮이고, 주름이 늘어나고, 폭삭 주저앉고, 사람은 벌판의 꽃처럼 피고 진다. 친해질 겨를도 없이 쇠락해 사라져버린다. 새로 핀 꽃은 예전의 그 꽃이 아니어도 언제나 꽃이었다. 사람은 늘 사람으로만 태어나는 걸까.

예전의 그 어머니가 가르쳐주었다. 죽음은 끝이 아니라고 했다. 변화하지 않는 것이 죽은 것이고 끊임없이 모습을 바꾸는 것이 생명의 증거라, 완벽한 소멸이란 없다. 너희들이 바로 그 증거라고 했다. 13은 그 말이 좋았다. 내가 증거다, 움직임이 그 증명이니 우리 형제들이 바로 생명이다. 13은 죽은 부모들이 새로 태어나 돌아올 때까지 이 집을 지킬 결심이었다. 우리는 죽지 않으니 언젠가는 반드시 만날 것이다. 다시 만나면 예전처럼 재미난 시간을 보낼 수 있다. 아니, 이번에는 전보다 훨씬 잘할 자신이 있다.

계절의 변화는 여전한 즐거움이다. 눈이 내렸다가 해가 돋고 비바람이 불면 숲이 달라졌다. 달라지고, 달라지고, 매일매일 이 변화의 연속이었다. 꽃이 피고 열매가 돋아나면 사방이 풍요로워졌으나 멀지 않은 곳에서는 늘 전쟁이었고 사람들이 죽어가고 있었다. 죽어서 무덤으로 들어간 사람은 흙이 되었다. 13은 농사에 매달렸고 20은 요리했다. 13은 흙을 만지는 일이 좋았다. 진흙을 뭉쳐 형체를 만드는 취미는 멈출 수 없는 즐거움이었다. 13은 흙을 이겨 제 몸에 붙였다. 몸집을 불려야 체력이 강해지고 일이 손쉬워진다. 안경아버지가 고통을 호소하며 고약하게 굴어도 그다지 힘들지 않았다. 음식을 만들어 대접하면 이내 조용해졌다.

어느 날, 13이 텃밭의 감자를 캐고 있는데 군용 트럭 두 대가 텃밭으로 도착했다. 들이닥친 군인들은 왠지 모르게 화가 나 있었다. 군인들은 13의 어깨에 커다란 칼을 내리꽂았다. 사람처럼 아픈 척을 해야 했으나 13은 흙구덩이에서 쓸 만한 감자를 고르느라 바빴다. 군인들은 어깨에 칼이 박힌 채 호미질만 하는 13에게 그물을 던졌다. 20도 집 안에서 끌려 나왔다. 안경아버지가 군인들과 뭐라고 얘기를 나눴다. 트럭에 던져지면서도 13의 눈길은 줄곧 자신이 만들어낸 텃밭을 향해 있었다. 엉성한 울타리로 구분해둔 토마토와 오이, 감자. 곧 있으면 수확해야 할 것들이었다.

이들을 실은 트럭은 어딘가를 향했다. 무서운 속도로 달렸다. 13은 거리를 구경하느라 신이 나 있었는데 그물에 든 20이 의견을 전했다.

'우리를 팔아넘겨 뭔가를 받았겠지. 바보, 바보. 바보 같은 안경아버지. 밭에 물을 주지 않으면 다 시들어버릴 거야.'

'돌아가서 지붕을 마저 고쳐야 해.'

군인들은 둘의 손가락과 머리카락을 잡아당기며 시시덕거렸다. 너희들 교미하면 한 마리가 더 만들어지는 거냐? 군인들이 웃고 떠드는 왁자지껄한 틈을 타 20은 13에게 전했다.

'이왕 밖에 나왔으니 형제들을 만났으면 좋겠어. 잘 봐. 어디를 돌아다니고 있을지 몰라.'

13은 고개를 끄덕였다. 우리에겐 형제가 있다. 형제들을 찾아내 집으로 데려가면 농사짓기도 수월할 것이다. 부족한 나머지를 채울 수 있다. 하지만 이 길이 어디로 향하는지 모르겠다. 어떻게 돌아가지? 길이란 워낙 비슷비슷해 자칫하면 골탕을 먹는다. 길에서 헤맸던 적이 있어 안다. 평평한 길을 믿으면 안 된다. 바로 앞의 길이 평평한 듯 보여도 어디로 가는가가 중요하다. 13은 트럭이 지나는 길을 살폈다. 휙 지나치는 이정표를 외워두고 황량한 길가의 작은 흔적도 눈여겨보았다. 13은 한 부분도 놓치지 않으려 눈을 크게 떴다. 꼬부라지거나 직선으로 흐르는 길들은 던져진 두루마리 휴지처럼 트럭 뒤로 빠르게 풀려나갔다. 13은 찰칵 셔터를 누르듯 집으로 돌아갈 길, 지나는 길의 생김새를 스스로에게 각인시켰다. 부모를 다시 만나려면 집에 있어야 하고 집으로 돌아가려면 길을 놓치면 안 된다. 길은 시간이며 바람이고 감각할 수 있는 모든 것이다.


13은 검은색이 되었다. 오래도록 사람의 피를 뒤집어쓴 바람에 아예 검은색이 되어버렸다. 13은 사람을 죽이고 있었다. 전쟁이 벌어지는 곳마다 끌려가 셀 수 없이 많은 사람을 해치웠다. 살인은 13에게 주어진 단 하나의 임무였다. 같은 옷을 입은 자들이 13에게 알려준 기술은 간단했다. 목을 자르거나 심장에 칼을 꽂아라. 머리를 터트려라. 뭘 하든 상관없지만 너는 폭탄과 물을 조심해야 한다. 그들과 같은 옷을 입은 13은 나날이 민첩해지고 한꺼번에 여럿을 죽이는 요령을 익혀나갔다. 얼마간은 자신이 죽인 사람의 숫자를 셌지만 점차 무의미해졌다.

사람이란 허약한 물주머니였다. 아무 데나 건드리기만 하면 붉은 피가 솟구치며 비명을 지르는 연약한 존재. 13은 어린 병사들의 마지막을 기억하고 있었다. 그들은 작은 타격에도 피를 뿜으며 고통으로 신음했다. 주검을 수습하면서 우는 병사들을 보며 13은 생각했다. 동료의 죽음을 그토록 비통해하면서 사람은 왜 이런 짓을 계속하는 걸까. 13은 틈틈이 중얼거렸다. 나는 13. 나는 열세번째. 12번 다음으로 탄생한 나. 착한 농사꾼으로 만들어진 나. 13은 자신이 죽인 사람이 몇인지 잊어버렸지만 자신의 몸에 박힌 총알의 수는 잘 알고 있었다. 여든아홉 발의 총알은 여든아홉 개의 목숨이었다. 사람이라면 그 총알로 죽었으리라. 여든아홉 개의 목숨을 몸에 넣고 다니느라 전장을 누비는 그의 발걸음은 늘 무거웠다. 잊기 위해 하루를 살았고 기대할 것은 없었다. 기억하고 싶지 않은 시간들이 멈춰버린 길처럼 정지되어 있었다.

그의 몸뚱이는 격렬하게 전장을 겪고 있지만 마음은 폐기물 처리장에 갇혀 있을 때와 비슷했다. 날로 많은 부분이 무감각해졌다. 13은 아군도 죽였다. 배운 대로 습관대로 사람이라는 형체를 해치웠을 뿐이라 체포되는 순간까지 무엇이 잘못되었는지 그는 알지 못했다. 아군의 헌병대는 포박된 13에게 달리 의도가 있었는가를 추궁했다. 그물에 들어간 13은 멍하니 앉아만 있었다. 재판이 진행되는 동안 13은 자신의 손가락을 떼어내 몰래몰래 조몰락거렸다. 아주 작은 형체를 만들어 움직이게 하고 싶었다. 전투에 나가지 않는 날은 늘 이렇게 시간을 보냈다. 상급자는 13에게 말했다.

"폭탄이 터지면 너희도 별수 없더라. 먼지가 되기 전에 긴장하라고. 너희들 구입비를 따져보면 아직 멀었어. 한참을 굴려야 해."

13은 형제 중 몇이 폭사했음을 알아차렸다. 형제들은 바람으로 돌아간 것이다. 바람이라, 바로 이 바람 속에 형제들이 있을까. 13은 손을 들어 허공을 어루만졌다. 흙바람으로 돌아간 형제들이 부러웠다. 판결은 그들 마음대로였다. 상부에서는 예의주시할 뿐 13의 처벌은 불가하다 했다. 사고하지 못하는 하등한 기계의 단순 오작동으로 치부한 것이다. 그는 다시 전장으로 돌아갔다. 지루함을 견디는 시간, 잊어버려야 마땅한 경험들. 전투지는 계속 바뀌었고 여기저기를 떠도는 동안 그의 몸은 닳고 닳아 점점 수척해졌다. 어깨를 뜯어 뭉개진 손을 복원하고 망가진 무릎을 보수했다. 발바닥을 좀더 넓적하게 만들었고 머리는 더 작아져도 상관없었다.

전투가 끝나면 13은 다시 그물로 들어갔다. 언젠가 철근 더미에 갇혀 있을 때처럼 13은 자신의 몸을 떼어내 조금씩 뭔가를 만들었다. 안경아버지를 생각하며 손가락을 만들거나 조그마한 동물의 형상을 만들기도 했다. 고양이 포비는 언제나 만만한 대상이었다. 정교한 모양 만들기에 집중할 때면 흐릿해진 결심이 명료해졌다. 저 멀리에 놔두고 온 꼬부라진 길, 직선의 길, 가파른 길, 완만하고 느슨한 길, 집으로 돌아가는 길들. 13은 늘 그 길을 생각했다. 길이란 시간과 비슷하다. 멈췄다가도 어느새 스르르 풀리곤 하지 않았다. 지금 13은 막혀버린 시간과 사라진 길 위에 서 있다. 오도 가도 못하고 꼼짝없이 막혀 있다. 예전의 그날로 돌아갈 길은 없는 것인가. 놓친 것들을 만들어낼 수 없을까. 진흙 더미를 주무르는 13의 손끝은 그 길을 만들어내려는 듯 조금씩 분주해졌다.

눈보라가 이는 몹시 추운 날, 13은 명령에 따라 망루에 올랐다. 빙글빙글 돌고 도는 계단을 따라 위로 오르는 동안 13을 끌고 가는 사병의 목소리가 메아리처럼 쩡쩡 울렸다. 그들이 내

뿜는 입김이 하얗게 날렸다. 망루에는 포로들을 고문하는 푸른 방이 있다. 부대장은 13에게 형제들을 설득할 임무를 주었다. 고의적으로 아군을 죽이는 행위는 엄벌해야 한다. 너희를 처단 하라고 유족들이 소송을 걸었으므로 같은 일이 반복되면 전원 폭사시킬 것이다. 다만 그간의 공을 생각해 선처한 거다. 네가 설득해. 설득이 불가능하다면 전부 물에 넣고 녹여버릴 테다.

고층 망루에 자리한 고문실에는 커다란 난로가 피워져 있었다. 포로를 인두로 지지고 물고문을 하던 장소라 무지막지하게 생긴 도구가 많았다. 자그마한 욕조와 채찍, 망치와 몽둥이, 도 르래가 달린 고문 기구와 양동이 따위가 나뒹굴었다. 13은 고 문실에 앉아 한나절을 꼬박 기다렸다. 해가 떨어질 즈음 형제 들이 하나둘 끌려 들어왔다. 다들 성치 않았다. 20은 두 다리를 잃어 허벅지 밑에 바퀴를 부착한 상태였고 11은 몸뚱이의 반이 없었다. 얼굴이 사라진 누군가는 자신이 17이라고 주장했다. 수척하게 작아진 13만이 크게 파손된 곳 없이 멀쩡한 편이었 다. 형제들은 한참 동안 서로를 붙들고 있었다. 원래 하나의 반 죽이었기에 그대로 뭉쳐 있었다. 다들 알고 있었다. 오랫동안 흩어져 있었음에도 구차한 설명을 더할 필요가 없었다.

'너희를 본 것만으로 나는 만족해.'

11은 먼지 바람이 되어 함께 사라지자고 했다. 다시 한 덩어 리로 뭉쳐버리면 그만이라고 했다. 놈들에게 오랫동안 능욕당 했던 분노를 쏟아내며 11은 미친 듯이 제 몸을 뜯어냈다. 벗겨진 피부 아래 덩어리진 진흙 근육이 실리콘 뼈대에서 뭉텅뭉텅 뜯겨 나왔다. 몸속에 박혔던 총알들도 바닥으로 떨어져 튀었다. 뿌옇게 흙먼지가 일었다. 바닥에 딱딱한 진흙 덩이가 수북하게 쌓이고 11은 점점 형체를 잃어갔다. 안 돼, 안 돼. 20이 바퀴를 타고 빙글빙글 돌면서 외쳤다.

'얼마나 어렵게 얻은 목숨인데! 천 년이나 기다려 얻은 몸을 버려? 여길 빠져나가자. 이제 헤어지지 말자고.'

헤어지지 않을 방법이 있기는 한가. 오늘 밤이 지나면 다시 같은 짓을 되풀이하게 될 것이다. 재미없고 지루한 살인. 다 죽이면 끝날 줄 알았는데 사람은 너무나 많다. 끝도 없다. 전쟁터는 도처에 있다. 세계 각국 전쟁터를 떠돌며 불사의 용병으로 사용되다 끝내는 바람이 된다. 흙바람이 될 것이다. 그렇게 바람이 되어 세상 전부를 구석구석 구경하는 것도 나쁘지 않다. 그런데 당장 뭐가 되어야 하는지 잊어버렸다. 나는 바람이었나? 자유로운 흙이었나? 길이었나?

13은 망루 밖을 가리켰다. 나가자. 저 숲을 지나 조금만 가면 집에 도착한다. 집으로 간다. 우리에겐 돌아갈 집이 있다. 모여 살 수 있는 공간. 집에 가면 한 덩이 반죽으로 돌아가자. 너는 내가 되고 나는 네가 되는 거야. 가장 최근의 기억이 우리를 부른다. 가서 감자를 캐고 지붕을 마저 고쳐야 해. 다시 태어날 부모들을 기다려야지. 그런데 망루의 문은 잠겼고 등대처럼 높다. 이 철창을 통과할 방법은 하나뿐이다. 13은 세면대에 물을 받아 11이 뜯어낸 진흙을 담가두었다. 물을 끓여 우리 몸을 해체해 다른 것을 만들자. 고양이로 만들면 쉽다. 늘 만들었던 것이라 손에 익었다. 고양이 포비. 자그마한 포비처럼 만들면 망루를 나갈 수 있다. 물기로 축축해진 진흙 반죽을 열심히 짓이기며 13은 형제들에게 말했다. 우리는 다른 몸이 될 것이다. 우리는 원래 아무것도 아니었고 뭐든 될 수 있다. 13은 부모들이 남긴 공책에 든 내용을 떠올렸다. 진흙으로 형상을 만드는 방법, 그것을 숨 쉬게 하는 원리. 13은 그 비법을 안경아버지에게서 배웠다.

"망각이다. 잊어버리면 된다. 그 전의 생애를 잊어버려. 영혼을 지닌 자는 자유의지를 갖지. 그게 핵심이다. 너희를 만들 때 우리는 그전의 기억을 버리라고 주문했어. 한바탕 폭폭 끓여서 전의 기억을 버리게 하고 새로 형체를 만들었지. 사람의 형상이 된 너희에게 우리는 마음을 모아 빌었다. 눈을 뜨고 일어나라고. 제아무리 멋진 형체를 가졌어도 천 년 동안 흙이었던 기억을 버리지 못하는 놈들은 그저 흙으로 남았지. 누구나 망각의 자유를 실천하면 새것이, 전혀 다른 것이 되는 거야. 인간은 죽은 다음에야 가능하지만 너희는 다르다. 흙이란 늘 살아 있고 무엇이든 될 수 있잖아. 너희는 모든 것의 근본이야. 사체를 먹어치운 흙은 온갖 나무와 풀을, 산천초목을 만들어냈지. 그 엄청난 기운은 어디로 달아나지 않고 고스란히 너희에게 있으니 네가 다른 것이 되고자 소망한다면 지금의 너를 버려라. 지금 지닌 기억을 버려. 물에 넣고 끓여서라도 한 번 죽는 과정이 필요하다. 그다음에는 네가 되고자 하는 것의 감성으로 생각해. 새로운 것으로 깨어날 수 있도록 이름을 불러주면서 정성껏 쓸어주고 만져줘라. 하나가 깨어나면 다른 것은 쉽다. 서로 연결되어 있는 하나의 반죽이니까. 일단 잘 만들어야 해. 누가 봐도 그것이라고 믿을 만큼 형체가 근사해야 한다."

이름을 불러줘야 한다. 호출하면 흙이 깨어난다. 13은 형제들에게 새로운 것이 될 마음의 준비를 하라고 일렀다. 우리 모두 끓인 물에 들어가 흙덩이로 풀어져야 한다. 그래야 기억을 버릴 수 있다. 확신에 찬 어조로 그 과정과 이치를 설명했지만 13은 내심 두려웠다. 고양이가 되면 그 길을 잊게 된다. 집으로 돌아가는 길, 그 길과 그 집들. 그 집에 두고 온 싱싱한 채소들과 붉은 열매가 달린 나무를 떠올렸다. 다시 태어난 부모들이 언젠가는 그 집으로 돌아올지 모른다.

'빨리 도망치기에는 고양이보다 새가 낫지 않겠어?'

세모난 고양이 귀를 만들던 13의 손가락이 멈칫했다. 새는 만들어본 적이 없다. 그저 자주 만들었던 것, 자신 있는 것으로 하룻밤 사이에 만들어낼 생각만 앞섰다.

'고양이는 높은 데서 뛰어내려도 끄떡없어.'

13의 손가락은 빠르게 움직였다. 형제들은 각자의 몸통에서 떼어낸 진흙 덩이를 끓는 물속으로 첨벙첨벙 집어넣었다. 누르스름한 흙탕물이 바닥에 흥건해졌다.

'아깝네. 기억을 버리려니 아깝네. 좋았던 때를 잊는다면 앞으로는 어떤 기쁨으로 버틸까.'

'고양이가 되는 거라잖아. 그런데 고양이가 뭔지 잘 모르겠어.'

'예전에 마당에서 키우던 고양이를 생각해봐. 포비 말이야. 그 얄미운 울음소리, 햇살 아래 늘어져 자던 기다란 몸통, 그놈의 혓바닥은 사포처럼 까슬까슬했잖아. 뭔가를 다 아는 것처럼 거만한 표정 말이야. 성질을 부리면서 마구 할퀴어대면 모두 슬금슬금 피했지. 나는 그놈의 고고한 태도가 부러웠어.'

나팔 소리가 울리고 망루 밖으로 등황색 불빛이 하나둘 켜지는 동안 형제들은 움직였다. 그들은 끓는 물에 들어가 흙 반죽이 되었다. 어쨌거나 집을 잊지 말아야 한다. 우리는 함께 그 집으로 돌아가야 한다. 13은 부지런히 고양이를 만들었고 형제들은 새로운 존재가 깨어날 수 있도록 이름을 불러주었다. 하나가 깨어난 뒤로 그다음은 점점 가속이 붙었다. 존재는 무엇일까. 형태인가, 의식인가. 세상의 모든 것들은 우리처럼 이렇게 의식과 판단을 가지고도 숨죽이며 살아가는 것이 아닐까. 흩날리는 눈발과 푸른 나무와 강물, 조약돌과 들풀, 반짝이는 저 햇살들도 실은 우리처럼 끼리끼리 대화를 나누면서 살아가지 않을까. 그렇구나. 그들도 우리와 다르지 않고 우리도 그들과 다르지 않다. 꼭 같을 것이다. 각자 가진 길을 지닌 채 이렇게 저렇게 살아가는 것이다.

13의 손이 마지막으로 완성된 일곱번째 고양이의 목덜미를 계속 쓸어주었다. 아무래도 꿈쩍하지 않았다. 이것은 실패인가. 초조하고 초조한 시간. 지친 13의 손은 축 늘어졌다. 난산 끝에 쓰러진 산모처럼 기력이 쇠해버렸다. 일곱번째 고양이가 깨어나기 전, 앞서 만든 고양이 한 마리가 폴짝 뛰어 철창을 빠져나갔다. 옹기종기 모여 철창 밖을 내다보는 고양이들의 눈동자에 서늘한 새벽빛이 스며들었다. 일곱번째 고양이는 아직 기척이 없다. 하는 수 없다. 버리고 가야 한다. 제일 작은 고양이는 물음표 모양의 둥근 등을 곧게 펴고 기지개를 쫙 켰다. 하품을 길게 한 다음 자신의 앞발을 핥았다. 나른한 몸짓이었다. 그러다가 천천히 철창으로 향했다. 망루가 아무리 높다 해도 고양이에게는 식은 죽 먹기였다. 가볍게 착지하고 곧장 일어서고, 이내 능숙해졌다. 트럭의 타이어를 교체하던 병사가 돌담을 뛰어넘는 작은 무리들을 힐끗 쳐다봤다.

고양이들은 뽀얀 먼지를 일으키며 부대를 빠져나갔다. 멀리서 마지막 일곱번째 고양이가 무리를 향해 달려갔다. 보급품을 실은 트럭이 누르스름한 고양이 떼를 무심히 스쳐 지났다. 고양이들은 달렸다. 익숙한 현재를 버리고 낯선 현재를 달리고 있었다. 어디로 가야 하는지 알 수 없었다. 난생처음 겪는 길, 전혀 모르는 시간이 그들을 기다리고 있었다. 기억은 이제부터이고 다시 원점에서 시작한다. 일곱 마리 고양이들은 바큇자국이 뚜렷한 흙길을 달려 아주 다른 방향을 개척해나갔다. 목적지는 없었고 내딛는 곳이 어디든 길이었다. 온 천지 가득한 길들이 그들의 발자국을 달갑게 받아들였다.

구 두

유리문을 밀고 들어서자 방울 소리 딸그랑. 현관은 계산대와 바싹 붙어 있어. 퀴퀴하고 어둔 곳. 계산대 앞에서 지갑을 뒤지면서 말했지. 3층으로 주세요. 카드를 받은 아줌마가 맥주는? 하고 묻는다. 가볍게 고개를 내저었어. 사인을 하고 객실 열쇠를 받아 돌아서는데 문소리가 난다. 방울 소리 딸그랑. 대학생으로 보이는 어린 남녀구나. 저런 애송이들도 여길 오다니. 대실, 얼마죠? 남자애 목소리를 뒤로하고 서둘러 걸었어. 쟤네들은 신경 쓰지도 않겠지만. 아, 이곳 특유의 기묘한 냄새. 속이 메슥거려. 넌 여기가 싫으니? 싫다는 표시를 하고 있잖아. 빨리 올라가서 쉬고 싶어. 마음은 급한데 걸음이…… 발이 아파. 발등뼈를 누가 움켜쥔 것 같아 하이힐을 벗어 던지고 싶어. 소라 껍데기처럼 꼬부라진 계단이라 손잡이를 붙잡고 한 칸, 한 칸씩, 2층을 올라 다시 3층으로. 위로 오를 때마다 등이 점점 굽어 가파른 언덕을 오르는 노파가 된 것 같아.

3층, 아무도 없는 복도. 객실이 늘어선 잿빛 복도는 오늘도 조용하네. 푹신한 카펫이 내 발소리를 삼키고 나는 네모난 카드 열쇠에 적힌 객실 번호를 확인하지. 오늘은 302호. 정말 조용하네. 여기선 나도 모르게 귀를 기울여. 여기서만 들을 수 있는 소리가 있잖아. 줄줄이 이어진 문을 지나칠 때면 나의 청각 능력만 최고치가 되는데 밑에서 누가 온다. 어린 커플이 올라오나 봐. 나는 이번에도 들키지 않으려 서둘러. 숨을 곳을 찾아 허둥지둥. 다 왔다. 여기야. 302호. 전에 와본 적이 있는 방. 전망이라고는 건너편 모텔이 전부인 구석진 곳이야. 객실 문을 열자 냄새, 갇혀 있던 냄새가 왁 덤비네. 노랗게 켜진 현관 등 아래 벽을 짚고 잠깐 기대섰어. 속이 메슥거려. 한바탕 토하고 싶은데 구두, 이놈의 구두가 벗겨지지 않아. 발이 부었거든. 오늘도 어김없이 발이 퉁퉁 부었어.

현관 바닥에 앉아 하이힐을 양손으로 잡아당긴다. 세상에, 발등에 불그스름한 구두 테두리가 새겨졌어. 푹신한 밑창을 두 개나 깔았는데도 이 모양이야. 신을 벗으니 더 욱신거려. 발바닥에 징을 박은 것 같아. 종일 서서 일하는 여자의 발이란. 하이힐이라서가 아냐. 족쇄라서 그래. 절대로 벗어날 수 없는 족쇄. 어둑한 방 안은 냄새만이 선명하게 넘실거려. 담뱃진과 오래 묵은 섬유 냄새. 눅눅한 벽지 냄새. 정액이 말라붙은 시큼한 냄새. 커튼을 젖히고 창문을 조금 열었어. 이 방의 냄새를 바깥 공기와 나눠 가져야지. 유흥가가 한눈에 내려다보이는 이 방, 이 자리. 이 모텔과 우리는 친해. 오래전부터 여기만 드나들거든. 퀸 사이즈 침대 하나, 큰 거울 달린 화장대에 커다란 TV, 넓고 깨끗한 욕실. 이만하면 있을 건 다 있는 거잖아. 사람이 살아가는 데 많은 것이 필요하진 않아.

그런데 창으로 들어오는 냄새 역시 고약하구나. 밖은 밖대로 지글지글 고기를 태우는 냄새, 골목 귀퉁이 지린내와 탁한 매연이…… 냄새 때문에 미치겠어. 요즘은 세상 모든 것이 냄새야. 전부 냄새라고. 점심시간이면 지하 식당에서 올라오는 갖은 냄새 때문에 속이 뒤틀려. 전에는 무심코 지나쳤던 냄새들이 요즘은 무섭도록 덤벼들어. 뒤에서 다가드는 사람이 여자인지 남자인지 냄새만으로 알아챌 수 있어. 세상의 냄새란 정말 다양해. 프린터에서 바로 꺼낸 종이 냄새, 상사의 옷깃에서 풍기는 나프탈렌 냄새. 아이들이 뿜어내는 땀냄새. 피냄새는 먼지 냄새와 비슷해. 초여름 처음 튼 에어컨에서 뿜어져 나오는 냄새. 네가 거기에 착상한 뒤로 달짝지근한 냄새가 내 몸에서 풍겨 나와. 자궁에는 물고기 눈알 같은 난자가 들었기에 부패한 생선의 냄새가 나는가 봐. 엊그제는 젖꼭지에서 물기가 번져 나왔어. 브래지어 안엔 아무 흔적이 없었는데 느른한 체취가, 특유의 비릿한 냄새가 턱을 타고 올라오더라. 그래서 향이

진한 미스트를 뿌렸어. 향수 때문에 골 아프다고 상사가 인상을 찌푸려도 모른 척 시치미를 뗐어. 난 너를 감추느라 필사적이야.

쓴물이 왈칵 올라와. 또 올라오고 있어. 이번엔 해일이다. 매일이다시피 겪는 이 파란을 어떻게 말할까. 급히 창문을 닫아도 이미 속이 뒤집혔어. 빈속에 감기약 먹은 듯 핑 도는 무력감. 목욕탕으로 달려가 변기를 붙잡고…… 늘 하는 일이라 자세는 안정적이지. 이번에도 소리만 요란해. 나오는 게 없어. 정말 힘들어. 눈물 콧물 범벅이 된 얼굴 좀 봐. 형편없어. 아. 구역질이란 참으로 맹랑한 놈이야. 매복된 적처럼 호시탐탐 기회를 노리는데 사람 많은 곳에서 업무 중일 때는 전혀 아무렇지 않다가 혼자만 있으면 이래. 귀신같이 타이밍을 아는 거지.

전화벨 소리 울린다. 양치하던 칫솔을 들고 허둥지둥 전화기를 찾아. 영기구나.

누나, 지금 가고 있어?

전화기 너머 목소리가 크고 가깝게 들려. 주변의 와글거리는 소음, 소음들.

왔어. 아까 도착했어.

오늘도 난 일이 많아. 좀 늦겠는데.

영기 목소리는 풀어져 있어. 소음의 종류를 판단하려 나는 전화기에 귀를 바싹 붙이지. 어딜까. 술집인가.

괜찮아. 천천히 와.

몇 시까지 있을 거야?

너 올 때까지.

알았어, 되도록 빨리 갈게.

전화를 끊었어도 영기 목소리는 남아 있어. 이 방 어딘가에, 내 속에 그대로 남아서 중얼거려. 기분이 좋아지는 목소리야. 내 기분은 영기 목소리의 높낮이와 어조에 따라 줏대 없이 흔들리거든. 세면대에 치약 거품을 뱉고는 영기 목소리를 흉내 내지. 되도록 빨리 갈게. 되도록, 빨리. 어서 왔으면 좋겠다. 기다리는 거 싫어. 난 너무나 오래 기다려왔어.

침대는 넓고 안락하지. 침대보에서 다림질 냄새가 난다. 묵은 섬유 냄새. 적당히 빳빳한 촉감. 영기는 퀸 사이즈인 이 침대를 좋아하거든. 이혼하고 집으로 들어온 형과 한방을 쓰게 된 뒤로 넓은 잠자리가 제일 간절하댔어. 덩치 큰 형 옆에서 칼잠을 자다 보면 어느새 책상 밑에 머리가 끼여 있곤 한다고. 일상의 피로를 해소하려면 숙면이 중요하고 완벽하게 숙면을 취하려면 집에서 독립해야 한다고 말했지. 독립하느니 차라리 결혼하라고 하자 영기가 화를 냈어. 돈이 있어야 결혼을 하잖아? 정규직은커녕 언제 잘릴지 모른다면서 투덜거렸어. 저만 그런가? 우리 다 그렇지 뭐. 나도 내가 그런 일이나 하면서 살게 될 줄은 몰랐어.

누워 있으니까 졸린다. 직사각형 천장이 나를 내려다보네. 몽롱한 기운은 사방을 등고선처럼 구불구불 굴절시켜 점점이 흩어놓는다. 시도 때도 없이 잠이 쏟아지는 건 너 때문이지. 네가 나를 먹어치우기 때문이야. 너에게 나를 덜어준 만큼 나는 쉬이 피로해져. 침대 위에 웅크리고 누워 너를 생각해. 너도 이런 자세로 있을까. 지금 뭘 하고 있니? 너도 조용하면 졸리지? 지금 자니? 자고 있겠지. 넌 내 심장 소리를 들을 거야. 280일의 잠수 기간, 사방이 온통 물소리겠지. 좁은 틈을 비집고 들었으니 어지간히 갑갑할 거야. 그래도 거기 있을 때가 편한 거야. 밖에 나오면 쉽지가 않아. 나오는 즉시 인생 파도에 휩쓸려 어디로 가는지 모르게 떠밀려 가. 나도 내가 이렇게 될 줄 몰랐거든. 엄마 손 붙잡고 아장아장 학교에 갔고 작아진 옷들을 버리고 낡은 교과서를 버리고 정해진 통과 절차를 거쳐 친구들과 와르르 쓸려 다니다가 문득 정신 차려보니 이러고 있어. 언제부터 이렇게 된 건가, 어리둥절하면서도 그리 나쁜 것만은 아니라고 자평하거든. 미친 듯이 달려서 이만큼 온 거야. 이만큼. 나는 사회인이 되었고 어른이고, 통장도 있고 보험도 가입되어 있고 투표는 두 번이나 했어. 그런데 자발적으로 사는 것 같지가 않아. 목줄에 매인 것 같아.

아니아니 우리 모두 빨간 구두를 신은 거야. 죽을 때까지 빙글빙글 춤춰야 해. 멈출 수 없어. 춤추고 싶은 욕망과 멈추고 싶은 소망을 한데 버무려 그대로 가는 거야. 구두를 벗어 던지고 내 맘대로 춤추면 안 되나요? 이렇게 묻고 싶은 적이 많아. 멈추고 싶은데, 그게 안 되는 거지. 목숨의 책임이란 엄청나게 복잡한 데다 터무니없이 완고하더라고. 그러니까 거기 있을 때가 좋아. 지금이 네 인생에서 최고로 안락한 시절인 거야. 이다음에 네가 크면 좀더 자세히 알려줄게. 내가 아는 건 전부 알려주고 싶어. 그런데 지금, 지금은 말이지. 이렇게 말 붙이는 것조차 낯설어. 손발이 오그라든다고들 표현하는 바로 그것 그대로야. 너와 진솔하게 대화하고 의논하고 싶은데 너무 어색하고 가식적인 것 같아. 창피하다는 생각이 먼저 들어. 언제쯤이면 익숙해지려나.

선배 언니는 임신하자마자 동화책을 읽어주고 클래식 음악만 들었대. 나는 뭘 했던가. 한 게 없어. 아무것도 하지 않았어. 할 수가 없어서 하지 못했고, 할까 말까 주저하다가, 하면 안 되는 짓을 자주 했어. 회식 자리에서 내 앞에 온 맥주잔도 마다하지 않았어. 거절하면 그만인데, 그까짓 술잔 아무도 신경 쓰지 않는데, 나는 너를 떠올리면서 입에 머금은 노란 기포를, 짜르르한 쓴맛을 꿀꺽꿀꺽 넘겨버렸지. 입가에 묻은 거품을 닦고 한 잔 더라고 외쳤어. 그렇게 마시고, 마시면서 너를 삼켜버렸어. 아무렇지 않게 지내고 있는 동료들 앞에서 나도 아무렇지 않고 싶었지. 잠시나마 내 처지를 잊고 싶었거든.

아기와 친해지고 싶으면 무슨 말이든 하랬어. 또박또박 소리 내서 자주 말 붙이라고, 어른의 언어라도 상관없으니 틈틈이 목소리를 들려주라더라. 네가 떠오를 때마다 나는 작정하고 많은 말을 쏟아내는데 이 푼수 같은 주절거림이 회사에서는 불가능해. 생각이 이어지지 않아. 까마득하게 잊고 있다가 화장실 변기에 앉는 순간 아차, 생각나지. 네가 내 속에 있음을 상기하고 초조해지는 곳, 지친 발을 쉬게 하는 곳. 사내에서 가장 울적한 장소가 2층 여자 화장실이야. 그곳은 발견의 장소야. 몸이 수상하면 약국에 들렀다 화장실로 직행하곤 했지. 내 몸 상태를 확인해야 하니까.

변기에 앉아 임신 테스트기를 밑으로 넣었는데 뜨끈한 오줌 줄기가 손등으로 쏟아졌어. 여러 번 했어도 조준은 매번 실패해. 실패. 실패. 아무래도 불안해서 두어 개 사서 다시 했지. 그때만 생각하면 지금도 가슴이 두방망이질 친다. 임신 테스트기에 새겨진 두 줄은 두려운 기억이지. 낙태의 기억. 실패의 기억. 기억이 존재하는 지점에서 많은 것이 일시에 쏟아지네. 의사는 내게 여러 종류의 피임 기구를 권했어. 팔에 심는 임플라논부터 루프, 누바링, 먹는 약. 피할 방법이 있음에도 나는 같은 짓만 되풀이했어. 그렇게 사라져갔어. 다 사라지고 너만 남았어.

영기에겐 말하지 않았지만 난 이번에도 병원에 갔었지. 예전의 그 산부인과, 믿을 만한 병원. 직장에서 꽤 먼 동네라 월차를 내서 버스를 두 번이나 갈아타고 갔어. 병원의 점심시간이 끝나기를 기다리며 근처 분식집에 들어갔지. 우동 그릇을 앞에 두고 오늘 검진을 받고 주말쯤에 수술하리라 결심했어. 결심이 어렵지 그다음은 쉽거든. 해봐서 알아. 그 절차가 얼마나 간단한지 겪어봐서 잘 알지. 이번에도 간단하게 될 것이다, 생각하며 면발이 팅팅 붙도록 우동 그릇을 내려다봤어. 맞은편의 산부인과 간판을 바라보면서 참으로 오래 앉아 있었어. 분식집을 나오자마자 버스 정류장으로 갔어. 가장 먼저 도착한 광역버스를 타고 가면서, 어떤 길을 가든 상관없다고 생각했어.

봄이 오고 여름이 가는 것, 그리고 가을. 겨울. 차창에 붙어 앉아 내 곁을 떠나는 풍경을 바라보며 너를 생각하고 지난 계절들을 떠올렸지. 제대로 누린 적도 없는데 어느새 스쳐 지나가버린 나의 계절들. 영원히 놓친 걸까. 남김없이 가버리고 뿌리치며 떠나오고. 내가 지닌 것이 나를 버린 것인지 내가 나를 버린 것인지. 집에 도착해서야 생각나더라. 분식집에 우동 값을 치르지 않았어. 어쩌자고 그랬을까. 다음에 다시 가면 돈을 줘야지. 돈을 주러 가기는 가야겠지. 그런데 그 병원에 다시 갈 생각을 하면 명치끝이 저릿저릿한 거야. 늦기 전에만 하면 되는 일이라 서두르고 싶지 않았어. 언제든 하면 되니까 아직은, 당장은. 방바닥에 누워 라디오를 들었지. 난방을 하지 않은 탓에 썰렁한 방바닥이 내 덕을 보려고 하더구나. 내 체온을 나눠달라는 것이지. 노래를 듣고 있자니 쓸쓸하고 아름다운 풍경이 떠올랐어. 방 안으로 볕이 기어들고 있었어. 볕이 인색한 방이라 그 한 조각만으로 충분했는데 썰렁한 방바닥은 아랑곳하지 않고 발목을 비추는 햇살 덕분에 발이 따뜻해지더라. 하얀 면양말을 신은 나의 발을 가만히 내려다봤어. 이 모든 것을 지탱

하느라 고생 많은 나의 무력한 발.


영기는 문방구 집 둘째 아들이래. 가게 근처에 학원들이 들어설 때만 해도 앞으로 걱정 없겠다, 싶었는데 건물주가 임대료를 무지막지하게 올렸다던가. 영기는 어릴 적부터 친구들 나눠 주려고 딱풀을 주머니에 잔뜩 넣고 다녔대. 노란색 딱풀은 아주 잘 붙었고 철썩 붙으면 떨어질 줄 몰랐대. 너, 인기가 좋았겠구나, 하니 그때만 그랬다는 거야. 딱풀로 붙이듯 친구들을 많이 달고 다녔대. 영기가 주머니에 딱풀을 넣고 다녔을 시절에 나는 고등학생이었어. 고교생 시절의 내 사진은 정말 웃겨. 알이 두꺼운 안경을 끼고 언제나 시무룩한 얼굴에 일자로 자른 앞머리를 고수했지. 그땐 모두가 비슷비슷한 얼굴이었어. 친구들은 내게서 할망구 냄새가 난다고 놀렸는데 그때는 억울하다고 펄쩍 뛰었지만 지금은 알아, 아닐 수가 없잖아. 할머니와 한방을 쓰느라 나는 공부는 하지 않고 뜨개질을 거들거나 지린내 나는 요강을 씻어야 했지. 사실 할머니 냄새는 고약했어.

우리 아버지도 영기네처럼 문방구나 했으면 좋았을 것을. 말아먹는 쪽으로만 투자한 탓에 남은 건 집 한 칸이 전부야. 영기에게서 형과 나눠 쓰는 좁은 방에 대해 들으면 나는 야자수 커튼이 드리워진 내 방을 떠올려. 할머니의 한 평 남짓한 방은 정말 답답했거든. 원래 내 방이 아니라 할머니 방이었어. 어릴 적에는 연두색 야자수 커튼 때문에 내 운명이 하와이에 있다고 생각했어. 야자수 그늘 아래서 열대 과일이 꽂힌 칵테일을 마시며 해변을 바라보는 나를 떠올렸지. 푹신한 모래에서 맨발로 훌라춤을 추는 거야. 화관과 꽃목걸이를 걸고 팔목을 휘저으며 살랑살랑 허리를 돌리지. 잡지에서 오려낸 마우이 섬 풍광 사진이 오랫동안 내 책상 유리 덮개 밑에 들어 있었어.

이제 야자수 커튼은 낡아 빛바랬고 나는 다른 춤을 추는구나. 멈출 수 없는 춤. 할머니가 돌아가신 뒤 자개 반닫이 같은 낡은 물건만 남았거든. 나도 그것들과 다르지 않아. 뻑뻑해져 잘 열리지 않는 서랍, 세월의 때가 낀 구닥다리들을 요긴하게 쓰고 있는 내가 싫어. 원룸을 얻어 마음대로 꾸미고 사는 친구들한테 부럽다 말하곤 하는데 실은 모르겠어. 정말 부러운 건지, 부럽다면 어떤 부분이 부러운 건지 나는 잘 모르겠더라고.

새로운 공간을 바라는 건 나만이 아냐. 각자의 직장, 중간 지점에 사글셋방이라도 하나 있으면 좋겠다고. 그간의 대실 비용만 모았어도 자그마한 방 하나는 빌릴 수 있다고 영기가 말했어. 신나게 계획을 잡고 방 안을 꾸미는 얘기를 나누다가, 정말 진지했는데 그러다가 흐지부지 끝나버렸어. 더는 진전되지 않았지. 우린 서로를 더 잘 알기 위해 만나는 게 아니거든. 영기와 나는 원체 참을성이 없었어. 하품 나는 대화를 억지로 길게 할 필요 없이 바로 결론으로. 연락처를 나누자마자 곧장 결론으로.

서로를 부르는 호칭이 본명임을 알고는 외려 기분이 묘했지. 잠자리에서 주고받았던 대화들은 휴지 조각이나 마찬가지였어. 허세를 떠느라 내가 아닌 나를 만들어내기도 했는데 그건 믿을 수 없이 둘 다 비슷했지. 잘나가는 척, 그럴듯한 척. 가끔은 거짓 없는 일상이 우리의 푸념을 타고 끌려 나왔어. 영기는 조카들 애기를 주로 많이 하거든. 조카들에게 전화가 걸려오면 영기는 돌연 쾌활해져. 비죽비죽 새어 나오는 웃음을 참으며 이 자식들, 삼촌이 얼마나 바쁜데! 성가시게 전화질이야! 근엄하게 으름장을 놓으면서도 귀여워서 미치겠다는 표정이야. 조곤조곤 말하면서 웃음이 그치질 않지. 나는 영기의 간드러지는 음성이 듣기 싫어 뒤돌아 있거나 텔레비전 볼륨을 높이곤 했어. 미워서가 아니야. 다른 건 몰라도 영기의 그 표정, 그 말투가 탐나더라. 그것이 영기의 진짜 모습이겠지. 골라 가질 수 있다면 그걸 가지고 싶어.

남들처럼 열심히 꾸미고 다녀도 애인은 안 생기더라. 나이가 많아서 그런 걸까. 성한 일자리 잡으려 빙빙 돌다 보니 돈 계산에는 약삭빠른데 친구는 줄어들고 이렇게 찌들어버렸어. 전보다는 나은 대우를 받게 됐어도 여전히 바닥이야. 산적한 일들은 우리 어깨 위에 고스란히 얹혀 있어. 학자금 융자에 어머니 약값, 대출 이자, 동생은 사고만 치고…… 사는 게 뭐 이러냐고, 한탄만 하는 게 싫어서 올봄에 적금을 깨고 아버지 생신에 맞춰 가족들과 북경에 갔지. 사진 찍고 웃고 떠들며 화목한 척,

즐거운 척, 있는 척, 호기를 부리며 면세점에서 핸드백도 하나 샀구나.

영기에게 진짜 애인이 생겼다 해도 간섭할 마음은 없어. 오래전에 약속했어. 서로에게 좋은 것만 함께하기로. 당장은 일이 우선이니까. 지금은 일에만 매진해도 모자랄 때야. 일이 좋아서가 아니라 떨려나지 않으려고. 우리는 각자의 업무에 성실했고 한눈팔지 않고 노력했는데 왜 이런 걸까. 영기 역시 말하지 않아도 여러 가지 사정에 치여 허덕거리는 게 눈에 보였어. 이만큼 오느라 발이 다 부르텄는데 새로운 목표를 세울 여력이 없잖아. 그러다 보니 자꾸만 너를, 가장 약하고 말 없는 너부터 희생시키곤 했지. 너는 내게 여러 번 왔었고 사라진 여럿은 결국 너였어. 너만 남았지. 너를 버리지 않고서는 나를 지탱할 수 없었거든. 난 지금도 네가 어색해. 떳떳하지 않아서일까. 너 역시 내게 친절하지 않았어. 너는 내 인생에 고통의 뿌리처럼 박혀 있지. 너는 시멘트 표면에 돋아난 애매한 돌기거나 발바닥을 찌르는 사금파리 같아. 내 몸과 아무 상관이 없다면 좋을 텐데. 나는 비슷한 일을 매번 저지르고 후회하고, 머저리처럼, 병신 같아.

오랜만에 저녁이나 함께 먹자고 전화했어. 영기가 놀라더라. 자주 있는 일이 아니거든. 비싼 밥은 애인하고나 먹고 우리는 모텔에서만 만나는 식의 시시콜콜한 규칙을 세운 건 나였으니까. 우리는 중간 지점인 광화문에서 만났어. 광화문 사거리 일

민미술관에서 만나 식당을 찾느라 천변을 조금 걸었어. 날씨는 쌀쌀했고 바람이 많이 불었어. 계단 밑의 물냄새가 견디기 힘들었는데 영기는 사진을 찍어주겠다고 여기저기 뛰어다녔어. 나는 포즈를 잡는 사람들을 구경만 했지.

막상 영기를 만나자 고민이 되더라. 성병이나 임신 같은 문제는 각자 재량껏 해결하기로 했는데, 신파가 아닌가? 암만 궁리해봐도 묘수가 보이지 않았어. 모퉁이를 돌아서자 노란 리본이 바람에 나부꼈어. 죽은 아이들을 추모하는 노란 리본이 끝도 없이 이어져 있었어. 눈이 시리게 빛나는 노란색, 그 샛노란 빛깔은 내가 그동안 한 짓을 잘 아는 것 같더라. 나는 참 많이도 죽였다. 그래서 영기에게 어디든 들어가자고 했어. 노란색을 피해 인파로 북적거리는 다동 골목으로 들어갔지. 밥을 뜨는 둥 마는 둥 깨작거리며 나의 몸 상태를 슬그머니 털어놓았는데 영기는 알아듣지 못했어. 불낙전골을 시켰어야 하는데 괜히 낙지볶음을 시켰다고, 이거 정말 맵다고 투덜거릴 뿐이었지.

야근하러 회사로 돌아가야 한다는 영기를 붙잡고 카페로 갔어. 입가심 커피를 한 모금 마실 즈음 그가 알아들었어. 임신했는데 이번에는 지우고 싶지 않다고 정확하게 털어놨거든. 영기가 놀라더라. 눈동자가 성큼 커지고 우유 거품이 묻은 입술이 맥없이 벌어졌어. 그대로 정지된 그림 같았지. 그때의 영기 태도가 두고두고 생각나. 서랍을 헤집어내듯 자꾸만 그 순간을 꺼내 곱씹게 돼. 기대만큼 드러내고 기뻐하지는 않았지. 그렇다고 확실하게 낭패스러워하는 표정은 아니었는데 뭐랄까, 찰나의 순간, 가느다란 실 같은 망연함이 일순 스쳤어. 영기는 와, 하며 날 한번 쳐다보고는 말이 없었어. 뒷목을 긁으며 아랫입술을 살짝 깨물었던가. 쟁반에 놓인 영수증을 손끝으로 돌돌 말기도 했지. 역시나 석연치 않은 어둔 기색이 나타났다가 사라졌어.

그가 침묵하는 동안 내 속에 눌러놓았던 수치심과 원망이 서서히 위로 올랐어. 그동안 나 혼자 산부인과에서 몰래 해결했었어, 이번에도 그러길 바라는 건가. 괜찮다며 덤빈 사람이 누군데? 그래서 어쩌라는 거냐고 받아친다면 할 말은 없지. 책임지라는 뜻은 아냐. 그런 단어 내뱉기도 싫어. 비슷비슷한 생각들이 하나로 뭉치며 치욕스러웠어. 있어, 그런 거. 남자들은 절대로 알 수 없을, 도구가 된 듯한 모멸감 말이지. 스스로를 보호하려면 공격도 마다하지 않겠다고. 이제 그럴 차례라고 결심한 순간 영기가 말했어.

누나는 아들이 좋아? 딸이 좋아? 난 정말 모르겠어.

뭐가?

여자를 모르니까 딸은 미지의 세계인데…… 아들은, 만약 아들이라면 잘 키울 수 있을 것 같아. 자신 있어. 그래도 뭐, 선택할 수는 없는 거니까.

딸? 아들? 나는 당황했어. 내가 가진 게 그런 거였구나. 난 사람을 품고 있구나. 당시만 해도 내겐 그런 생각이 없었어. 아기를 가졌는데 아기를 생각하지 않았지. 처음도 아니면서 단지 임신 테스트기에 뜬 두 개의 선만 생각하고 있었어. 두 개의 선은 곧 두려움이지. 행복과 고통이라는 상반된 의미의 두 줄. 해산이냐 낙태냐의 두 줄. 하나만 선택해야 하는 두 개의 선. 그 선이 알려주는 그것이 없어져야 내가 편할 거라 생각했어. 후회하고 있었거든. 책망할 대상을 찾아 두리번거리느라 정작 중요한 사실을 잊고 있었어. 딸이거나 아들이라니. 어떻게 생긴 아이일까. 영기나 나의 어느 부분을 닮았을 거라는 당연한 추측 하나로 바짝 일어선 감정이 무른 흙덩이처럼 가라앉더라. 물끄러미 커피 잔만 내려다봤어. 이렇게 진한 커피를 마셔도 되나? 카페인이 임신부에게 끼칠 영향이 새삼 궁금했어.

술 먹고…… 하면 딸이기 십상이래. 우리 그날 술 마셨잖아.

그날이 언젠데?

영기가 웃으며 물었어. 공범끼리 나눌 법한 묘한 웃음을 짓고 있었지. 그날이 언제인지는 나도 몰라. 무수히 반복된 잠자리. 우리는 제대로 즐기기나 한 걸까. 뭐가 그렇게 급해서 허겁지겁 침대로 기어든 걸까. 서로를 전혀 모르면서 옷을 벗었고 여전히 모른 채로 이렇게 앉아 있고.

어쩌지? 살림 합칠까? 에이씨, 나 개털인데.

회사 때문에 걱정이야.

왜?

임신하면 퇴사하기로 각서 쓰고 입사했거든.

그래? 제길, 까라면 까야지 뭐.

영기는 찻잔을 가파르게 들어 올렸어. 내 커피도 이미 식어 더는 향기롭지 않더라. 바람이 아우성이라 거리가 온통 스산하게 휘날리고 있었어. 카페 안은 사람들로 북적였고 음악도 북적였지. 커피 냄새와 머핀을 데우는 달콤한 냄새. 마음은 여전히 복잡한데 영기에게 털어놓기를 잘했다는 생각이 들었어. 하지만 이야기는 내내 겉돌았어. 어쩌겠어. 우리는 서로가 처한 상황이 다르잖아. 영기는 상대적으로 느긋하고 나의 하루는 24시간 매분 매초가 조급하게 흐르지. 배 속의 너를 생각하면 시간이 제일 무섭거든. 무서워서 오금이 저려. 지금도 시간이 흐르고 있고 흘러가는 시간은 여지없이 너를 키워 내놓을 것이고.


누나, 완전히 곯아떨어졌어. 코까지 골더라.

내 이마를 쓰다듬는 손, 영기의 손. 말랑말랑한 손바닥.

정신없이 잤다. 등허리가 푹 젖었네. 영기는 꽤 오래 방문을 두들기고 전화를 걸었다고. 주인 아줌마와 함께 비상 열쇠를 동원해 들어오는 동안에도 나는 씩씩거리며 자고 있었나 봐. 영기가 툴툴거리는 동안 나는 입이 떨어지지 않아 멍하니 천장만 바라봤어. 아직 몽롱해. 꿈을 꿨어. 돈을 치르는 꿈. 그게 현실인지 꿈인지 헷갈려. 그런데 그곳이 어딘지 알 것 같아. 꿈에 등장한 그 거리에서 나는 몹시 초조해하고 있었어.

영기는 텔레비전 앞에서 코트를 벗고 양쪽 발로 양말을 밀어 벗는다. 벗어 던진 코트에서 자동차 엔진 냄새가 풍겨. 찬바람 냄새인가. 처음 보는 목도리가 바닥으로 툭 떨어지네. 영기는 이발소에 간 지 오래되었나 봐. 머리카락이 지저분하게 자랐어. 내가 잔소리하지 않으면 외모에 신경을 쓰지 않는구나. 신경 써주는 애인이 없다는 뜻이겠지. 영기는 커다란 종이 가방 두 개를 내 앞에 올려놨어. 누나, 이거 봐. 가방 안에는 연한 분홍색과 연한 하늘색의 꾸러미가 차곡차곡 들었어. 뭔데? 부스럭부스럭 포장을 벗기는 영기의 얼굴은 텔레비전 화면 때문에 잘 보이지 않아. 역광이 영기 얼굴을 반쯤 가렸네. 나는 물건을 꺼내며 과장스럽게 기뻐하지. 놀랍기도 했어. 조그마한 배냇저고리와 담요, 속싸개. 고급스러운 신생아 용품이구나. 뭐가 뭔지 모르게 종류별로 많아.

비싼 거야.

왜 벌써 샀어? 아직 성별도 모르는데.

그냥. 저녁 먹었어?

생각 없어. 여기 와서 토했거든.

뭐 시킬까?

팔을 뻗어 핸드백을 끌어당기자 영기는 야식집 메뉴판을 내게 주며 놔둬. 내가 살게, 뭐 먹을래? 한다. 난 지갑을 꺼내려는 게 아니었는데. 병원에서 준 초음파 사진을 보여주고 싶었어. 사진을 보여주며 얘길 나누고 싶었거든. 오늘 그러려고 여기 온 거야. 엊그제 영기가 전화했어. 술주정 비슷하게 떠들어대던 영기의 청혼, 한밤중의 그 전화가 진심인지 궁금했어. 그런데 배냇저고리 정말 작다. 가지런하게 맨 리본 묶음, 짧고 가는 소맷단도 인형 옷 같아. 아이보리 색상의 배냇저고리만 전부 다섯 장이야. 왜 이렇게 많이 샀을까. 뜻밖의 선물을 뭐라 해석해야 하나. 이 앙증맞은 물건들이 전부 네 것이구나. 네가 앞으로 입을 옷들. 영기는 먹고 싶은 게 뭐냐고 또 묻는다. 제 배가 고프면 나를 들볶아대지.

너무 피곤해. 기운 없고 졸려. 밤새 술 마시고 난 다음 날 같아.

누나, 몸살이야? 그럼 집에 가서 쉬지 그랬어. 나도 요샌 정력이 딸려. 예전 같지가 않아. 그래도 할 수 있지? 그냥 가면 방값 아깝다.

그런 게 아니잖아.

그럼 뭐? 빨리 메뉴나 골라. 치킨 시킬까?

그런 게 아니라고.

나도 알아. 치킨이 싫으면 족발 어때? 족발 좋아하잖아?

영기는 내 말은 듣지도 않고 전화기를 들었어. 영기는 여전해. 변함이 없어. 당장의 목표만 중요하지. 그런데 야식집이 아닌가 봐.

아빠 아직 안 왔지? 할머니는? 그래 그럼, 할머니랑 텔레비전 보고 있어. 응, 응. 영기는 전화기 든 손을 바꾸면서 혁대를 풀고 바지를 벗어 소파 위에 던져버려. 영기 표정이 밝다. 통화는 한참 계속될 거야. 미리 안부를 전하지 않으면 조카들이 한밤에도 전화를 걸어오거든. 영기 인생에서 1순위인 조카들. 영기를 기운 나게 하는 조무래기들. 그 아이들과 너는 어떤 관계가 되는 거지? 모텔에서 자고 내일 아침 출근해야 하는 영기는 하룻밤 조카를 못 보는 대신 길고 긴 통화로 의무를 하는 거야. 이번에는 작은조카와 똑같은 내용을 반복하네. 언제나 비슷비슷한 대화인데 질리지도 않나 봐. 들리니? 너도 듣고 있어? 아이들에게 다정하게 구는 영기 목소리. 만약 영기가 아빠 노릇을 한다면 꼭 저렇게 할 거야. 누구보다도 너를 사랑해줄 거야. 그 점은 믿고 있어.

영기는 팬티마저 벗어 던졌다.

누나, 같이 목욕할래?

피곤하다니까.

그럼 나 샤워할 동안 누나가 치킨이랑 맥주 시켜.

샤워기 물소리를 들으며 핸드백을 뒤진다. 화장품이 든 파우치와 지갑, 여분의 스타킹이며 영수증을 침대에 몽땅 끄집어냈다. 산모 수첩에 끼워둔 초음파 사진을 찾아냈어. 이게 너야. 참 신기해. 시커먼 배경의 하얀 빗금이 우주의 컴컴한 궤도 같아. 이 하얀 동그라미가 아기집이라고 했어. 너는 아기집 안에 들었으니 이보다 더 작겠지. 깨알 같아 보이지도 않아. 초음파 사진을 얻은 건 이번이 처음이야. 엊그제 영기 전화를 받고 공연히 싱숭생숭, 일이 손에 잡히지 않아 산부인과로 갔어.

규모가 큰 대학병원은 확실히 다르더라고. 검사하러 들어간 방마다 깨끗하고 환해서 내가 있어야 할 곳이라는 확신이 들었고 암튼 든든했어. 초음파실에서 너를 확인했지. 내년 봄이 산달이라고. 6월은 참으로 좋은 계절이라고 의사가 말했어. 의사 선생의 중후한 목소리가 마음에 들었어. 그는 하얀 가운 안에 하늘색 버튼다운 셔츠를 입고 있었는데 그 깔끔하고 밝은 색상이 마치 6월의 날씨처럼 느껴지는 거야. 철분약과 칼슘 영양제를 복용하랬는데 아직 실감이 나지 않아. 산모 수첩에 초음파 사진을 끼워 넣고 검진 날짜와 예정일을 또박또박 적어두었어. 6월이라. 6월은 좋은 계절이 분명해. 너를 만날 수 있기에 좋은 계절인 거지. 우리의 6월을 생각하자 다가올 겨울이 납작하게 짜부라지는 것 같았어.

사진 볼래?

수건으로 물기를 닦는 영기에게 너의 사진을 건넸다. 야식이나 빨리 주문하라고 떠들던 입이 조용해졌어. 이게 뭐야? 영기는 눈을 비벼가며 사진을 들여다봐.

산부인과에 갔었어.

괜찮대?

응.

엄청 작네. 작아서 다행이다. 혹시 의사한테 물어봤어? 그거

하면 안 된다는 말은 없지?

영기는 떨떠름한 얼굴로 젖은 머리카락을 탁탁 치다가 슬그머니 소파 저쪽에 앉는다. 나를 만나는 목적이 여전하구나, 영기는. 일관성이 있어 좋다고 해야 하나.

누나.

응.

나 이제 운수 대통이래. 내년부터 10년 대운이 든다나? 북서쪽에서 귀인을 만난대.

사주 봤어?

영기가 콧등에 주름을 만들며 고개를 끄덕인다. 천천히 고개를 끄덕이는데 묘한 기운이 언뜻 스치네. 알아채기 싫은 어떤 기운. 나는 화장대 위의 수건을 달라고 손을 뻗었지.

왜 사주를 봤어?

영기는 머뭇거리더니 수건을 집어 줬어. 그리고 리모컨으로 텔레비전 채널을 돌린다. 터럭 같은 뭔가가 점멸하듯 잠깐. 영기는 내 얼굴을 바로 보지 않는구나. 왠지 가슴이 서늘해. 돌아선 영기의 등을 쳐다봤지. 매끄럽게 보이는 등에도 표정이 있다. 냉랭한 표정이 읽혀.

서먹한 기분에 목욕탕으로 들어갔지. 소변을 누고 다시 칫솔을 들어. 거울에 비친 내 초라한 몰골을 보며 이를 닦아. 천천히 공들여 이를 닦는 거야. 영기 머리카락이 떨어져 있는 세면대에 샤워기를 들이대. 배수구 동그란 구멍으로 머리카락과 거품이 사정없이 빨려들어가네. 말끔히 사라진 다음에도 나는 멈추지 않아. 마치 이 짓을 하러 여기 온 사람처럼 물줄기를 구석구석 흩뿌려. 씻어내고 싶은 게 아주 많거든. 나쁜 생각, 침침하고 어둔 옛일들. 뜨끈한 물줄기에서 김이 모락모락 일어나. 타일의 좁은 골 사이로 물줄기가 파고들 듯 흘러든다. 목욕이나 다시 할까. 그러면 발바닥의 피로가 풀릴까.

거리엔 사람이 없구나. 등황색 가로등 불빛에 지저분한 거리만 보여. 바깥 공기가 차다. 저 건너편 모텔에서 누군가 나를 볼까. 방 안 불빛에 묻혀 내 얼굴이 보이기는 할까. 내가 들어 있는 네모난 창이 어둠 한가운데 떠 있겠지. 나도 건너편 모텔에서 내다보는 누군가를 발견한 적이 있어. 멀어서 잘 보이지 않았지만 당황한 기색으로 바로 창문을 닫아버리더라. 나도 그래. 누구와도 마주치기 싫어. 여긴 떳떳한 장소가 아니잖아.

잠든 영기가 갑자기 끙끙거려. 꿈을 꾸나 봐. 무슨 꿈일까? 얼굴이 실룩거려. 나도 아까 저 침대에서 꿈을 꿨거든. 꿈에서 난 우동 값을 치르고 있었어. 병원 앞 그 분식집에 찾아가 5천 원짜리를 내밀더라고. 난 누군가에게 미안하다 싶으면 잊지를 못해. 사소한 것도 마음에서 쉽게 놓지를 못해. 그런데 우동 값이 문제가 아니지. 내가 그곳에 가고 싶은 건가. 결국 가게 되려나. 왜 그런 꿈을 꿨을까. 붉은 벽돌 건물 조그마한 산부인과를 한시도 잊은 적이 없어.

그곳은 소문을 듣고 찾아온 여자들로 늘 북적여. 특히나 주말의 회복실에는 멀쩡하게 생긴 여자들이 침상이 모자랄 정도로 빼곡하게 누워 있어. 사연이야 제각각이겠지만 같은 함정에 빠진 동료들이라고 할까. 어떤 부인은 수술 들어가기 전, 숙제부터 하라고 아이에게 전화로 당부하더라. 경험 많은 여자들은 겁먹은 소녀들에게 생각보다는 아주 간단한 일이라고 위로해주기도 해. 수술은 얼마 걸리지 않아. 마취에서 깨어나면 약간 어지러운데, 내게서 뭔가가 뽑혀 나갔다는 느낌만 남아. 그냥 느낌이지. 회복실에 누워 방울방울 떨어지는 링거액만 올려다보다가, 다른 침대의 여자들의 덤덤한 얼굴을 보며, 태어나지 못한 아이들이 이렇게 많은가 생각하곤 했어. 난 내 어머니에게 종종 투정을 부렸거든. 나를 왜 낳았느냐고. 내가 원하지도 않았는데 왜 나를 이런 세상에 던져놨느냐고 따지곤 했어. 그랬었어. 그래서 아기를 낳는 것이 반드시 좋은 일만은 아니라고. 아, 미안, 미안. 어쩌자고 너에게 이런 얘기를 하는 거지. 그런데 넌 지금 뭘 하고 있니? 자는 거야? 자고 있겠지.

많이 자야 해. 내 시시한 얘기 듣지 말고 잠이나 자. 푹 자라고. 급작스레 차량 지나는 소리가 요란하구나. 차도가 비어서 그런 걸까. 운전자가 기분을 내고 싶거나, 화가 많이 났거나. 저렇게 달려서 속이 풀린다면 해야 하는 거겠지. 창문을 닫고 커튼을 쳤어. 이제 집에 가야 할 시간이야. 집에 돌아가면, 야근 마치고 돌아올 딸을 위해 어머니가 간식을 내놨을 거야. 영기가 마시던 맥주잔을 들어 냄새를 맡는다. 금지되었다는 생각만으로 간절하던 술. 남은 술을 잔에 부어버렸어. 미지근하게 김이 빠진 맥주. 술잔에 입술 자국이 묻어 있어. 지문처럼 자잘한 주름으로 이루어진 입술 자국을 어루만진다.

영기 목소리는 술이 들어가면 울림이 커지지. 취할수록 항아리에 대고 속삭이는 소리처럼 웅웅. 너도 영기 목소리 알지? 단호한 말투가 꿀 바른 듯 다정하게 굴 때가 있어. 음성만이 아니고 웃음을 머금고 나를 지그시 내려다보면 나는 금방 미끄러지지. 부드러운 목소리를 타고 마냥 미끄러져 들어가. 영기에게 남길 문자메시지가 고민이야. 뭐라고 써야 할까.

돌돌 말린 팬티를 툭툭 털어 다리를 집어넣다가 허리둘레를 살펴. 허리가 굵어졌지. 배는 아직 납작한데 가슴은 봉긋하게 부풀었어. 젖꼭지가 둥글게 퍼지고 진해졌기 때문인가. 아냐, 확실히 커졌어. 허물처럼 벗어놓은 스타킹은 발뒤꿈치와 허벅지 모양이 고스란히 남았네. 무릎에 올이 나갔구나. 핸드백에서 새 스타킹을 꺼내 포장을 벗기면서 영기에게 보낼 문자 내용을 생각해. 간단할수록 좋아. 미련 두지 말고 간단하게. 새 스타킹을 꺼냈다가 도로 핸드백에 집어넣고 헌것을 주워 들어. 아깝잖아. 이 시간에 남의 다리 들여다볼 사람이 있을까. 누가 보면 어때서. 타인의 시선에 강해져야 해. 아니, 난 못 해. 아직 자신이 없어. 손가락질받기 싫어. 지금의 판단이 내 평생을 좌우할 거야.

흐물흐물한 스타킹에 발을 집어넣는데 허벅지 안쪽이 두들겨 맞은 듯 뻐근하구나. 영기가 핥던 발가락 사이 말랑한 부분이 쓰려. 까슬까슬 돋아난 수염 때문일 거야. 오늘이 마지막이라고 생각하고 열심히 했거든. 체력장에 나간 것처럼, 경기에 임하는 선수처럼 이를 악물고 했지. 영기가 원하는 건 다 해줬어. 영기도 마찬가지였나 봐. 오늘따라 극성스럽게 굴더라고. 멱살을 잡고 싸우는 것처럼 서로를 붙들고 굴렀지. 영기는 내 위에 올라타서는 배를 짓밟듯 눌러댔어. 너를 죽일 셈이었을까. 배를 감싸 쥐고 밀쳐내려 했지만 완전한 방어는 불가능했어.

영기의 그것은 도중에 몇 번이나 시들어버렸는데 그때마다 우리는 흠칫 멈춰버렸지. 그러다 헐떡거리며 조급하게 다시, 다시. 우리 사이의 판타지가 해체됐으니 전 같지는 않겠지. 안다, 알아. 처음으로 돌아갈 수는 없어도 나는 질주했어. 해달라는 건 다 해줬고 읽을 수 있는 건 끝까지 쥐어짜 내 것으로 취했어. 욕망이란 얼마나 견고한 족쇄인지. 족쇄에 걸렸으니 춤을 추지 않고는 배길 수가 없지.

침탁 스탠드만 남기고 모든 불을 껐어. 어둠 속에서 꿈틀거리는 영기의 코 고는 소리. 영기의 날개 근육이 찌푸린 얼굴 같아. 나를 설득하려 들던 방금 전의 얼굴처럼 보이네. 코트를 걸치며 어두운 방을 둘러보고 영기 얼굴을 한 번 더 본다. 신생아 용품이 든 종이 가방들은 침탁 밑에 놓아두었어. 문을 조금 열고 복도 불빛에 의지해 구두를 신는다. 퉁퉁 부은 발을 억지로 구겨 넣었어. 어두운 방을 빠져나오자 나를 기다리고 있는 잿빛 복도. 길게 늘어선 복도는 비행기로 들어가는 터널처럼 좁아. 지금 나는 이륙을 하려는 건지, 비행을 마친 건지 알 수 없어. 어디에선가 헐떡거리는 교성이 메아리처럼 몇 군데에서 동시에 울리네.

소라 껍데기처럼 꼬부라진 계단이 끝없이 이어져 저 땅속으로 연결된 것 같아. 하이힐 때문에 내려가기가 힘들어. 매번 어렵고 힘들어. 실은 여기서 세 번이나 넘어졌어. 발을 헛디디거나 손잡이를 놓쳐 허우적거리거나…… 계산대를 향해 고개를 숙이려다 보니 주인 아줌마는 보이지 않네. 덩치 큰 사내가 컵라면을 먹고 있네. 지독한 컵라면 냄새. 나도 먹고 싶어. 집으로 돌아가면 어머니가 간식을 놔뒀을 거야.

딸그랑, 방울 소리 울리며 밖으로 나가자 바람이 싸늘하다. 나직하게 깔린 어둔 냄새 속으로 들어간다. 맞은편에 우뚝 선 모텔이 보여. 점점이 스산한 불빛들. 사무실이 밀집한 빌딩가의 환한 형광불 빛과는 다른 침침하고 은밀한 빛. 마치 어둠 속 인광 같아. 불빛을 발하는 창문의 윤곽이 흐릿하게 뭉개졌잖아. 그래, 저 칸칸이 흐린 빛은 사람 몸뚱이가 발하는 빛인 거야. 몸뚱이끼리 맞물리고 엉켜 번들번들한 빛을 내는 거야. 모텔이란 그런 곳이지. 춥다. 내일부터 제법 추워진다고 했는데 벌써 시작인가 봐. 골목엔 차가운 바람이 모두를 몰아내고 주인인 양 버티고 있어. 가게 문은 닫혔고 거리엔 아무도 없구나.

아무도 없으니까 택시 승강장까지만이라도 구두를 벗고 편히 걷고 싶다. 욱신거리는 발을 어쩌면 좋을까. 어쩔 방법이 없으니 곧장 걸어가. 혼자가 아니니까. 결국 너와 나 둘만 남았어. 앞으로 힘든 날이 계속될 텐데 이 정도쯤이야,라고 말하지. 네가 들을 수 있게 크게 말해. 네가 들어준다면 어떤 얘기든 다 할 수 있어.

단어의 삶

그가 도착했다는 소식에 하던 일을 멈추고 관사로 부랴부랴 달려갔다. 마침 운동장을 가로질러 트럭이 들어오고 있었다. 얼마나 오래 기다렸던가. 나무 그늘 아래 지팡이를 짚은 삼촌이 보였다. 삼촌은 나를 보자마자 슬리퍼 신은 내 발을 지팡이로 가리켰다. 학생들 보기에 부끄러운 복장이라는 것이다. "어쩔 수 없어요. 작업 중이잖아요." 아직 건져내야 할 책이 지하실에 한가득이다. 아침부터 지금까지 젖은 책을 옮기다 보니 손가락이 허옇게 불어 쪼글쪼글해졌다. 포기하라 했잖아, 하며 삼촌은 못마땅한 얼굴로 구시렁거렸다. 그 많은 책을 버리라고? 말처럼 간단한 일이 아니다. 완전히 못쓰게 된 책도 있지만 훈기를 불어넣으면 살아날 책도 분명히 있다. "그래도 지금까지 반은 건졌고요. 나머지 반은 물을 뺀 다음에 할 건데요."

내가 처한 상황을 보고하려 들자 삼촌은 관사 앞에 멈춰 선 트럭을 턱짓으로 가리켰다.

"나중에 얘기하자. 지금은 이게 중요해. 뭐가 달라졌는지 조목조목 잘 체크해둬라."

"다른 선생님은 안 나오시나요?"

"번거롭게 뭘."

트럭에서 내린 직원 두 사람은 짐칸에 들어가더니 한참 동안 나오질 않고 꾸물거렸다. 이윽고 그들은 낑낑거리며 짐칸에서 길쭉한 상자를 끄집어냈다. 상자를 바닥에 내려놓고 커터로 가운데를 가르자 회색 비닐 포대가 슬쩍 보였다. 드디어 나오는구나. 포대 손잡이를 잡아 위로 들어 올리자 안을 메웠던 하얀 스티로폼 조각이 재채기 파편처럼 튕겨 나왔다. 비닐 포대의 양 끝 손잡이를 잡은 두 사람은 무게를 공평하게 나누려는 듯 높낮이를 조절해가며 조심조심 옮겼다. 무게가 여간 아닌 듯 그들은 힘에 부친 얼굴로 헉헉대면서 놓을 자리를 찾아 두리번거렸다.

"11시에 오기로 하구선 왜 이제 왔소. 선생들이 바빠 저 안으로 옮길 사람이 없어요."

관사 출입구를 여느라 삼촌이 팔을 위로 뻗자 그들이 외쳤다.

"다 열지 마세요. 교장 선생님! 충전해놨으니 곧 걸어 들어갈 겁니다."

걸어 들어간다? 전에도 오자마자 제 발로 걸었던가. 처음 김유정이 왔던 날, 구경 나온 학생과 선생 들이 겹겹이 에워싼 바람에 나는 들여다보지 못했다.

제조사에서 나온 이들은 신속하게 포장을 뜯고 부속품들을 가지런하게 늘어놓았다. 회색 비닐의 지퍼를 열자 포장 비닐이 한 겹 더 있다. 언뜻 비치는 살색 물체. 삼촌은 지팡이에 몸을 싣고 투명한 비닐 안에 든 신품 김유정을 내려다봤다. 그의 말간 얼굴은 피부밑에 형광등을 켜놓은 듯 환하다. 눈을 감은 평온한 표정이었다. 전원을 켜두었다더니 숨을 쉬기 시작했나 보다. 미약한 호흡으로 인해 서린 김은 잔잔한 물방울이 되어 비닐 안쪽으로 또그르르 흘렀다. 입고 있는 셔츠는 예전의 그것인데 얼핏 봐도 얼굴을 구성하는 조직은 훨씬 섬세해졌다. 길게 만든 속눈썹이 왠지 처연한데 일부러 집어넣은 것이 분명한 점점이 잡티와 모공, 엷게 겹쳐진 목주름을 보고 있자니 나도 모르게 침이 꼴깍 넘어갔다.

"어때요?" 안경 쓴 직원이 나를 돌아봤다.

글쎄. 뭐라고 해야 할까.

언젠가 친구가 낳은 갓난애를 보러 간 적이 있다. 신기해서 아기를 보고만 있자 친구가 내게 물었다. 어때? 그때도 즉답이 나오지 않았다. 내 앞의 생경한 존재를 뭐라 표현해야 하는지, 무슨 답을 원하는지 알 수 없었다. 아기 이마에 돋은 푸른 정맥이 실지렁이 같았다. 무섭다,라고 솔직하게 말하기는 어려웠다. 움직이는 김유정을 처음 봤을 때도 신기한 건 둘째 치고 좀 무서웠다. 로봇이라기보다는 동작이 부자연스러운 장애인 같아 대하기가 조심스러웠다. 그가 고개를 돌려 나를 쳐다볼 때마다 시선을 피하기 바빴다. 왠지 내가 파악하지 못하는 그 어떤 것을 김유정은 알고 있을 거라는 두려움이 들기도 했다.

"소음은 확실히 줄었고 충전 방식도 간소해졌습니다. 이제는 쪼그려 앉아 굴러가는 구슬도 하나씩 집어 올릴 만큼 동작이 섬세해졌어요. 매뉴얼 살펴보시면 아시겠지만 이전에 불가능했던 것들이 이제는 가능합니다. 방전되기 전에 올리는 경고 알람도 절도 있는 목소리로 바꿨답니다. 다만,"

"다만?"

"교장 선생님께서 요구하신 사항들 일부만 수용되었고 김유정의 행동거지는 큰 차이가 없답니다. 그러니까 성격은 고칠 수 없어요. 그건 애초에 입력된 대로. 어쨌든 혁신적인 개선을 한 것만은 확실합니다. 학생들 은어도 알아들을 겁니다. 적극적인 대화는 장담할 수 없지만 기능적으로 읽고 알아듣는 행위가 대폭 개선되었어요. 작품은 물론이거니와 올해 개정된 국어사전과 자전, 최신판 민속어 사전, 일본어에 김유정 고유어 사전, 김유정 관련 논문도 빠짐없이 입력했습니다."

"논문? 그건 좋소만 입력한 게 많으면 뭐 하나. 온종일 뚱해가지고 말이 없으니. 이왕 고치는 거 좀 활달하게 만들면 좋잖소. 해학의 글을 쓰던 사람 치고 너무 어두워."

"그건 원래 성격이죠. 원체 힘든 시절을 보낸 분이니."

"힘든 시절을 보낸 분이라? 허허. 상술도 정도껏 해요. 김유정의 유족들이 판매 금지 가처분 소송을 냈다던데…… 유족들과 합의도 않고 멋대로 개발했잖소. 판결은 언제요? 그쪽 사정으로 계약이 해지되면 위약금은 어떻게 되나?"

그에 관해 아는 바가 없다며 직원들은 멋쩍게 웃기만 했다.

삼촌은 비닐에 든 그의 뺨과 이마를 손바닥으로 꾹꾹 눌렀다. 탄성과 강도를 손바닥의 감촉으로 가늠하는 삼촌에게 직원 중 하나는 작정한 듯 전문용어를 섞어가며 장황하게 설명했다. 들으나 마나 개선되었다는 설명일 것이다. 이제는 학생들이 찬 공에 맞아 얼굴이 짜부라지는 일이 없었으면 좋겠다. 찌그러진 얼굴이 한동안 펴지지 않아 쳐다보기가 참으로 고역이었다.

이제 인수 과정의 마지막 절차만 남았다. 그들은 상품 매뉴얼과 사용법에 관한 애플리케이션, 충전기 세트와 피부가 벗겨졌을 경우에 사용하는 도장 용품이 든 박스를 줬다. 부득이 망가졌을 경우의 해결 방법과 AS 절차를 설명한 다음 인수용 전자 서명 기기를 내밀었다. 삼촌은 서명을 하려다 말고 나를 봤다. 서둘지 마시라는 의미로 세차게 고개를 내저었다. 서명하는 순간부터 리스 비용이 카운트된다. 반품 사유서에 명시했던 몇 가지 하자가 보강되었는지 확인해야 한다.

"일단 가동해봅시다. 얼마나 달라졌는지 알아야 인수를 하지."

삼촌의 말에 직원들은 김유정을 들어 벽에 세웠다. 비닐을 말끔하게 벗겨내자 신제품 특유의 아릿한 플라스틱 냄새가 풍겼다. 전과 다를 바 없는 작은 체구, 좁은 어깨. 부드럽게 물결치는 머리카락은 오래 누워 있던 탓에 구름처럼 둥 떴다. 허물처럼 남은 비닐을 착착 개며 그들이 말했다.

"충전 백 퍼센트니까, 바로 작동될 겁니다. 이름을 불러보세요."

삼촌이 불러보라고 내게 눈짓했다. 긴장을 풀려고 목소리를 흠흠 가다듬었다.

"김 선생님, 김유정 선생님!"

미동조차 없다. 다시 불렀다. 알아듣기 쉽도록 정확하게 발음했는데 눈을 뜨지 않는다. 이대로 멈춰 있는 것도 나쁘지 않다는 생각이 들었다. 기기다운 묵묵한 상태가 가장 만만하고 내하기 편히다. 그런데 소리가 들렸다. 지이이이이잉 미세한 소음이 몸체에서 희미하게 흘러나왔다. 혈맥을 따라 피가 돌듯 내부의 동력이 전체로 퍼져나가는 모양이다.

"이봐, 눈 좀 떠. 이봐요, 소설가 양반!"

삼촌이 손가락으로 가슴팍을 쿡 찌르자 그의 눈가 근육이 미세하게 움직였다. 그러고는 슬그머니 눈을 떴다. 김유정은 자연스럽게 눈을 깜빡이며 자신을 깨운 대상을 올려봤다. 짙은 갈색의 유리 같은 눈동자, 동공이 서서히 수축하며 초점을 맞추는 동안 그의 목덜미 가운데 울대뼈가 불쑥 움직였다. 나도 따라 침을 꿀꺽 삼켰다.


　삼촌의 긴급 호출이다. 교장실로 프린트 용지를 가져오라고
한다. 오자마자 시작이로구나. 종이가 얼마나 필요하냐고 삼촌
에게 묻자 몇 박스 가져오라고 한다. 일단 하나만 가져간다고
했다. 몇 박스를 내가 무슨 힘으로 옮기겠나. 비품 창고에 들러
용지 신청서를 작성하는 김에 잉크와 토너도 신청했다. 무거운
종이 박스를 질질 끌어 나르면서 복도 너머의 운동장을 내다본
다. 깡! 포물선을 그리며 날아가는 하얀 공. 야구부 아이들이
배팅 연습을 하고 있다. 배팅 연습 중인 야구부 녀석들 중에서
내 심부름을 대신 해줄 놈이 없나 기웃거렸다. 하늘이 끄무레
해서 책을 말리기 좋지 않은 날씨다. 도서관 공사는 진척이 없
고 책 건지는 일도 난관에 빠졌다. 이래저래 신통치 않은 날인
데 오후에는 운영위원회 대의원들 모임까지 잡혀 있어 교무실
이며 소강당 주변이 어수선하다.
　종이 박스를 들고 교장실로 들어가자 예상대로 북새통이
다. 낡아빠진 프린터가 얕은 소음을 흘리며 빠른 속도로 종이
를 토해내고 있다. 삼촌은 컴퓨터 화면을 들여다보고 있었고
그 옆에 멀뚱거리던 김유정은 나를 보자 고개를 살짝 숙여 인
사한다. 전에 없이 예의범절을 갖추는 모습이다. 과연 개선되
었구나. 신품 김유정의 허리 뒤로 연결된 전선이 두어 개 보인
다. 하나는 전기 충전용이고 하나는 컴퓨터에 자료를 전송하는

USB 잭과 연결되어 있다. 김유정은 자신의 몸에 들어 있는 김유정 문학에 관한 자료 중 몇 가지를 프린트하고 있다. 전면 복사는 저작권 문제로 금지되어 있어 24시간 안에 일정 분량만을 옮길 수 있다. 그럼에도 적지 않은 분량이다. 문체에 관한 일부만 추려도 엄청나게 많은 논문들. 종이 박스 하나로는 모자랄 것 같다.

힐끗 들여다본 논문 제목들. 「김유정 소설문체의 미시적 고찰」「김유정 소설에 나타난 욕망의 의미」「김유정 전기의 양상」「기법으로 본 문체」「해학적 문체의 사회학」…… 많기도 많다. 그런데 이게 다 뭔가. 남의 논문을 모아 짜깁기를 하자는 것인가? 서로 노력하면 가까운 시일 내에 논문 초안은 작성할 수 있다고 삼촌은 자신하지만 대체 무슨 수로. 논문 낱장마다 빼곡한 단어들이 억지로 포획할 장물로 보인다. 아무래도 용지가 부족할 것 같아 비품 창고로 가려는데 삼촌이 나를 붙잡았다.

"어딜 가. 앉아서 이거 좀 읽어봐. 내가 이 나이에 이걸 하려니 골이 터져죽겠다."

"학위 받을 사람더러 하라고 해요. 저한테 시키지 마세요. 저도 일에 치여 죽을 지경입니다. 지금도 책을 건지다가 왔어요. 제 전공도 아니고…… 차라리 국어과 선생님께 거들어달라고 해보세요. 현대문학으로 학위 받은 분이 있지 않을까요?"

"큰일 날 소리. 소문나면 좋을 거 없어. 이사장 체면이 있지."

"소문 벌써 다 났어요. 김유정 리스해서 김유정 문학 논문

쓰게 한다고 다들 알아요. 자기 체면을 그리 중시하는 사람이면 자기 논문 자기가 써야죠. 교수는 아무나 하나?"

"내가 봐여서 그러잖아. 초안이라도 만들어주면 자기 지도교수하고 의논해보겠다는데. 그래 뭐로 하고 싶소, 하니깐 문체를 하겠대. 대충 짜깁기 좀 해보세요, 하고 지는 골프 치러 하와이 갔단다. 내 발등 내가 찍었지."

저 얘기를 여태 몇 번 들었나. 하소연을 하고 있지만 삼촌 자신도 그 덕분에 누린 게 많지 않은가.

"저한테 그러지 마시고 김유정하고 알아서 하세요."

자신의 이름을 듣자 컴퓨터 옆에 앉아 있는 김유정이 지이이잉 소리를 내면서 고개를 슬며시 돌린다. 김유정이 나를 보며 입을 벙긋벙긋 벌린다. 눈을 깜빡이면서 입술을 움직이고 있는데 목소리가 들리지 않는다.

"뭐라는 건가요? 크게 말해주세요."

그가 지이이잉 미세한 소리를 내며 고개를 갸웃거리자 삼촌이 끼어든다.

"내가 목소리 볼륨을 묵음으로 낮췄어. 성대 제거한 환자들이 내는 기계음 같아서 듣기 싫더라고."

"의사 표현을 하고 있는데 뭐라는지 들어봐야죠. 볼륨이 어딨어요?"

삼촌은 내 옆에 바싹 붙어 목소리를 낮췄다. 김유정이 들을까 봐 조심하는 것이다.

"놔둬. 잘하겠대. 지가 알아서 잘한다고 하더라. 여기서 우리가 하는 일은 다른 데 가서 말하지 말라고 했는데 믿을 수 있을까? 비밀이라는 단어 뜻은 알겠지?"

"왜 모르겠어요. 그런데 또 반품하실 건가요?"

정자세로 꼿꼿하게 앉아 있는 김유정을 힐끔거리며 물었다. 삼촌은 고개를 끄덕였다. 어떻게든 하자를 찾아내 반품하고 말겠다는 의지가 실린 얼굴이었다. 언젠가 삼촌은 김유정 본인이 원하기 때문에 반품한 거라고 말했다. 괜한 핑계를 대는 것 같지는 않았다. 반품이라도 해서 리스 비용을 절약하겠다는 구차함은 둘째 치고 이 모든 불의와 부조리를 삼촌이 몽땅 끌어안고 있다는 점이 문제다.

선생들은 삼촌을 '천년거북이'라고 부른다. 고개를 꺼떡거리는 삼촌 특유의 버릇 때문이기도 하지만 재단의 비호로 장기 집권하고 있음을 비아냥거리는 것이다. 모르기는 몰라도 내가 없는 자리에서 나 또한 많은 욕을 먹고 있을 것이다. 학교에 들어온 지 햇수로 3년이 되었건만 친하게 지내는 선생이 없다. 도서관의 서적이 물에 잠겨 혼비백산하는 와중에 진심으로 나서서 거들어준 동료가 하나도 없었다. 어쩌면 내 성격 탓인지 모른다.

김유정과 나는 2시에 교장실에서 풀려나왔다. 날씨는 아까보다 더 어두워졌다. 어둑한 복도로 김유정은 지이잉징징 미세한 소음을 울리며 걸어 나간다. 영어 선생이 그를 불러 세우자 고개 돌리는 소리가 들린다. 소음이 줄었다지만 전보다 약해진 것이지 완전히 사라진 건 아니다. 그가 고개를 돌릴 때면 지지징 소리가 나고 팔을 높이 올릴 때는 가느다란 용수철이 늘어나는 소리가 찌그르르 들린다. 물론 가까이서 귀를 기울여야 간신히 포착해낼 미약한 소음이지만 나도 모르게 그 소리를 구분하고 있다. 규칙적인 걸음이 만들어낸 무릎관절이 꺾이는 소리, 고개를 돌려 시야를 확보하는 어깨와 목에서 나오는 얕은 울림. 뒤돌아서서 소리만 들어도 그의 동작이 보인다. 소리를 따라 그의 걸음새가 또렷하게 떠오르는 것이다. 단어마다 고유의 발음이 있듯, 그의 동작에는 각기 다른 소리가 났다.

영어 선생이 김유정에게 새로운 일거리를 맡겼다. 대개 비품을 정돈하거나 복사기를 작동하는 정도의 단순 작업이다. 학생들 답안 채점도 느리지만 실수 없이 잘하는 편이다. 기계답게 정확한 편인데 일거리를 설명해줄 때 잘못 알아들으면 얼굴의 불빛이 침침해지고 잘 알아들으면 빛이 나며 환해진다. 웃는 표정보다 작위적이지 않고 자연스러워 선생들은 김유정의 얼굴에 빛이 들어올 때까지 찬찬히 공들여 설명한다. 어쩌면 설명해주는 시간을 즐기느라 일거리를 맡기는지도 모른다.


공사장의 소음이 침범하지 못하는 강당 뒤편 느티나무 숲, 세 갈래로 갈라진 오솔길에 책을 빼곡하게 펼쳐놓았다. 젖은 책을 말리는 시간. 이곳은 해가 잘 드는 최적의 장소다. 날이 많이 추워졌으나 볕이 좋아 그런대로 쾌적하다. 바람은 살살 불고 나무 이파리 사이로 은단 같은 빛 알갱이가 반짝인다. 책들은 서로가 대화를 나누듯 일제히 펼쳐져 젖은 속을 드러냈다. 길목 하나에 30권씩, 오늘은 백 권을 넘기지 않을 예정이다. 수분이 날아가 밝아진 면을 조심스럽게 뒤로 넘긴다. 젖어 눅눅한 종이를 만지다 보면 때로 소리도 없이 죽 찢어진다. 쪼그려 앉아 펼쳐진 책들을 하나씩 넘기고 다시 돌계단에 놔둔 책갈피에 손을 뻗는데 다리가 저려 감각이 없다. 그는 언제 오려나.

지루한 시간을 이겨내려 책갈피를 넘겨 글자를 읽는다. 종이의 감촉은 보송보송한데 활자는 흐릿하다. 햇볕의 희롱에 활자가 기화된 걸까. 책에만 갇혀 있던 단어들이 빛을 따라 우쭐거리며 달아나는가. 흐릿해도 활자는 분명히 활자, 읽다 보면 어떤 문장이든 무리 없이 술술 강물처럼 흐른다. 띄엄띄엄 수축된 활자를 따라 어렴풋한 이야기의 길을 따르자니 눈이 지레 지친다. 타는 해 때문인가. 입술이 마르고 눈자위가 뻑뻑하다. 젖은 책보다 내가 지닌 수분이 먼저 마르겠다. 연못 옆 풀숲에 브리태니커 백과사전을 순서대로 펼쳐놓았다. 감색 하드커버의 통통하게 부푼 백과사전을 풀 사이에 늘어놓자 마치 정장 차림의 조폭들이 소풍을 나온 것 같다. 일제히 단체 소풍이다. 깨알 같은 글자를 내보이며 백과사전의 종잇장이 바람에 들썩인다. 하얀 종이들이 눈부시게 빛난다. 늘 컴컴한 곳에 섰던 책들에게는 좀처럼 없는 기회다. 몸을 열어 볕을 받아들이고 살랑거리는 바람에 습기를 날려버리고. 고난이 삶의 다른 기회임을 몸소 체험하는 중이다.

올해까지 삼재라더니 참으로 운수 사납다. 도서실 증축 공사로 늘어난 잡무에 지쳐 허덕이는 중에 설상가상, 인부들이 뭔가를 건드렸는지 1층 남자화장실의 수도관이 파열되고 말았다. 물난리 대참사의 직접적인 피해자는 바로 나다. 아니 책들이다. 지하실 비품 창고에 옮겨놓은 서적들이 고스란히 물에 잠겨버렸는데 온갖 잡동사니가 한데 쓸려나가는 바람에 배수구는 막히고 전기마저 끊겨버렸다. 연나흘 동안 도서부 학생들과 컴컴한 지하실에서 손에 잡히는 대로 책을 건져냈다. 아이들 연한 다리에 피부병까지 걸리게 하고 날마다 고투했음에도 시간을 너무 지체한 탓일까. 많은 것들이 익사하고 말았다. 너무나 많은 책들이 손대자마자 두부처럼 툭 갈라져버리곤 했다. 특히 한글대사전. 학교 창립자가 개교 기념으로 하사했다는 1946년판 한글어대사전 희귀본이 복원불가능하게 망가져버렸다. 사전의 상태를 본 삼촌은 놀라 말문을 잇지 못했다. 선생들은 망가진 책을 들고 동동거려봤자 헛고생이라고 입을 모았지만 달리 할 게 없다면 뭐든 하고 싶었다. 손실액은 둘째 치고 상실감이 컸다. 소중한 아이들을 잠깐의 방심으로 모두 죽여버린 기분, 아름다운 노래를 땅속 깊이 묻어버린 느낌.

돌돌돌 캐리어 끄는 소리가 저쪽에서 들린다. 파란 체크무늬

셔츠를 입은 그가 숲으로 들어오고 있다. 울퉁불퉁한 숲길이라 가뜩이나 서툰 걸음이 멈칫멈칫 위태롭기 짝이 없다. 어서 오라고 손을 흔들자 김유정은 캐리어를 세워놓고 가만히 숲을 둘러봤다. 그는 자신이 곧 회수될 거란 소식을 알고 있을까. 숲 그늘에서도 그의 말간 얼굴이 도드라져 보인다. 캐리어에서 책을 꺼내자 그도 엉거주춤 몸을 숙였다. 과열된 믹서기에서 나는 엔진 타는 냄새가 그에게서 살짝 풍겼다.

푹신한 풀 위에 새로 가져온 젖은 책을 하나씩 펼쳐놓았다. 시집은 얇기 때문인지 책끼리 들러붙어 떨어지지 않으려 했다. 표지가 떨어져 나간 시집의 붙어버린 모서리를 힘줘 떼어내자 여백을 품은 간략한 시어들이 햇빛 아래 드러났다. 완전히 젖은 책자. 젖은 문장도 풀이 죽어 시들하다. 사랑으로 붉게 타는 연가에서 썩은 행주 냄새가 시큼하게 풍긴다. 사랑이란 원래 비리고 축축한 기다. 물기가 마르면서 파본 책자는 낙장만 늘어났다. 손만 대면 종잇장들이 툭툭 떨어진다.

슬쩍 뒤돌아보니 우뚝 선 김유정의 헐렁한 면바지 자락에 검불이 붙어 있다. 얼굴은 쳐다보지 못했다. 뭐라 말을 붙일까. 무슨 말을 해야 나를 그럴듯하게 알아줄까. 내 이름 석 자라도 기억해주면 좋겠다. "책을 말리는 작업을 이번 주 내내 해야 합니다. 책이 물에 젖었거든요. 종이를 넘겨요. 이렇게요." 책을 넘기는 시범을 보이며 내심 궁금해진다. 그가 젖은 종이와 마른 종이의 차이를 알까. 그는 책을 바라보고 있다. 고개를 약간 숙이고 바닥에 펼쳐진 책을 보는 중이다. 무표정해도 그의 자그마한 몸체는 만만하고 슬쩍 쓰다듬고 싶을 정도로 귀엽다.

"젖었다고 버릴 수도 없고 참 거추장스럽네요. 종이책이란 보관 잘못하면 이렇게 망가져버리잖아요. 그거 알아요? 수십 권 백과사전이 요만한 시디 한 장에 다 들어간대요. 책이 사라지는 추세죠. 그런데 좁아터진 공간에 글자들이 숨이나 쉬고 있을지 몰라. 답답할 거야. 저는 구식이라 그런지 종이책이 좋아요. 책이 들어 있는 몸통이란 마치."

푸드득, 갑자기 나뭇가지를 치고 뭔가가 위로 날았다. 새다. 커다란 갈색 새였다. 위를 올려보는 그의 머리 위로 초록 이파리가 힘없이 떨어졌다. 순간 새는 날아가버리고 오도카니 남은 침묵. 어색한 침묵을 감당하며 다시 내 앞의 책을 펼쳤다. 마저 말하고 싶었다. 책이 들어 있는 몸통이란 마치 당신과 같다. 활자가 새겨진 실체란 당신 외에 누가 또 있겠는가. 김유정, 당신이 움직일 때면 예전의 그 어휘가 흘러나오고, 당신이 책을 통해 내게 알려준 당신의 기억과 역사, 여러 인물과 이야기를 그려냈던 당신의 문체가 이슬방울처럼 생생하게…… 그런데 어렵다. 그런 의미를 설명하기란 쉽지 않다. 내 표현력에 한계가 있다. 어지간한 문장가 앞에서 떠들 주제가 못 된다. 서툴게 조직된 생각을 타인에게 설명하려면 커다란 용기가 필요하다.

그에게 대답을 구하려 한 말은 아니었다. 문장이 있어야 할 곳은 컴퓨터의 파일함처럼 손에 잡히지 않는 것보다는 역시 종이, 반드시 종이책이어야 한다는 것. 그것을 말하고 싶었다. 그가 알아듣게 잘 설명하고 싶었다. 책을 펼치면 들을 수 있는 나직한 재잘거림, 정밀하게 새겨진 숱한 가치들. 책이란 문장이 깃든 몸통이라 이렇게 손에 들면 느껴지는 묵직함이 마치 내용이라는 영혼의 무게처럼 여겨진다.

등 뒤에서 작은 소리가 들렸다. 미세한 떨림처럼 들리는 소리. 지이이이잉. 유정이 내 쪽으로 몸을 숙이는 것 같았다. 퍼뜩 뒤돌자 그가 손을 뻗어 내 발밑의 책을 넘기고 있었다.

"학교가 마음에 드세요?"

그는 고개를 가로젓는다. 싫다는 말인가? 실망스럽다. 숙소는 마음에 드는지, 학생들은 어떤지 계속 물어도 그는 고개만 가로젓는다. 내 물음을 잘못 알아듣는가 싶어 정말 다 마음에 안 들어요? 하고 묻자 고개를 끄덕끄덕.

"이번 학기 마치는 종업식 날, 김유정 문학의 밤을 마련할 겁니다. 학생들이 준비하고 있어요."

내 쪽으로 천천히 고개를 돌리는 김유정의 목덜미에서 지지징 소리가 났다. 볼펜에 든 용수철을 손톱으로 튕기듯 한 미약한 소음이었다.

"학생들만이 아니고 학부모들이며 외부 손님들까지 초빙해서 낭독회를 할 건데, 뭘 해야 할지 모르겠어요. 도서관의 책은 이렇게 젖어버렸고. 아시는지 모르겠지만 교장 선생님이 제 삼촌이랍니다. 요즘 삼촌께서 건강이 좋지 않거든요. 숙모님은 5년 전에 돌아가시고 자식들도 다 멀리 살아서 삼촌이 편찮으시면…… 제가 괜한 수다를 떨고 있네요. 예전에 김유정 선생님도 조카에게서 간병을 받으신 적이 있지요? 그래서, 저로서는."

김유정에게서 네,라는 답변을 들은 것 같다. 정말 대답했나? 귀가 의심스러웠다. 어쩌면 몸체의 울림인지 모른다. 아무래도 상관없다. 오가는 대화는 기대하지 않으니 그저 들어달라고, 비밀은 지켜달라고 중얼거리다 갑자기 낯이 화끈거렸다. 비밀이라, 우리 둘만의 비밀이라니. 혼란스러웠다. 내가 뭘 하고 있는 거지? 머지않아 그는 떠날 텐데. 작별해야 하는데.

그는 연못가 바위에 앉았고 나는 돌담 위에 펼쳐놓은 책장을 넘겼다. 마른 종이를 넘기고 젖은 면을 펼쳐놓는다. 어둑했던 종이도 마르면 밝아진다. 돌아다니며 마른 책장을 넘기느라 쉴 틈이 없다. 단순하고 지루한 작업이나 나쁘지 않다. 도서관에 갇혀 있는 것보다는 백번 낫다. 볕은 좋고 숲은 조용하다. 책장을 넘기다가 때로 그의 등을 본다. 왜소한 플라스틱 등을 본다. 그는 닫혀 있는 책만큼이나 내성적이다. 뚱하니 말이 없다. 생전에도 우울한 사람이었다. 신명 나는 에너지가 폭발하는 그의 소설과 달리 김유정은 방 안을 검은 천으로 둘러 빛을 막아놓아야 글을 쓰던 침침한 영혼이었다. 이를 악물고 한평생의 햇빛과 굳게 작별한다고 선언하지 않았나. 실제를 모르니 추측만 할 뿐이지만 그는 매우 그럴듯했다.

어둡지도 않았다면 어떻게 그런 광명의 글을 창조했겠는가.

지독한 사랑의 시련이 있었기에 조각난 유리 파편 같은 찬란한 작품을 지어냈겠지. 컴컴했기에 눈부신 그의 인생이 삼면 검은 천을 뚫고 나왔다. 문장은 뚫는 힘이다. 나는 외우고 있다. 그가 죽기 전 3월 18일에 적어놓은 편지를 눈 감고도 줄줄 읊을 수 있다.

—필승아. 나는 날로 몸이 꺼진다. 나는 참말로 일어나고 싶다…… 내가 돈 백 원을 만들어볼 작정이다. 지금 나는 병마와 최후 담판이다…… 홍패가 이 고비에 달려 있음을 내가 잘 안다…… 나에게는 돈이 시급히 필요하다…… 돈이 되면 우선 닭을 한 30마리 고아 먹겠다. 땅꾼 들여 살모사 구렁이를 십여 뭇 먹어보겠다—

살고 싶어 신음하는 피비린내, 친구에게 호소하는 절절한 문장의 밑바닥마다 시커먼 혈담이 철벅철벅 고여 있었다. 그것은 저승으로 붙잡혀 가기 전 허우적거리며 내지른 김유정의 비명이었다. 타일처럼 모여 있는 잔잔한 단어에서 때 이른 시취가 풍겼다. 아기자기한 그의 작품들이 그 편지에 드리운 그림자로 인해 더욱 도드라졌다. 나는 지금도 그를 똑바로 보기가 힘들다. 그 편지가 생각나기 때문이다. 스물아홉 살에 멈춰 있는 김유정의 고통이 애잔한 만큼 두렵다. 스물아홉, 고작 스물아홉 살이라니.


"복사물이라 복사를 아주 잘하는군."

김유정이 건네준 복사물을 받은 영어 선생이 피식 웃었다.

일거리를 마친 김유정은 운동장이나 매점에 모여 있는 학생들을 구경하거나 온종일 빈둥거리며 일정한 보폭으로 교정을 느릿느릿 돌아다녔다. 침울한 아이 같은 얼굴이지만 생각이 든 표정이다. 무엇을 생각하나. 작가다운 관찰인가? 저 말간 얼굴 너머 능구렁이가 우글우글 들었을까. 어쩌면 순진한 표정 자체가 그가 이전 생애에서 구사하던 거대한 반어법의 일종인지 모른다. 그는 가끔 시늉처럼 책을 읽었고 벤치에 앉아 뭔가를 적기도 했다. 우리는 늘 그를 지켜본다. 더는 낯설지 않은데도 자꾸만 쳐다보게 된다.

김유정은 선생들의 관심과 전기를 먹으며 살아간다. 밤이면 2층 관사에 들어가 충전을 하며 내일의 움직임을 보장받는다. 활동량이 많아 에너지 소모가 많은 날은 한낮에도 관사에 들어간다. 남들 몰래 피를 빨아 먹는 뱀파이어처럼 밤에는 전기를 먹어치우고 낮에는 그저 그 진기를 소모하느라 한가로이 돌아다닌다. 삼촌은 그를 가리켜, 존재는 허구인데 공적 자산을 소모시키는 위력만은 무시무시하게 현실적이라고 말했다.

첫번째 김유정이 학교에 도착했을 때부터 삼촌은 골칫덩이가 생겼다고 탄식했다. 저건 소설가 김유정이 아냐. 뭐 저런 걸 만들었냐?

학생들에게 우리 문학을 생생하게 가르치기 위한 투자라고 재단 측은 설명했지만 우리는 김유정의 쓰임을 알고 있었다.

재단 상속인인 둘째 아들의 박사학위 논문. 김유정에게 김유정의 작품으로 논문을 쓰게 한다는 발상은 우리 모두에게 즐거운 농담거리가 되었지만 삼촌은 웃지 않았다. 그 집안 사람들 치다꺼리로 반평생을 보낸 삼촌으로서는 자신이 해야 할 역할을 조용히 저울질했다. 교육자의 신념과 고용된 자의 의무 같은 것.

처음 왔던 김유정과 삼촌은 오랜 시간을 지겹도록 붙어 앉아 있었지만 논문 작성은 불가능했다. 애초에 불가능한 일이었다. 삼촌은 다른 결단을 내렸다. 이렇게 하자가 많은 물건은 반품해야 마땅하다며 제조사에 항의를 한 것이다. 말귀를 못 알아듣는다. 소음이 크다. 표정이 다양하지 못하다. 손가락의 칠이 금방 벗겨진다. 책을 붙잡고는 있는데 눈알이 움직이지 않는다. 그의 우울한 표정은 학생들에게 좋은 영향을 끼칠 수 없다. 논문 작성 능력에 대해서는 전혀 언급하지 않고 기능적인 문제점만 잔뜩 지적한 반품 사유서를 작성했다. 한 달 뒤쯤 제조사에서는 장시간 논의 끝에 반품하기로 결정했다며 첫번째 김유정을 수거해갔다.

그간의 리스 비용을 도로 돌려받자 삼촌은 몹시 뿌듯해했다. 그때부터였다. 그즈음부터 삼촌은 김유정 문학에 큰 관심을 보였다. 대표작만이 아닌 작품 전부를 읽으면 김유정에 대한 생각이 달라질 거라면서 진심으로 그의 작품 세계에 빠져들었다. 내가 김유정의 작품에서 발견한 것은 넉살 좋은 이야기만이 아니었다. 처음 보는 단어, 잘 모르는 단어. 살아 펄떡펄떡 뛰는 단어. 때로 미욱하고 때로 여우처럼 날카로운 단어들이 적재적소에 배치되어 있었다.

언젠가 교장실을 치우며 삼촌이 작성하던 반품 사유서의 숱한 파지를 발견한 적이 있다. 퇴고에 퇴고를 거듭하느라 많은 문장을 지우고 덧붙였던 파지. 그런데 치밀하게 덧붙인 단어들은 삼촌이 평소 사용하는 것이 아니었다. 전에 없이 형용사가 많았다. 간결하게 핵심만 묘파하는 행정가다운 글이 삼촌의 필살기인데, 내가 읽은 반품 사유서는 대수술을 감행한 환부의 문장으로 채워져 있었다. 기술적인 하자를 서술하기보다 김유정의 인생을 샅샅이 꿰뚫는 드라마틱한 독백체, 난데없이 꾸물거리는 형용사가 묘하게 낯설었다. 도사린, 데면데면한, 꼬벌리는, 감데사나운, 숙은숙덕하는…… 그것은 김유정의 작품에서나 봤던 특별한 표현이었다. 지금은 사라진 단어, 우리에게는 낯설고 생경한 김유정만의 단어, 단어들.

좋아하는 책을 읽다 보면 그 무엇보다 낱말에게 마음을 빼앗기는 편이다. 평범한 단어들로 이루어졌는데도 특별한 문장이 있다. 그런 것이 좋았다. 내게도 나만의 단어들이 있다고 생각한다. 나를 묘사하는 단어를 늘 생각한다. 언젠가 면접 시험을 치를 때 자신을 표현하는 단어를 떠오르는 대로 대보라는 요구를 받았었다. 나는 원만한 합격을 염두에 두고 활기찬, 원만한, 폭소, 기쁨과 감사와 같이 긍정적으로 활짝 핀 단어를 주워섬

겼는데 머릿속으로는 썩은 수초가 일렁이는 더럽고 탁한 물이 떠올랐다. 내 속을 그대로 표현할 수 없어 눈을 질끈 감고 싶었다. 낡은 플라스틱 병과 흙발에 밟힌 검정 봉지처럼 침침하고 어둔 이미지들이 마구 떠오르는 중에 나는 교활하게 혀를 달싹이고 있었다.

남들이 나를 보며 생각하는 말과 나의 판단이 같을 리 없다. 나에 대한 판단은 외부에서 파생된 것이다. 나의 형용사는 한결같다. 아무도 원하지 않는, 무용한, 지지부진, 고립된…… 어머니와 아버지가 갈라섰던 그해부터 여러 친지들의 집을 전전했다. 고모네 상가 건물의 쪽방, 거실에서 지내야 했던 이모네 집, 기차를 타고 통학해야 했던 외할머니 시골집. 최상의 환경을 찾으려면 여기저기 두루 겪어보는 거라고 했지만 마땅히 지낼 곳이 없었다. 모두가 나를 원치 않았다. 나는 그들 모두와 불화했었다.

뭐가 어떻게 돌아가는지 모른 척하며 그 시절을 보냈다. 사실 내 인생은 크게 관심이 없었다. 존재하지 않는 인물을 사랑했고 그들이 겪은 대로 순수하게 미래를 기다렸다. 살아가는 건 목적이 없고 그저 버티는 것, 어쩔 수 없이 기승전결의 전을 극복하는 중이라 생각했다. 삼촌의 상도동 집 대문 밖에 큰 가방을 들고 서서 문을 두들겼던 열여섯 살의 나. 병약한 숙모가 삼촌에게 퍼붓는 소리를 밖에 서서 고스란히 들었다. 망연히 듣고만 있었는데 다리가 후들거렸다. 남들이 나를 칭하는 단어

가 무서웠다. 그때 들었던 적나라한 몇 가지 단어들에게 오래
도록 구속되었다. 그것이 바로 나였다.

"금병산의 짙푸른 녹음, 한들의 숲에서 김유정은 위로받았
습니다. 그는 농우회를 조직했으며 마을 한가운데 공회당을 지
어 간이학교를 만들었습니다. 그것이 금병의숙이랍니다. 그때
그가 심은 느티나무는 여전히 우람하게 자라고 있습니다. 소설
가 김유정은 열정적인 교육자였습니다. 학생들에게 좋은 환경
을 제공해주고자 사재를 털어가며 몸 바쳐 일했습니다. 소설가
로서 살아간 4년 동안 병마는 그를 괴롭혔습니다. 가난하고 무
지한 우리 민족의 비참하고 남루한 삶이 그의 소설에 녹아 있
는데 아마도 김유정 본인의 인생이야말로 가장 서글픈 해학에
속할 겁니다. 몇천 석의 재산을 탕진해버린 형 때문에 치료도
제대로 받지 못했으며 이혼한 누이 집에 얹혀 살며 누이의 히
스테리를 받아줘야만 했습니다. 연모하던 여인에게 엄청나게
많은 연서를 보냈으나 사랑받지 못했습니다. 숨을 거두기 전에
는 조카딸만이 그의 곁을 지키며 돌봤다고 합니다. 당시 그는
치질과 폐결핵으로 고통받았는데 그의 조카딸은 삼촌의 건강
을 위해……"

소강당 스피커에서 흘러나오는 여학생의 목소리는 매끄럽고
낭랑하다. 정갈한 단문이라 귀에 쏙쏙 잘 들어온다. 앞뒤로 빈
자리가 더러 눈에 띄지만 제법 많이 모였다. 독감이 유행이라

쿨럭쿨럭 기침 소리가 터져 나온다. 창밖에는 눈이 내리고 소
강당 안은 열기로 후끈하다. 바닥에 깔린 붉은 카펫에 젖은 흙
발자국이 지저분하게 찍혔다. 일기예보가 심상치 않더니 기록
할 만한 폭설인가 보다. 소강당 측면의 길쭉한 창은 하얗게 쏟
아지는 눈발을 그대로 보여준다. 올해는 유독 춥고 눈이 많이
온다고 했다.

오래전부터 준비한 행사는 김유정을 위한 고별식이 되어버
렸다. 두 달 전, 판매 금지 가처분을 받은 제조사에서 제품을
수거하겠다고 연락이 왔다. 김유정의 유족들은 승소했고 이제
김유정의 모습은 다시 볼 수 없을 것이다. 우리 학교에 배치된
김유정 말고 다른 김유정은 몇이나 더 있을지 궁금하다. 얼마
나 많은 김유정이 만들어지고 사용되었을까.

키 큰 여학생이 김유정의 일생에 대한 글을 발표하고 내려
간 다음 무대는 불이 꺼졌고 다시 2학년 국어 선생이 마이크를
잡았다. 단상 뒤 화면에 근대문학 연보가 환하게 떴다. 오른쪽
으로 객석의 시선이 쏠렸다. 사회를 맡은 국어선생이 김유정
을 소개했나 보다. 카메라 플래시가 여기저기서 터졌다. 객석
이 술렁거렸다. 자리에서 일어난 고개를 치켜드는 사람들도 있
었다. 몹시 술렁거렸다. 김유정 때문인 줄 알았더니 창밖으로
무섭게 눈발이 쏟아지고 있었다. 청중들은 집으로 돌아갈 일이
걱정인 것이다. 김유정도 밖만 내다보고 있었다.

유정의 미완성작 「생의 반려」의 한 부분이 낭송되었다. 학생

은 성우 지망생인 듯 정갈한 목소리에 발음이 정확했고 대사를 맛깔나게 연기했다. 특히나 화자의 누이가 신경질을 부리는 대목은 매우 기술적으로 사람들의 마음을 사로잡았다. 감정의 기복을 제대로 연기하자 객석에서 잔잔한 웃음이 번졌다. 하지만 학생들은 대개 전화기를 들여다보거나 옆자리 친구들과 몰래 몰래 수다를 떨고 있다. 내신에 포함시킬 거라고 으름장을 놓으며 김유정의 작품을 연달아 읽게 했으나 학생들의 반응은 그저 그렇다고 한다. 재미있게 읽었다는 학생이 전혀 없지는 않지만 책 읽기에 숙달되지 않은 대다수의 학생들은 아예 무관심했다.

김유정은 그가 김유정의 영혼을 지닌 존재라 믿는 사람들 앞에서, 자신이 지어낸 것이라고 의도된 작품의 낭독이 진행되는 가운데 변함없는 표정으로 우두커니 서 있다. 가끔은 길쭉한 창을 통해 바깥의 설경을 봤다. 지그시 바라보는 그의 시선. 그 눈이 무엇을 보고 있는지 무엇을 감각하고 있는지 이만큼의 시간을 함께했음에도 여전히 신기하다. 김유정을 기리는 자리임이 분명하지만 정작 그는 소외되어 있다. 기계라서가 아니다. 원래 작가들은 작품의 뒤편에 숨어 있게 마련이다. 정밀한 전자기기가 아니라 누군가가 김유정이라고 적힌 가면 하나만 뒤집어쓰고 있어도 그는 김유정이 될 것이다.


강당 뒤편의 느티나무 숲, 세 갈래 오솔길은 각기 그 폭이 다르다. 그 길에 들어설 때면 습관처럼 가운데 길로 간다. 좌우 세 가닥으로 휘어진 길은 둥근 연못으로 향하고 정원석 무더기를 지나면 길은 원래 그랬다는 듯 자연스레 하나로 모인다. 넉 달에 걸쳐 증축한 도서관은 아직 개관을 하지 않았다. 몇 가지 문제점이 발견되어 손을 보고 있는데 개관 가능한 날짜는 이달 안에 확정될 것이다. 연못 앞에 멈춰 섰다. 연못 가장자리로 새순이 돋고 있다. 수선화는 이미 피었다 졌고 조팝나무의 허연 꽃망울이 한창 흐드러진다. 오늘은 춥지가 않다. 평온하고 미지근한 나날이다. 저쪽 뱀딸기 넝쿨은 파릇파릇한 잎이 돋아나 있다. 언제나 저 자리가 좋다. 김유정이 섰던 자리다. 이 숲은 하나도 변하지 않았기에 그저 바라보기만 해도 김유정이 떠오른다. 그를 생각하며 책을 펼친다.

기계적인 일에 지쳐 무심코 책을 펼치면 그대로 빨려들어 읽게 된다. 나만의 방식으로. 읽는 동안에는 잡념이 사라져 마음이 편해진다. 평화로운 글 줄기만 좇으면 그만인 일이다. 나만의 책 읽는 방식이란 간 보기다. 문장의 의미는 내버려두고 일단 인쇄된 활자들을 풍경처럼 훑는다. 먼저 활자의 풍경을 보고 그다음 찬찬하게 읽어 내려간다. 좋은 책은 좋은 풍경을 지닌 문장으로 빛난다. 왜 그런지 몰라도 공들여 잘 다듬은 글은 조여드는 모양새다. 자연의 풍경에 나무가 있고 잔잔한 꽃이 있고 바위와 시냇물과 날아드는 새가 산세의 능선 안에 맞춤하게 박혀 있듯 좋은 문체는 꼭 그렇다. 다듬고 다듬어야 각각의 낱말이 품은 고유한 이미지가 서로 조응하며 군더더기 없이 밀착한다. 테트리스 블록처럼 빈틈을 용납하지 않는다. 이에 반해 어설픈 문장은 성글다. 구멍이 숭숭 뚫려 있는 것이다. 쓱 훑어보기만 해도 가난뱅이 살림처럼 남루하게 보인다. 단단하게 생긴 글자체로 자간 행간이 바투 붙어 인쇄되어 있어도 언뜻 봐서 구멍이 보였던 풍경은 예상대로 실망을 주었다. 읽어서 확인하면 백발백중 여지없었다.

어휘의 의미가 의미끼리 부딪치고 스며들어 만든 풍경을 휙 훑으면 문단 사이 공간, 낱말의 밀착과 개별적 조화가 한눈에 들어온다. 내용을 읽지 않아도 활자들이 알곡처럼 반질거리면 반드시 좋은 글이었다. 모양새로 확신이 들면 비로소 읽는다. 글을 읽어나간다. 처음에는 멀리 봤고 그다음은 초점을 맞춰 활자를 읽어 내려간다. 내용이 바로 들어오지는 않는다. 슬그머니 몇 줄을 지나친다. 글줄을 따라 서서히 덤벼든다. 이만하면 좋다. 활자의 골목을 샅샅이 뒤지자 가녀린 그림자가 먼저 맞는데 신명조체의 활자는 외로움에 지쳐 수척하게 여위었다. 처음 만나는 문장이란 처음 들어간 숲길처럼, 눈을 바쁘게 한다. 낯선 풍경이 내 발걸음을 주춤거리게 해도 호기심의 재촉을 이길 수 없다. 물 흐르듯 달려가다 여백으로 나뉘고 마무리되면 다음 문단. 그리고 다음. 글이 전하려는 내용을 품으면 가속이 붙는다. 단어는 자신의 위치를 알고, 맡겨진 역할에 종신토록 순종한다. 나는 지금 어디로 가는가. 읽고 있다. 읽는 중이다. 책이라는 미로에 어느새 들어섰다. 저자는 노를 젓고 우리는 미지의 섬에 도착한다.

모르는 곳일수록 기쁨이 배가되지만 읽을수록 의문이 남는다. 전개가 가속되며 드러나는 낯선 상황, 앎의 기쁨은 어디에도 없고 인간에게 환멸하며 인간 속으로 끌려 들어간다. 세상 모든 책은 인류의 기억이라, 행을 따라 달려도 결국은 뒷걸음질이다. 과거를 살려내는 뒷걸음질. 잘난 문장은 들불처럼 달려 나간다. 작가는 자신의 생각을 글로 수놓은 게 아니다. 타일과 같은 단어를 조각조각 떼다 붙였다. 그가 문체를 조직하느라 불러들인 단어는 다른 단어를 불러들이고 서로 손잡고, 일행이 되고, 군락이 되고, 불가항력의 기운이 되어 매수를 늘려가면서 마침내 거대한 세계를 만든다. 그것이 풍경이다. 그것들만의 삶이 진행된다.

책 속 세계는 현실을 움켜쥐고 있지만 실상 현실이 아닌 알 수 없이 아련한 저 너머에 있다. 손에 쥔 책은 언제나 묵직하다. 의문이 점점 커진다. 어떻게 이런 일이 있을 수 있나. 이것이 대체 뭔가. 이것이 뭐든 다 되는 우리의 실체인가. 생각에 사로잡혀 잠시 글 읽기를 멈춘다. 하늘을 올려다보며 머릿속으로 떠오르는 생각에 깊숙이 들어간다. 보고 있으나 보는 것이 아니다. 책갈피에 끈을 끼워둔다. 벌써 반이나 읽어치웠다. 언제 어느 때고 다시 펼치기만 하면 어느 지점에서 항해가 멈췄는지 알 수 있다. 생각을 하다 보면 생각이 많아진다. 얼마나 오랫동안 생각했는지 나는 안다. 나만 알고 있다. 역시나 같은 지점. 그날로 되돌아간다. 어쩔 수 없이 김유정을 잃은 날의 기억으로 돌아간다. 그를 돌려보낸 것이 아니라 잃어버린 날이다.

　제조사 직원 한 사람이 트럭을 몰고 와 아무런 포장 도구도 없이 김유정을 빈 트럭에 던져 넣었다. 그가 짐칸에 던져지던 그 무시무시한 굉음을 잊을 수 없다. 그 소리가 오래도록 내 귀에서 쾅! 쾅! 터지곤 했다. 반납 절차는 생각보다 간소했다. 처음 보는 제조사의 직원은 삼촌에게 뭔가를 사인하라고 건네준 다음 머리를 꾸벅 숙여 인사하는 김유정에게 다가가 뒷덜미에서 뭔가를 뺐다. 정말 빨랐다. 아이의 목을 베어버리듯 무심하게 전원을 해체하자 김유정은 눈을 뜬 채로 앞으로 푹 꺾였다.

　직원은 콧노래를 불러가며 그의 몸통에서 척추 지지대를 쑥 뽑아냈다. 너무 빨라 눈으로 보면서도 믿기지가 않았는데 순식간에 그의 몸이 오그라들었다. 오전 중에 수거해서 폐기물 처리장에 보내야 해요, 바빠요, 바빠! 그가 몸체를 옆구리에 끼고 끌고 가자 김유정의 팔다리가 바닥에 질질 끌렸다. 바닥에 쓸린 그의 손가락과 팔뚝이 순식간에 너덜너덜 갈라졌다. 사람이라면 피가 철철 흐르고 비명이 터졌을 것이다. 그를 실은 트럭이 달아나듯 서둘러 교정을 빠져나갔다. 그것으로 끝이었다. 교정을 돌아다니던 그의 모습, 거꾸로 박힌 김유정. 숲을 거닐던 그 작은 몸체와 저 벤치에 앉았던 김유정의 모습이 아직 아런한데, 그게 뭐였는지 가끔 혼돈스럽다. 그림자였는지 환상이었는지, 내 착각이었는지.

논문을 만들지 못한 삼촌은 재단 측으로부터 엄중한 질책을 받았고 다른 대책을 마련하겠다고 동분서주하는 중이다. 나는 도서부 학생들과 독서 모임을 하던 날 내 책상 위에서 처음 보는 원고를 발견했다. 김유정이 남긴 몇 가지 물품과 원고 들이었다. 그는 내 예상을 웃도는 분량의 많은 원고를 작성했었다. 그것은 하나의 목적을 향해 있었다. '나는 김유정이라는 작가가 아니외다. 다만 그의 심정을 알 것 같아 이와 같은 글을 남기오니…… 인간이 유한하므로 살고자 하나…… 반복되는 삶을 벗어날 방법은 오로지……' 굽이굽이 넘어가는 만연체의 길고 긴 문장. 풍경만으로 봐도 자갈처럼 단단한 글줄이었다. 김유정은 자신의 분신을 없애기 위해 노력했다. 아니, 그의 분신은 그를 존엄하게 보존하고자 노력했다. 선후가 뭔지는 몰라도 그는 나의 책이었고 내게 다가온 몇 가지 낱말이었다.

이제 책을 덮고 일어선다. 책이 닫히자 세계가 문을 닫는다. 해가 기울어진 숲길을 천천히 걸어 나간다. 손에 쥔 책의 무게는 여전히 묵직하지만 절반은 내게 들어와 내 차지가 되었다. 시간이 얼마나 지났는지 그새 그늘의 방향이 바뀌었다. 이 숲길이 원래 이랬던가, 좌우를 훑어가며 찬찬히 살폈다. 나가는 방향에서 보면 갈라진 길들은 마치 심장으로 향하는 핏줄과 같다. 책이 닫히면 내가 조각해낸 잔상의 세계로 들어간다. 이것이 진정한 시작이다. 문자로 얻어낸 삶의 약도를 머릿속에 그려보지만 여전히 갈 곳을 모른다. 책을 챙기고 치마를 툭툭 턴 다음 숲 사잇길을 찾아 타박타박 걸어 나간다.

# "네가 다른 것이 되고자 소망한다면"

오혜진
(문화 연구자)

## 맹목에의 열정, 그 기이한 인장(印章)

'독한 이야기' '맵고 중독적인 서사의 맛'과 같은 수식어에서 보듯, 그간 명지현의 소설 세계에서 받은 지배적인 인상은 '한 번 읽으면 결코 잊히지 않을 강렬한 이야기'라는 것이었다. 남몰래 아편을 키우는 소년(『정크노트』, 문학동네, 2008), 몸이 붙은 쌍둥이 자매(「이로니, 이디시」, 『이로니, 이디시』, 문학동네, 2008; 아래 단편 모두 수록), 인육 요리에 혼을 빼앗긴 요리사(「그 속에 든 맛」), 벌레 그림에 매혹된 나머지 눈알 속에 벌레를 키우는 그릇 도예가(「충천(蟲天)」), 목덜미에 아가미가 자라는 남자(「손톱 밑 여린 지느러미」), 여성 삼대의 운명을 옭아맨

'맛의 지옥'(『교군의 맛』, 현대문학, 2008)까지. 명지현 소설은 언제나 현실에 도저히 있을 법하지 않은 낯설고 기형적인 존재들과의 '뜻밖의 조우'를 준비하고 있었고, 이것이야말로 우리가 그의 소설에서 얻어온 쾌락의 출처였다.

물론 '기이한 것' '초월적인 것'에 대한 관심은 태곳적부터 '이야기'가 지녀온 근원적인 욕망이니 그 자체로 놀랍다거나 진부하다는 식으로 평가할 필요는 없겠다. 다만, 흥미로운 것은 명지현 소설에서 그것은 종종 삶과 죽음의 경계에 놓인 '극한의 것'을 추구하는 '예술(가)의 운명'에 대한 탐구로 이어진다는 점이다. 생각해보라. 명지현 소설에서 가장 인상 깊은 히어로/히로인들은 요리사, 도예가, 이야기꾼, 화장(化匠) 등 뭔가를 '만드는' 사람이었다. 그의 많은 소설들이 작가 자신의 정체성을 반영한 '예술가소설'로 분류되는 것도 그런 이유다.

그런데 '세상에 없는 것'을 만들고 싶다는 등장인물들의 욕망은 마치 헤어 나올 수 없는 덫과 같아서, 이들은 정답도 없고 성취도 요원한 이 욕망에 온 생애를 바쳐 탐닉하다가 끝내 파국을 맞이한다. '이야기'만을 존재의 위안으로 삼던 샴쌍둥이 자매는 둘로 나눠져야 했으며(「이로니, 이디시」), 벌레들이 만들어내는 빛의 회오리를 보겠다고 눈 속에 벌레를 키우던 도예가는 결국 "시각을 포기"한다(「충천」). 속물들의 미식 취향을 제압할 목적으로 인육 요리에 도전한 한 요리 장인에게는 이제 "허탈한 빈손"만 남았다(「그 속에 든 맛」).

한마디로, '창작 욕망'에 들린 예술가-장인들의 맹목적으로 뜨겁고, 맹목적으로 아름다우며, 맹목적으로 허허로운 세계야말로 명지현이 공들여 묘사해온 것이다. 어떤 '경지'에 이르기 위해 온 존재를 투여하고는 마침내 장렬하게 산화해버리는 장면이야말로 명지현표 예술가소설의 가장 찬란한 순간이자 정점이라 할 만하다. 그리고 이 맹목에의 열정을 간직한 그의 인물과 사건 들은 자못 기이하고 그로테스크한 형상으로 독자의 뇌리에 각인된다. '괴물'의 이야기를 다루거나, 이야기하는 그 스스로가 '괴물'이 되거나. 이것이 명지현이 이야기에 자신만의 '인장(印章)'을 찍는 방식이다.

하지만 이 과도한 탐닉과 도취의 드라마는 어쩐지 묘한 기시감을 자아내기도 하는데, 그것은 우리가 이처럼 '예술'이 무조건적인 숭배의 대상이 되는 장면을 그 전에도 분명 목도한 적이 있기 때문이다. 이미 많은 독자들이 눈치챘겠지만, 명지현이 주조한 예술(가)의 상(像)은 자연스럽게, 예술에 대한 낭만적 인식에 깊이 심취했던 근대 초기의 소설가들을 떠올리게 한다. '예술'을 현실 세계의 질서와 상식으로는 형언 불가능한 것으로, '예술가'를 탁월한 재능과 열정을 가진 예외적 개인으로 상상해온 오랜 관습이 생겨난 바로 그 시절의 예술가들 말이다.

그런데 시간과 장소, 국적과 지역, 세대와 젠더 등을 단번에 초월하는 것으로서 예술에 특권적인 위상이 부여된 때가, 예술이 제도와 시장의 일부로 편입되기 시작한 때와 일치한다는 사실[1]은 근대문학사의 맨 첫 페이지에 기록된 가장 아이로 니컬한 대목이기도 하다. 예술(가)의 미적 자율성이 지닌 허구적 성격[2]에 대한 폭로 또한 1990년대 이후 전개된, 예술에 대한 탈신비화 프로젝트가 가장 열렬하게 몰두한 작업이었다. 그이후로 숭배의 대상에서 교양과 투기와 테크닉의 대상으로 '하방(下放)'을 거듭하거나, 혹은 '잃어버렸던 육체(성)'를 되찾는 길을 걸어온 예술(가)의 위상은 익히 잘 알려진 바다. 그것이 파국인지 구원인지는 아직 밝혀지지 않았다.

이런 상황에서 보자면, 명지현 소설에서 '예술(가)'은 물질성의 세계로 환원되기를 거부한 채, 아직 '천상의 것'이자 '초월적인 것'으로 남아 있다. 그의 소설에서는 여전히, 화가가 그린 "삼 잡는" 초상화가 정말로 여자의 얼굴에 얹힌 "다래끼"를 잡아내는 주술적 힘을 발휘하고(「하양」), 갖가지 삶의 무게를 감당해야 하는 남자는 온 도시를 불태울 때에만 진정한 생의 동력을 얻고 창조의 에너지를 충전한다(「네로의 詩」). 이런 작품들에서 주술과 광기의 대상으로서 예술(가)의 예외적 힘을 묘사하는 데 주력했던 김동인의 「광화사」나 「광염소나타」가 떠오르는 것을 막을 길은 없어 보인다.

• • •

1) 이언 와트, 『소설의 발생 — 디포우, 리처드슨, 필딩 연구』, 강유나·고경하 옮김, 강, 2009; 권보드래, 『한국 근대소설의 기원』, 소명출판, 2000.
2) 황호덕, 「1920년대 초 동인지 문학의 성격과 미적 주체 담론」, 성균관대 석사논문, 1997; 한기형, 『한국 근대소설사의 시각』, 소명출판, 1999.

하지만 우리가 지금 만나고 있는 것이 뒤늦게 도착한 김동인의 재림-로봇이 아니라면, 우리가 21세기인 오늘날까지도 예술의 불멸성과 초월성을 물신화하거나 비의(秘意)의 대상으로 삼아야 할 이유는 없다. 그럴 경우, 비평가는 작가와 함께 지적태만의 죄를 감당해야 할 테다. 오히려 물어야 할 것은 예술에 대한 온갖 형해화된 인식이 새로운 기율이자 상식이 된 지 오래인 이때, 여전히 예술에 대한 신화를 길을 알려주는 천공의별로 삼고 의심 없이 따르려는 욕망의 정체다. 예술(가)에 대한 무조건적인 찬탄과 경외, 그 맹목적인 열정을 결코 완전히철회하지는 않으려는 작가와 그의 인물들은 우리에게 무엇을 말해주는가.

그런 의미에서, 명지현의 인물들을 신비하고 아득한 신화와전설의 세계에 외롭게 두는 것보다 더 흥미롭고 애정 어린 독해는, 불멸과 초월을 지향히는 예술이 현실에 축적된 성과 권력의 질서를 기꺼이 혹은 불가피하게 경유하며 구성해내는 재현의 정치학을 포착하고 음미하는 것이다. 현실의 어떤 범례로도 설명될 수 없다고 믿었던 이야기들에 사실은 우리가 아주오랫동안 발명하고 기각하고 모방하고 철회해온 수많은 메타포와 역사적 상상력이 아로새겨져 있음을 분명하게 응시하는일, 그것들의 '어긋남'을 숙고하는 일, 그리고 우리의 그 맹목적인 믿음을 되비추는 의미심장한 재현물을 발견하는 일이야말로 지금 해야 하는 일이다. 우리가 기대하는 것은 그저 독하고 매워서 중독적인 이야기가 아니라, 현실의 지배적인 윤리와 미학을 심문에 부치는 '치명적인' 이야기이기 때문이다.


## '여성 예술가' 서사, 혹은 모성공포극

표제작 「눈의 황홀」의 화려하고도 강렬한 이미지는 분명 다른 모든 작품들을 압도한다. 할머니·어머니·손녀로 이어지는, 이 소설의 여성 삼대가 공통적으로 사로잡혀 있는 것은 "진정한 아름다움을 재현"하기 위해 "저승에나 가야 본다는 천상의 꽃"(p. 10)에 대한 열망이다. "이름을 붙일 수 없이 생경하고 아주 새로운 꽃" "나만 아는 꽃, 나만의 것"(p. 27)을 만들고 싶다는 욕망을 공유한다는 점에서 이 삼대는 명지현의 기존 예술가소설의 주인공들과 꼭 닮았다. 그리고 전작들에서 그랬던 것처럼, 모녀의 은밀하고도 곡진한 대화로 시작하는 음산한 도입 역시 금기에 도전하는 이 열망의 최후에 돌이킬 수 없는 파국이 도사리고 있음을 암시한다.

"천상의 꽃"은 생사의 경계에 다다라야 볼 수 있는데, "가품을 진품으로 만들려면 제 목숨을 바쳐야" 한다는 것은 이 모녀에게 거부할 수 없는 "엄숙한 전통이자 일종의 저주"(p. 11)다. 그래서 딸은 어머니에게 자신의 목을 매겠다고 호소하지만, 살뜰한 모성은 그것을 허락지 않는다. 이때 어미가 내놓은 방안은 딸의 딸, 즉 "사람 구실 못 하는 병신"(p. 12) 손녀가 그것을 '대신' 보게 하는 것이다. '극한의 아름다움'을 명분 삼아 어미로 하여금 자식을 살해할 것을 주문하는 이 섬뜩한 모의는 모녀의 유례없는 예술욕을 순식간에 괴기스런 공포의 대상으로 바꿔놓는다. 그리고 이 음험한 장면은 바로 그 "병신" 손녀인 '나'에게, 어머니의 죽음에 대한 잔상과 함께 영원히 지워지지 않을 트라우마로 남는다. 소설의 처음과 끝에 배치된 이 원초적 장면들은 마치 꽃받침처럼, 풍성한 꽃송이의 모양새를 닮은 이 작품의 겉을 감싼다.

한편, 이 소설의 속꽃잎을 이루는 것은 산전수전을 겪으며 살아남아 일흔을 넘기고 이제 죽음을 문턱에 둔 손녀 '나'의 이야기다. 시간상 역순으로 배치된 '나'의 서사는 평생 어머니를 능가하는 화장이 되고 싶었으나 끝내 흉내만 내는 "장사치"(p. 21)에 불과했다는 자괴감, 결혼도 하지 않고 자식도 낳지 않은 채 온 인생을 꽃에 바쳤으나 아무것도 남지 않았다는 회한, 장애를 가진 육체로 살아오면서 그 누구에게도 이해되지 못했다는 서글픔, 죽음을 불사하기는커녕 "연탄 걱정, 사글세 걱정"(p. 30)에 시달리며 삶에 집착했다는 부끄러움 등으로 점철돼 있다.

게다가 무엇보다 '나'를 괴롭게 하는 것은, "살고 싶"(p. 29)었기에 순순한 죽음을 통한 '극한 예술에의 투항'을 택하지 않았던 '나' 자신이야말로 "어머니의 죽음"(p. 31)에 깊게 연루

된 장본인이라는 자각이다. '나'는 "살아내는 것으로 속죄하고 자 삶과 싸우고 아귀다툼"(p. 18) 하지만, 죽음을 앞두고서야 비로소 꽃들은 "아무것도 하지 않"은 채 "그저 저 혼자 아름답 다"(p. 22)는 것, 그러나 "무용한 것이 가장 높은 것"이며, "쓸 모없는 것이 예술"(p. 26)이라는 것을 깨닫는다. 예술에 "내 세 월 알짜배기"(p. 20)를 다 바쳤다 하더라도, 그 역시 덧없다는 것을 깨달은 순간에야 그토록 보기를 두려워하던 "천상의 꽃" 에 가까이 가게 된다는 것이 이 작품에 준비된 최후의 교훈이 다. 그리고 이 돈오(頓悟)의 순간을 포착하는 것이야말로 수많 은 예술가소설들이 도전해온 한 '경지'인지도 모른다.

하지만 이런 아포리즘에 별 취미가 없는 독자라면 이 소설을 다른 방식으로 음미해볼 수도 있겠다. 예컨대 내게 진정으로 흥미로운 질문은 이런 것이다. 자기완성을 지향하는 여성 예술 가는 왜 반드시 광기와 공포의 대상으로 재현되는가. 여성의 예술은 왜 종종 출산과 모성 및 가부장적 성별 질서에의 탈락 을 매개로 서사화되는가. 기실, 어머니의 관리와 통제, 애정과 질투 등을 동력 삼아 (반)성장하는 여성 예술가 서사의 계보는 주로 남성 예술가가 지닌 자의식의 드라마를 다루는 기존 예술 가 서사에서 매우 이채로운 위상을 점한다. 예술가소설의 교본 으로 불리는 『젊은 예술가의 초상』(제임스 조이스, 1916)에서 보듯, 어린 소년이 어엿한 예술가로 성장하는 가장 유력한 방 식은 가부장이 군림하는 원초적 고향으로부터 분리되어 전 세계를 누비다가 마침내 자신이 가부장으로 임하는 또 하나의 세계를 소유·건설하는 것이다.

여성 예술가 서사의 경우는 어떨까. 딸을 명창으로 키우기 위해 딸의 눈을 멀게 한 영화 「서편제」(1993)의 악명 높은 사례에서 보듯, 여성 예술가의 성장은 관리와 통제의 대상으로 의미화되며, 그녀의 자기완성은 결국 또 다른 '파멸'이다. 그녀의 재능은 저절로 확보되는 것이 아니라, 그녀의 '결핍' 혹은 '상실'을 대가로 지불하고 나서야 얻을 수 있는 것이기 때문이다. 이것이 바로 여성 예술가 서사의 이면이 종종 '여성 수난사'로 상상되는 이유다.


나는 꽃을 보러 가련다. 언젠가는 그 길을 가야 하는 게 우리네 인생이 아니더냐. 너를 낳은 뒤로 사는 것이 지옥이었다. 지체 높은 가문의 위신이 떨어졌다고 다들 쑤군거리더구나. 서방님은 나를 떠났고 그 소중한 씨앗은 다른 몸으로 향했다. 남의 꽃이 만발한 정원을 바라보며 나는 눈물을 참았다. 재기를 품은 여자는 가정을 올곧게 가꾸지 못한다는 비난이 죽도록 사무치더라. 내 손에서 피어나는 꽃이 내 징벌이로다. 어머니는 언제고 너를 죽이고 말 거야. 살기 어린 눈빛이 네게로 향하면 내 다리가 후들거리지. 너를 잃고 어머니를 죄인으로 만들까 봐 살아 있어도 산 것 같지 않았다. 아, 우리 둘 다 살 수는 없어. 너는 나로 인한 잘못이고 너는 나의 도모로 구제되어야 한다. 이 끈

272

이 과연 나를 구원할 것인가. 혼자서는 엄두가 나지 않는구나. 이 어미에게 용기를 주려무나. (pp. 36~37)

흥미로운 것은 이 같은 패턴이 모녀 관계를 중심으로 한 여성 예술가 서사에서도 자주 반복·변주된다는 점이다. 소설『피아노 치는 여자』(엘프리데 엘리네크, 1983)나 영화「블랙 스완」(2010) 등을 떠올려보자. 두 이야기는 모두 딸에 대한 어머니의 집착과 억압, 그리고 그에 순응하거나 대항하는 딸 사이의 긴장 관계를 중심으로 펼쳐지는 모녀의 드라마를 여성 예술가의 성장 서사로 갈음한다. 딸을 자신의 '작품'으로 간주함으로써 그 자신 역시 '예술가적 자아'를 갖게 된 어머니는 딸을 '진정한' 예술가로 성장시키기 위해 강도 높은 훈육자의 역할을 자처한다. 그리고 이때 딸의 성취는 곧 어머니 자신의 성취이기도 하므로, 어머니는 자신조차 뛰어넘지 못한 현실의 장벽을 극복할 것을 딸에게 요구한다.

이런 딜레마의 설정은「눈의 황홀」에서도 재연되는데, '나'의 조모는 자신도 끝내 포기하지 못한 모성을 딸에게 포기하라고 종용한다. '천상의 꽃을 보는 것'은 화장으로서 반드시 도달해야 할 경지이기도 하지만, "병신을 낳았다고 남은 평생을 수치스럽게 살"(p. 12) 운명에 처한 딸을 구원하기 위한 유일한 수단이기도 하다. 이 예술욕과 모성의 기이한 유착 혹은 오버랩이야말로 모녀 관계를 중심으로 한 여성 예술가 서사에서 가장 핵심적인 설정인 것이다.

물론 이 화해 불가능한 두 욕망은 '나'의 어머니에게서도 반복된다. "조화를 이루려면 어긋난 것들은 버려"(p. 12)야 한다는 것이 거부할 수 없는 모친의 명령이자 예술가의 기율이라면, 차마 자식을 죽일 수야 없다는 것은 모성의 기율이다. 그리하여 "내게는 너도 꽃이지. 너를 성한 꽃으로 만들려면 나는 성심을 다해야 한다"(p. 35)라는 구절이 암시하듯, '자식=작품'이라는 이 유비analogy는 모녀의 운명을 파국으로 몰아가는 주문(呪文)으로 기능한다.

상황이 이러하니 '예술가적 자아'를 공유하는 모녀들이 생산적인 동료나 사제 관계로 재현되는 것은 애초에 불가능하다. 예술과 모성의 유착과 뒤섞임이 이들의 존재 방식을 규정하는 한, 이 (반)예술가적 여성들은 '괴기스런 어머니'이거나 분열증을 앓는 '강박적 주체'일 수밖에 없으며, 이들은 서로에게 공동정범 혹은 경쟁자로 재현된다. 여성들 간의 관계를 억압과 경쟁 관계로 재현하는 것이 기존 여성 예술가 서사의 지배적인 패턴[3]이라면, 이 소설에서 재현된 여성 삼대의 낯설고 기괴한 형상[4]은 여성 예술가 서사의 딜레마를 가장 극단적으로 서사

• • •

3) 여성 예술가의 성장 서사에 나타난 지배적 패턴과 그 함의에 대한 여성주의적 독해로는 심혜경, 「매혹의 몸짓으로 무겁게 말 걸기, "여성예술가에게 성공과 자기완성은 어떻게 가능한가?"」, 『반성폭력』 2, 한국성폭력상담소, 2011 참조.
4) 모성 신화에 깃든 양면성에 대해서는 바바라 크리드, 『여성괴물 ─ 억압과 위반

274

화한 사례로 기록될 만하다.

또 하나 주목을 요하는 것은, "천상의 꽃"을 보려던 어머니의 예술적 욕망은 어머니 자신이 처한 가부장적 억압과 결코 분리되지 않는다는 점이다. 어머니는 "부실한 자식" 때문에 시어른의 타박 및 남편의 외도와 같은 "서럽고 고단한" 인생을 감내해야 했다. 그리고 조모는 어머니의 이런 처지를 상기시키고는, "계집으로 태어나 해야 할 일과 화장의 신분으로 해야 할 일의 경중은 다르"(p. 10)다고 설득함으로써 어머니의 예술욕을 추동한다. 마찬가지로, '나'의 예술적 성취 또한 장애와 비혼으로 상징되는 '결손'과 '가부장적인 재생산 질서로부터의 일탈'을 통해 얻어진 것으로 의미화된다.

여기서 알 수 있는 것은, 여성 예술가 서사에서 '예술(가적 자아)'은 그 자체로 독립적이거나 자율적인 기표로 재현되지 않는다는 점이다. 그것은 성과 권력의 억압 구조에서 성적 약자의 위치에 놓인 여성이 선택할 수 있는 모종의 알리바이로 상상된다. 「눈의 황홀」이 예민하게 포착한 것은, 여성의 출산·양육을 숭고하거나 비천한 '창작' 행위로 간주하는 모성 신화, 그리고 거기서 발생하는 예술과 모성의 모호하고도 불철저한 유비다. 명지현표 예술가소설이 특별한 것일 수 있다면, 그것은 그가 여성 예술가의 독특한 존재 방식과 젠더화된 예술 표상의

• • •

사이』, 손희정 옮김, 여이연, 2008.

문제를 매우 은밀하고도 위태롭게 드러내고 있기 때문이다.


## '만드는 자Homo Fäber'의 젠더와 신화적 상상력


「눈의 황홀」이 여성 예술가 서사의 근원적인 딜레마를 날카롭게 포착함으로써 예술에 깃든 현실의 젠더 정치를 환기하는 강렬한 예고편이었다면, 이어지는 세 편의 작품들은 '창작'에 대한 신화적 상상력이 기실 젠더와 섹슈얼리티 등 현실의 성정치를 매개로 구성되는 것임을 다채롭게 보여준다. 각각 '방화(放火)' '출산' '이야기하기'를 '창작'의 메타포로 활용하고자 한 「네로의 詩」「구두」「실꾸리」가 모두 젠더화된 비유와 상징을 적극적으로 경유해서만 성립할 수 있었다는 사실은 무엇을 뜻할까. 세 작품이 탐구하고자 했던 '만드는 힘'에 대한 상상력이 '남성(성)/여성(성)'이라는 이분법적 성별 관념, '임신중단'이라는 여성 이슈, 어머니의 성적 욕망과 같은, 젠더와 섹슈얼리티의 문제를 매개로 서사화될 수 있었던 것은 단지 우연일까.


*


「네로의 詩」의 지배적 정조를 이루는 것은 도시 전체를 향해 내뿜어지는 시뻘건 불길과, 자욱한 연기, 그리고 회색빛 잿더미의 이미지다. 그런데 역설적인 것은, 전염병 바이러스의 "완벽한 소멸"(p. 45)을 기도하는 불길이야말로 가장 역동적이고 창조적인 에너지를 발하는 행위로 재현된다는 점이다. "체구가 작은 인민군들"과 공조하여 방화 작업을 하는 남성 인물 '나'는 "죽음의 한복판"(p. 48)이라 할 만한 위험한 작업 현장에서도 기세등등하다. "파티"(p. 44), 강력한 "발기력"(p. 45), "권력자"(p. 46)가 된 기분이라는 방화 행위에 대한 묘사에서 보듯, '나'에게 방화 현장은 남성 리비도의 공공연한 전시장이다. 그곳에서 "내 안의 공포"가 "들키기라도 할까 봐"(p. 65) '나'는 다음과 같은 말을 주문처럼 되뇐다. "리듬감은 최고, 오늘 컨디션은 베스트. 바이러스가 나를 갉아먹든 말든 놈들을 제압한다! 수당이 쌓인다! 격멸! 전진! 자욱한 연기를 헤치고 안으로 들어간다. 〔……〕 자, 타오르는 불세례를 받으라"(p. 45).

반면, '나'가 유희하는 폭력적 창조의 에너지는 '나'와 동거하는 여성 '구미'에게는 지긋지긋한 공포와 혐오의 대상이다. 구미는 '나'의 어깨에 있는 화상 자국을 두려워하지 않았던 유일한 여자다. 구미도 발등에 화상 자국이 있는데, 그녀는 이를 '상처'로만 기억하지 않으려는 듯 동그란 자국 안에 매일 스마일 표정을 그려 넣는다. 하지만 구미도 '나'의 몸에서 풍기는 매캐한 "탄내"까지 웃어넘기지는 못한다. 이 "연기 냄새"(p. 54)에서 죽음의 징조를 감지한 구미는 불타는 이 도시를 벗어나자고 거듭 호소하지만 '나'는 받아들이지 않는다. '나'의 동료 '뻐드렁니'의 사망 소식을 전해 들은 구미가 가방을 싸 결연히 집을 나가는 대목은 그녀가 광기에 가까운 이 도시의 파괴적 기운에 끝내 무감해지지 못했음을 뜻한다.

그런데 이 소설의 정점은 '나'가 자신의 폭력성과 공격성을 통제하지 못하고, "커다란 젖꼭지"(p. 66)로 환원된 구미에게 성적·물리적 폭력을 가하는 대목이다. "드디어 네로가 시를 짓기 시작했군"(p. 69)이라며 호탕하게 웃는 분대장의 대사가 오버랩되는 것도 바로 이때다. 서술자가 이 순간을 '폭력적 창조' 혹은 '창조적 폭력'에 도취된 '나'가 맞이할 돌이킬 수 없는 비극의 순간으로 배치했음을 짐작할 수 있다. '창조'와 '파괴'는 동전의 양면처럼 떼려야 뗄 수 없는 것임을, 그러므로 어느 한쪽에 손쉽게 특권적 위상을 부여할 수 없음을 간파한 서술자의 통찰이 깃든 대목이다.

하지만 좀더 숙고돼야 할 것은, '창조'와 '파괴'의 일체성과 양면성을 재현하는 이 소설이 기존의 성별화된 메타포와 심상구조에 크게 기대고 있다는 점이다. 예컨대 이 작품은 '나'가 "불의 권력"(p. 46)에 중독되게 된 경위는 지나칠 정도로 많이 마련해둔 반면, 구미가 '나'에게 갖는 거의 '모성'에 가까운 헌신과 사랑의 내력은 별로 말하지 않는다. 구미는 왜 자신에 대한 성적 대상화와 물리적 폭력을 감내하면서까지 '나'의 성찰을 돕는 존재로 설정된 것일까. 이 소설은 '나'의 무차별적 폭력의 대상이어야 했던 구미의 사연은 괄호 안에 둔 채, 기실은

'나'야말로 트라우마적 가족사와 기만적인 국가 시스템, 보편적인 소시민적 욕망의 '피해자'라고 말함으로써 가해자와 피해자의 위상을 동급으로 처리하거나 교묘하게 전도한다.

그런 의미에서 '나'가 스스로를 '반(反)-영웅'으로 자처하면서 얻은 교훈은 양가적이다. '나'는 자신과 같은 "제복 입은" "신종 인간형"이야말로 "네로"(p. 71)의 폭정을 가능케 한다는 '악의 평범성banality of evil'을 극적으로 자각하긴 하지만, '평범성'의 이면에 깃든 자연화된 성적 배치와 권력관계를 통찰하는 데에까지 이르지는 않는다. 예컨대 '나'가 자신이 불 지른 땅에서 쫓겨난 "추레한 행색"의 "이주민"(p. 72), "착취당하는 사람들의 표정"(p. 74)에서 구미를 떠올리는 대목을 보자. '나'의 머릿속에서 구미는 순식간에 선량하고 무고한 피착취자와 동일시되는 반면, '나' 자신은 그녀를 제3자의 시선으로 대상화할 수 있는 '각성한 권력자'의 위치에 놓인다. 이 자연화된 권력의 배치는 왜 심문의 대상이 되지 않을까. 그것은 이 소설이 '나=남성(성)=창조·파괴=역동성·호전성·폭력성=권력자·착취자' '구미=여성(성)·모성(성)=치유·평화·성찰=피착취자=민중'이라는 오래된 이분법적 성별 표상을 의심 없이 차용하고 있기 때문이다. 현실의 성적 배치와 권력관계를 복사하지 않는 방식으로 '창조'와 '파괴'의 신화적 힘을 상상하는 일은 어떻게 가능할까. 진정한 '창조'를 위해 불태워야 할 것들이 아직 많다.

*

「구두」는 예기치 않은 임신을 한 '나'가 겪는 선택의 드라마다. 이 이야기를 무언가를 '만드는' 사람의 이야기로 읽어내는 일은 다소 생경한데, 이를 위해서는 「눈의 황홀」에서도 포착된 바 있는, 여성의 '출산'은 곧 '창작'이라는 수상한 유비에 일단 기대야 한다. 우선 '나'가 아이를 낳지 않으려고 생각했을 때, 그녀는 이미 겪은 적 있는 "낙태의 기억. 실패의 기억"을 떠올린다. "직장에서 꽤 먼 동네"(p. 210)에 위치한 병원, "썰렁한 방바닥", 병원 앞 분식집에서 미처 치르지 못하고 나온 "우동 값"(p. 211) 같은 것들 말이다. 무엇보다 싫은 것은 '나'가 무시로 자기 몸에 있는 "아이"의 존재를 의심하거나 부인하기를 반복하면서 끝없는 죄책감에 시달려야 한다는 점이다. "내 몸과 아무 상관이 없다면 좋을 텐데. 나는 비슷한 일을 매번 저지르고 후회하고, 머저리처럼, 병신 같아"(p. 215).

반면, 아이를 낳기로 결심한대도 '나'가 대면해야 하는 상황이 "치욕스러운" 것은 마찬가지다. 생활이 불안정한 연하의 남자친구 '영기'가 보인 양가적인 반응, 자신이 섹스를 위한 "도구가 된 듯한 모멸감"(p. 217), "임신하면 퇴사하기로 각서 쓰고 입사"(p. 219)한 회사, 그리고 끊임없이 '나'를 심판하는 "타인의 시선"(p. 227)……

이처럼 '나'에게 주어진 상황은 결코 호의적이지 않다. 이 사회는 여성에게 모든 것을 "몰래" 알아서 "해결"(p. 217)하기를 요구하면서도, 그녀가 어떤 선택을 하든 "손가락질"(p. 229)할 준비가 돼 있다. 그런 점에서 여성의 '(재)생산' 문제를 여성 예술가의 불안정한 존재 방식에 비견할 만한 딜레마로서 서사화한 이 소설의 선택은 꽤 절묘하다.

그러나 문제적인 것은 '나'가 출산을 결정하는 계기가 제시되는 장면이다. 남자친구 영기에게 임신 사실을 알릴지 말지 고민하던 '나'는 길모퉁이에서 우연히 바람에 나부끼는 "노란 리본"들을 본다. 그리고 되뇐다. "그 샛노란 빛깔은 내가 그동안 한 짓을 잘 아는 것 같더라. 나는 참 많이도 죽였다"(p. 216).

요컨대, 이 소설에서 '나'가 출산을 선택하게 되는 결정적인 계기는 '세월호 참사'로 인해 사망한 죽은 아이들에 대한 상기다. '세월호 참사'와 '임신중단'이라는 두 문제적 소재에 대한 오버랩이야말로 이 소설의 오리지널리티를 구성한다고 말해야 한다. 그렇다고 할 때, 이 소설이 감당해야 하는 것은 당연히 이 오버랩의 정당성에 대한 질문이다. 국가의 무능과 무책임으로 인해 발생한 사고의 사망자들을 추모하는 일과, 여성 스스로 원치 않는 임신을 중단하는 일은 어떻게 동일선상에 놓일 수 있는 것일까. 임신중단은 정말 국가와 정부의 부작위(不作爲)가 그랬듯, '아이를 죽이는 일'에 비견될 만한 일일까. 이를 사유하기 위해서는 현재까지 지속적으로 전개·갱신되고 있는, 임신중단과 세월호 참사에 대한 재현의 윤리와 정치, 그리고 그 임계에 대한 폭넓은 논의의 장을 소환해야 한다.

단적으로 말해, 이 소설은 '낙태' 혹은 '임신중단'이라는 논쟁적인 소재를 다루면서도, 여성들이 임신중단에 대한 사회적 통념을 교정하고자 싸워온 오랜 역사의 내용과 맥락을 누락하고 있다. 최근의 '검은 시위'[5]에서 보듯, 그간 여성들은 '태아의 생명권 대 여성의 자기결정권'이라는 '낙태' 논쟁의 오랜 프레임이 허구에 불과하다는 것, '임신중단'을 '생명을 경시하는 여성의 비윤리적 선택'이자 '살인죄'로 치부하는 것이 지극히 비논리적이며 폭력적인 인식의 산물이라는 점을 증명해왔다. '임신중단'이라는 이슈를 통해 진정으로 질문돼야 할 것은, '관계의 형성과 섹스, 피임과 임신 과정 등 남성중심적으로 형성된 성적 질서 안에서 여성은 무엇을 결정할 수 있는가, 출산 이후 비혼 여성의 양육과 복지에 대한 최소한의 사회 시스템이 갖추어져 있는가'의 문제다. 그리고 현재, 그 대답은 모두가 인정할 수밖에 없듯 부정적이다. 이 결정적인 질문을 누락한 채 관철되는 '낙태' 논쟁의 저 해묵은 프레임은 '배아'를 '태아'로

• • •

5) 정부가 입법 예고한 '불법 낙태 시술을 한 의사에 대해 의사면허를 최대 1년간 정지하는 의료법 시행령·시행규칙 개정안'에 반대하기 위해 2016년 10월부터 이, 삼십대 여성들이 주축이 되어 2017년 현재까지 전개되고 있는 시위. 이 시위에서 여성들은 '낙태죄 폐지'를 주장하며, 여성을 '출산 기계'로 보는 인식, 여성의 몸과 섹슈얼리티를 통제하려는 국가와 한국 사회 전반의 가부장적 인식에 저항하고 있다.

과잉 재현하는 반면, 정작 지금 현실에 존재하는 여성의 인권은 과소 재현한다. 분명한 것은, 여성이 출산하지 않기로 결정한 것은 임신 상태를 더 이상 지속하지 않기로 결정한 것일 뿐, 누군가를 죽이는 일과는 무관하다는 점이다. 이것이 '나'의 임신중단과 '세월호 참사'로 인한 아이들의 사망에 대한 오버랩이 성립하지 않는 첫번째 이유다.

또한, 이 오버랩은 세월호 참사에 대한 재현의 정치학을 구성하는 데에 있어서도 매우 문제적이다. '세월호 이후 한국 문학'은 세월호 참사의 원인과 책임을 개인의 추상적인 죄의식과 병치하는 것이 사태의 본질에 대한 사유를 차단할 위험이 있다고 거듭 강조해왔다. 조직과 시스템, 이념과 자본의 문제를 자연인의 원초적 죄의식과 뒤섞는 것은 결국 또 다른 무책임의 구조를 형성하는 데 복무하고, 사태 해결의 의지를 희석시킨다. 탈맥락적으로 소환된 추상적 개인의 도덕심에 호소하는 것이야말로 사태를 책임져야 할 주체에게 면죄부를 주는 가장 유력한 방식이라는 점을 우리는 익히 학습해왔지 않은가. '임신중단' 및 '세월호 참사'에 관한 이 느슨하고 불철저한 연결은, 두 주제에 관한 재현의 윤리를 탐색하는 과정에서 맞닥뜨린 사유의 공백 혹은 지체에 대한 반증으로서 진지하게 숙고돼야 한다.

한편, 이 소설이 제시한 또 하나의 쟁점은 여성의 (재)생산 문제를 구속하는 '근원적 힘'의 존재를 암시하기 위해 '구두(하이힐)'라는 젠더화된 상징을 택했다는 점이다. 이 작품에서 한

번 신으면 "춤을 추지 않고는 배길 수가 없"는 "구두"는 "욕망"이라는 견고한 "족쇄"(p.228), 혹은 "목줄"(p. 208)로 의미화되면서 그것이 '자본주의'라는 거악의 은유임이 넌지시 드러난다.

그러나 이 메타포는 두 가지 차원에서 위태롭다. 여성의 임신중단 문제가 현실의 성별화된 권력 구조에 대한 질문 없이 '자본주의' 일반의 문제로 환원되는 것은 상당히 나이브할 뿐 아니라 매우 보수화된 담론 효과를 초래할 수 있다는 점, 그리고 현재 '나'가 처한 임신중단의 딜레마와 '자본주의'의 관련성이 인정된다 하더라도, 그것이 '구두(하이힐)'라는 젠더화된 상징을 취해야 할 필연적인 이유는 없다는 점에서 그렇다. 더 윤택한 생활을 욕망할 것을 강요하고 이를 '먹고사니즘'으로 정당화하기를 유도하는 자본주의의 간지(奸智)는 '나'뿐 아니라, 남자친구인 영기, 그리고 이 사회 전반이 빠진 공통의 "함정"(p. 226)일진대, '구두'라는 메타포는 이 모든 것을 '나-여성' 개인이 감당해야 할 불행으로 의미화할 위험이 있다. 여성의 (재)생산 문제에 대한 재현이 남성중심적이거나 물성적으로 구성된 인식 체계에 대한 승인으로 이어지는 것, 이것이야말로 현재 한국 문학이 종종 빠지는 "함정"인 셈이다.

*

　이 소설집에서 가장 그로테스크한 형상으로 각인된 인물이
있다면 그건 입에서 명주실을 자아내는 「실꾸리」의 모자(母子)
가 아닐까. 직장에서 억울한 누명을 쓰고도 진실을 말하지 못
한 아버지의 입에서는 머리카락 같은 까만 실이 새 나왔었다.
어머니는 그것이 "아버지 속에 든 응어리"이며, "해야 할 말을
하지 못하고 속에 묵혀둔 것이 너무 많아 저도 모르게 밖으로
넘쳐 나온 것"(p. 154)이라고 했다. 결국 아버지는 그 누구에게
도 마음을 터놓지 못한 채, 벽장 안에 갇혀 지내다가 이제는 사
라져 소파의 "움푹 들어간 자국"(p. 157)으로만 남았다. 아버
지가 남긴 실꾸리가 들어 있는 공간이자, 어머니의 자궁을 연
상케 하는 이 "벽장"은 소년이 가장 편안하다고 느끼는 공간이
기도 하다.

　이후 소년과 어머니는 습관처럼 본인들의 입에서도 실이 자
라지 않나 하루에도 수차례 서로의 입안을 검사한다. 특히 어
머니는 "넌 착한 내 아들"(p. 150)이라고 거듭 강조하며 무엇
이든 "빠짐없이 말해"(p. 149)야만 입에서 실이 자라지 않는다
고 소년을 훈육한다. 그러고는 잠자리에 들기 전 반드시 자신
의 손가락을 넣어 소년의 입안을 헤집는다. 소년 또한 어머니
의 "느른한"(p. 161) 살냄새를 향유하며, 어머니의 입안을 틈

틈이 훔쳐본다.

어머니는 이불 속에서 혼자 쑤석거렸다. 들썩들썩. 들썩들썩. 묘한 움직임이었다. 곤히 잠든 소년을 일깨우는 움직임. 깨어났어도 눈을 감고 그대로 가만히, 가만히. 몸을 웅크린 소년은 벼랑 끝에 혼자 선 기분이었다. 아슬아슬했다. 어머니가 저기 저 밖으로 달아나려 한다. 소년은 마른침을 삼키며 이불깃을 꼭 그러쥐었다. 누군가가 이불로 들어올 것 같았다. 벌써 들어왔다. 어머니를 범하는 헛것이 나를 밀어낸다. 밀어낸다, 밀어 던진다. 어머니의 가쁜 숨소리가, 축축한 몸짓이 이어지는 동안 소년은 눈을 크게 뜨고 어둔 방 안을 둘러봤다. (pp. 163~64)

이 같은 설정은 아주 자연스럽게, '말하고 싶은 욕망'과 '말해서는 안 된다는 금기', '에로스적 대상으로서의 어머니'와 '남근적 어머니'라는 항목에 대응하는 것으로 읽힌다. 허나 이런 정신분석학적 세팅보다 더 인상 깊은 것은, 이 작품이 끝내 어떤 기각도 없이 어머니를 '욕망하는 주체'로 재현하고 있다는 점이 아닐까. 어머니의 욕망은 일차적으로 아버지의 부재로 인한 성적·경제적 '결손'에 기인한 것이며, 자신은 "돈을 버는 팔자"(p. 169)라고 체념하듯 인정하는 어머니에게는 "아직 여자니까" "쉽게 가자"(p. 163)는 식의 많은 성적·경제적 유혹이 발생한다. 그런데 바로 그 순간에, 그 유혹들이 어머니에 대한 성적 침탈이나 착취로 재현되지 않고, 오히려 어머니 자신이 자신의 몸과 섹슈얼리티의 주인이라는 점을 자각하게 된다는 점이야말로 진정 흥미롭다.

어머니는 "가정이 있"는 남자의 따스하고 정겨운 손(p. 169)을 떠올리다가도, "난 아들이 있는데. 남편 떠난 지 얼마나 됐다고"라며 애써 자신의 욕망을 회피하려 하지만, 욕망은 언제나 주체의 의지를 초과한다. 그리하여 결국 어머니는 어떤 우회도 없이 "내 울화는 목구멍에 있는 게 아니라, 가슴이 아니라, 그 밑에, 바로 여기, 여기밖에……"(p. 163)라고 자신의 욕망의 내용을 정확하게 발설한다. 그리고 이어지는 어머니의 자위 장면. 이 대목에 깃든 긴장감의 정체는, 이 장면이 소년에게 '금기'와 '매혹'이라는 원초적 장면으로 각인될 것이기 때문이기도 하지만, 어머니 그 자신이 바로 그 '금기'와 '매혹'에 도전하고 있기 때문이기도 하다. 어머니에게 '실꾸리'는 욕구불만의 표시이면서 동시에 자신의 욕망을 정확하게 자각하게 되는 계기였던 것이다. 그리고 바로 이 지점이, '말하지 못함=실꾸리'라는 메타포를 '창작 불능의 표시'이자 '창작의 실마리'라는 이중적 의미로 전유하려 했던 작가의 의도가 빛을 발하는 대목이다.

### "네가 다른 것이 되고자 소망한다면"

그간 명지현의 예술가소설들이 '나만의 꽃' '나만의 요리' '나만의 그릇'을 만들기 위해 고심하는 이야기였다면, 「흙, 일곱 마리」와 「단어의 삶」은 '나는 내가 아닌 "다른 몸"(p. 196)이 될 수 있을까'라는 문제를 실험한다. 물론 진흙 덩어리들이 '인간/고양이'로 변신을 거듭하는 이야기나, 역사적 인물인 김유정의 재림으로서 '로봇'이 등장하는 이야기는 「손톱 밑 여린 지느러미」 「너의 콩조각」 등 이전 소설에서도 자주 등장했던 신체 변형과 진화, 분절과 분신 모티프에 대한 관심의 연장이기도 하다.

우선, 「흙, 일곱 마리」에서 '흙덩어리'들이 변신을 거듭 수행해야 하는 상황의 핵심에는 "같은 옷을 입은 인간들"(p. 180)의 폭력이 있다는 점을 주목할 만하다. '13'에게 "옷이 그들의 사고를 틀어쥐면 어이없는 일을 저지른다"고 당부한 부모의 충고는 「네로의 詩」에서 "제복 입은" "신종 인간형"들이야말로 '네로를 네로이게 한다'(p. 71)는 서술과 상통한다. 특히 13이 전쟁터에서 살상 무기로 활용되다가 동족에 대한 배신을 강요당한 채 망루에 갇히는 대목은 의미심장한데, 이는 전쟁과 분단과 신자유주의의 폭압을 한 몸에 겪은 한국사 그 자체 같다. 그리고 이 설정은 자연스럽게, 한국 근현대사에 짙은 음영으로 드리워져 있는 '망루의 정치학'을 상기시킨다. 집으로 돌아가기 위해 망루에서 분투하는 13과 형제들의 모습은 강주룡, 최병승, 김진숙, 이창근, 김정욱 등의 이름으로 철탑과 굴뚝과 크레인에 올라야 했던 수많은 민중의 초상들과 겹친다. 지금도 여전히 누군가는 "해고는 살인이다!"라고 외치며 드넓은 하늘에 갇혀 있다. 이들이 "고양이"(p. 196)로 변해 망루에서 훌쩍 뛰어내리는 꿈을 한동안 오래 꾸었다.

그런가 하면, 「단어의 삶」에서 가장 긴 여운을 남기는 것은 '김유정-로봇'이 남기고 간 장문의 기록이다. "나는 김유정이라는 작가가 아니외다. 다만 그의 심정을 알 것 같아 이와 같은 글을 남기오니……"라고 적힌 편지. '나'는 이 글을 보고, "선후가 뭔지는 몰라도"라는 유보와 함께, "김유정은 자신의 분신을 없애기 위해 노력했다"라고도, 그리고 "그의 분신은 그를 존엄하게 보존하고자 노력했다"(p. 262)라고도 평했다. 아마도 서술자는 작가 김유정의 존재가, 그가 즐겨 사용했으나 이제는 사어가 된 몇 개의 단어로만 남았듯, '김유정-로봇'도 결국 그 '단어'와 같은 것이라고 말하는 듯하다. 그리고 바로 이를 '작가의 운명'이라고 설명하는 것이야말로 예술가소설다운 교훈이겠다.

물론 다르게 읽을 수도 있다. 작가 김유정과 로봇 김유정이 서로를 부정하면서도 보완하려 했다는 것은, 바꿔 말하면 결국 그 둘은 모두 서로가 아니라는 뜻이다. 프랑켄슈타인 박사가 창조한 몬스터가 그랬듯, 창조물은 언제나 창조자의 세계로 매끄럽게 환수되지 않는다. 그리고 그 사실은 우리에게 반드시 파국이나 불행인 것은 아니다. 페미니스트 인류학자 도나 해러웨이는 그의 혁명적 매니페스토인 「사이보그 선언문」에서 페미니즘 과학소설에 등장하는 사이보그의 함의를 분석하며 다음과 같이 말한다. "페미니즘 과학소설에 등장하는 사이보그들은 남자나 여자, 인간, 인공물, 한 인종의 일원, 개체적 실체individual entity, 혹은 몸 등등의 지위들을 매우 의심스러운 것으로 만든다. [……] 그것은 단일 정체성을 추구하지 않으며, 그럼으로써 끝없는(혹은 세계의 종말까지) 적대적 이원론도 발생시키지 않는다. 그것은 아이러니를 당연한 것으로 받아들인다."[6]

이 같은 해러웨이의 전언은 우리가 '나'로 환원되지 않는 '타자'를 두려워할 필요가 없다고 말하는 듯하다. 그녀가 의심하는 것은 '남자/여자, 인간/짐승, 창조/파괴, 삶/죽음, 진짜 예술/가짜 예술, 가치 있는 것/덧없는 것, 숭고한 것/비천한 것, 자연적인 것/인공적인 것' 등 '단일하고 동질적인 것'들을 전제하는 이분법적 대립항이다. 그러나 그것이 애초에 성립 불가능하다는 것은, 이미 전작 「손톱 밑 여린 지느러미」의 '물고기로 변한 남자' 사례에서 확인된 바 있지 않은가. 남자가 자신의 신

• • •

6) 다나. J. 해러웨이, 「사이보그 선언문: 20세기 말의 과학, 기술, 그리고 사회주의적-페미니즘」, 『유인원, 사이보그, 그리고 여자 — 자연의 재발명』, 민경숙 옮김, 동문선, 2002, pp. 319~23.

체에 돋아난 아가미와 지느러미를 만지작거리며 '바다'로 나가야 할지를 고민할 때, 의사는 이렇게 말했었다. "사람이 사람으로만 계속 살 수 있나요?"

그러니 우리가 지금까지 명지현 소설에서 확인한, '만드는 힘'에 대한 젠더화된 표상과 서사는 영영 벗어날 수 없는 '굴레'가 아닐지도 모른다. '진정한 예술'이라는 판타지에 구속되지 않고, 기존의 성과 권력의 배치로부터 자유로운 '포스트-호모 파베르'라는 신인류를 상상하는 일은 어쩌면 가능하다. 물론 그 방법은 아직 발명되지 않았고, 현재 우리가 얻은 단서는 "네가 다른 것이 되고자 소망한다면 지금의 너를 버려라"(pp. 196~97)라는 조언뿐이다. 그리고 이 소설집에서 확인했듯, 우리가 "다른 몸"이 되기 위해 "망각"해야 할 것들은 아주 많다.

과연 이 변신 프로젝트는 성공할 수 있을까.[7] 명지현의 소설

• • •

7) 흥미롭게도, 「네로의 詩」「구두」「실꾸리」가 성적 질서와 기호를 과도하게 의식함으로써 '창작'에 대한 신화적 힘을 재현하려 했다면, 「흙, 일곱 마리」와 「단어의 삶」은 '인간 세계'를 모방하면서도 그것의 성적 질서와 권력의 배치까지 복사하지는 않는다. 특히 「단어의 삶」에서 '로봇-김유정'과 교감하는 유일한 인물인 '나'는 거의 무성적인 존재로 재현된다. '나'의 성별은 "책을 챙기고 치마를 툭툭 턴 다음 숲 사잇길을 찾아 타박타박 걸어 나간다"(p. 263)라는 작품 말미의 문장을 통해 겨우 드러날 뿐이다. 창작상의 실수일지도 모를 이 대목이 의미심장한 것은, 선험적으로 제시된 '진정한 예술'이라는 이데올로기를 의심 없이 승인하고 재현할 때보다, 아직 도래하지 존재를 묘사할 때에야 비로소 성적 지배질서에 침윤된 재현의 기율을 덜 의식하게 된다는 점이 암시되기 때문이다. 물론, '젠더화된 재현의 기율'로부터 벗어나려는 시도가 반드시 '무성적 세계'에 대한 묘사로 귀착될 필요는 없다.

들이 이 질문에 대해 모두 낙관적인 신호를 보내는 것은 아니지만, 그래서 우리는 좀더 지켜봐야 한다. 그건 이미 변신을 완료한 한 마리의 완연한 고양이를 보는 것보다, 거친 진흙 덩어리가 고양이로 변해가는 과정을 지켜보는 게 훨씬 더 흥미로운 것과 같은 이치다.

최근엔 생활 패턴이 전과 조금 달라졌다. 노트북 보따리를 들고 이리저리 옮겨 다니는 짓을 포기해버린 것이다. 전에는 집 밖의 조그마한 공간을 구하거나 근처 출판도시의 '지혜의 숲'을 피난처로 삼기도 하는 등 글을 쓰기 위해 부산을 떨었으나 요즘은 이도 저도 마땅치 않아 집에서 작업한다. 내 집이 편하다. 늙은 개 때문에 어디를 나가도 마음이 편치 않다. 글쓰기는 일상의 마라톤이므로 특별한 환경이 필요치 않다.

단편 「눈의 황홀」은 우연히 읽은 잡지 덕분에 지었다. 병원 대기석에서 순서를 기다리다 조선시대 화장(花匠)에 관한 잡지 기사를 발견했는데 비단으로 만들었다는 채화가 진짜 꽃 같지도 않고 가짜 꽃 같지도 않아 기묘한 느낌이었다. 궁중채화 기능 보유자이며 동국대 석좌교수인 황수로 교수의 저서를 얻은 뒤로 "이 세계가 두 번 진행"되는 의미를 어렴풋이 알아차렸다고 할까, 예술가의 집요한 작업 과정이 결과물보다 위대하다는 생각이 들었다. 작품을 쓰는 동안에는 궁중채화를 실제로 보지 못했으나 2014년 봄, 국립고궁박물관의 화장 황수로의 궁중채화전을 통해 꽃을 만드는 도구와 과정을 세밀하게 구경할 수 있었다. 이 자리를 통해 그분들에게 감사 인사드린다. 창조하는 직업을 가진 분들에게 나는 거의 무조건적인 경외심을 갖고 있다.

작품을 보내줘야 하는데 당장은 줄 수가 없고 써놓은 것 어느 것도 주기 싫다고 생각하던 날, 날은 맑은데 바람이 세게 불어 왜 그런지 모르게 싱숭생숭했다. 환하게 들이치는 바람을 맞으며 숲길을 걸었고 몇 가지 기억이 하나둘 떠오르는데 그게 내 것인지 남의 것인지 알 수 없었다. 아직도 정확히 모르겠다. 「하양」은 그렇게 만들어졌다. 상상이란 내 안에 든 무수한 기억을 교배하는 행위라고 본다.

「숲의 고요」는 아직 복직되지 못한 수많은 해고 언론노동자들을 생각하며 작성한 글이다. 처음으로 써본 내 삶과 밀착된 이야기로 백 퍼센트는 아니지만 제법 많이 가깝다. 내가 실재하는 공간을 배경으로 소환하면서 소설이란 여러 조각으로 나뉜 자서전이라는 말에 공감했다. 느닷없이 잘려나간 싱싱한 나뭇가지 같은 해고 노동자들에게 우리 사회는 큰 빚을 지고 있다. 그들은 복직되어야 한다.

「실꾸리」의 모자는 지금도 나란히 붙어 누워 밤새 지껄이고 있을 것 같다. 내가 만든 이야기는 마무리되었어도 그 둘은 지치지도 않고 그 모습 그대로 매일 밤 그들만의 이야기를 나눈다. 때로는 나도 그들 모자의 이부자리에 끼어들어 내가 진짜로 하고 싶은 얘기가 있는데 말이야, 하면서 같이 놀고 싶기도 하다. 이처럼 자신이 만든 창조물과 대화를 나눈다면 재미있을 거라고 상상하곤 했는데 사실 나는 이미 그렇게 살아가는 중이다. 내 딸들은 내가 만든 이상한 이야기들과 약간 비슷하다.

자신의 창조물과 대화하는 내용의 단편 「구두」는 세월호 유족들과 단식하던 광화문에서 생각해낸 글이다. 가라앉은 배와 잃어버린 아이들 때문에 나는 한동안 아무것도 할 수가 없었고 글을 쓸 엄두조차 낼 수 없었다. 그래서 몇 가지 이야기를 속에 넣어놓고 굴리기만 했다. 자본주의라는 구두를 신고 있는 한 우리는 고단한 춤을 계속 춰야 하고 억지로 지속하는 댄스 스텝에 밟혀나가는 것들이 얼마나 많을까, 그건 뭘까 생각했다.

이번 여름 끔찍한 무더위와 함께 책 만들기를 시작했는데 어느새 이렇게 쌀쌀해졌다. 귤을 까 먹으며 야단스러운 뉴스를 지켜보다가 그나마 추워서 다행이라는 생각이 들었다. 가슴속으로 나만의 물음표가 차곡차곡 쌓여간다. 춥다는 것은 글쓰기 좋은 계절이 되었다는 뜻이다.

2017년 1월
명지현

**수록 작품 발표 지면**

눈의 황홀 『현대문학』 2009년 12월호

네로의 詩 『자음과모음』 2009년 봄호

하양 『자음과모음』 2014년 여름호

숲의 고요 『현대문학』 2013년 10월호

실꾸리 〈문장웹진〉 2013년 12월

흙, 일곱 마리  고양이 테마 소설집 『캣캣캣』 (현대문학, 2010)

구두 『좋은 소설』 2015년 봄호

단어의 삶 『문학의 오늘』 2013년 봄호